文庫 32

川端康成

新学社

装幀　友成　修
カバー画
パウル・クレー『赤からの眺め』一九三七年
個人蔵（スイス）
協力　日本パウル・クレー協会
河井寛次郎　作画

目次

伊豆の踊子

一

道がつづら折りになつて、いよいよ天城峠に近づいたと思ふ頃、雨脚が杉の密林を白く染めながら、すさまじい早さで麓から私を追つて来た。

私は二十歳、高等学校の制帽をかぶり、紺飛白《がすり》の着物に袴をはき、学生カバンを肩にかけてゐた。一人伊豆の旅に出てから四日目のことだつた。修善寺温泉に一夜泊り、湯ケ島温泉に二夜泊り、そして朴歯の高下駄で天城を登つて来たのだつた。重なり合つた山々や原生林や深い渓谷の秋に見惚れながらも、私は一つの期待に胸をときめかして道を急いでゐるのだつた。そのうちに大粒の雨が私を打ち始めた。折れ曲つた急な坂道を駈け登つた。やうやく峠の北口の茶屋に辿りついてほつとすると同時に、私はその入口で立ちすくんでしまつた。余りに期待がみごとに的中したからである。そこで旅芸人の一行が休んでゐたのだ。

突つ立つてゐる私を見た踊子が直ぐに自分の座蒲団を外して、裏返しに傍へ置いた。「ええ……。」とだけ言つて、私はその上に腰を下した。坂道を走つた息切れと驚きとで、「ありがたう。」といふ言葉が咽《のど》にひつかかつて出なかつたのだ。

踊子と真近に向ひ合つたので、私はあわてて袂から煙草を取り出した。踊子がまた連れの女の前の煙草盆を引き寄せて私に近くしてくれた。やつぱり私は黙つてゐた。

踊子は十七くらゐに見えた。私には分らない古風の不思議な形に大きく髪を結つてゐた。それが卵形の凛々しい顔を非常に小さく見せながらも、美しく調和してゐた。髪を豊かに誇張して描いた、稗史《はいし》的な娘の絵姿のやうな感じだつた。踊子の連れは四十代の女が一人、若い女が二人、ほかに長岡温泉の宿屋の印半纏《しるしばんてん》を着た二十五六の男がゐた。

私はそれまでにこの踊子たちを二度見てゐるのだつた。最初は私が湯ケ島へ来る途中、修善寺へ行く彼女たちと湯川橋の近くで出会つた。その時は若い女が三人だつたが、踊子は太鼓を提げてゐた。私は振り返り振り返り眺めて、旅情が自分の身についたと思つた。それから、湯ケ島の二日目の夜、宿屋へ流して来た。踊子が玄関の板敷で踊るのを、私は梯子段の中途に腰を下して一心に見てゐた。——あの日が修善寺で今夜が湯ケ島なら、明日は天城を南に越えて湯ケ野温泉へ行くのだらう。天城七里の山道できつと追ひつけるだらう。さう空想して道を急いで来たのだつたが、雨宿りの茶屋でぴつたり落ち合つたものだから、私はどぎまぎしてしまつたのだ。

　間もなく、茶店の婆さんが私を別の部屋へ案内してくれた。平常用はないらしく戸障子がなかつた。下を覗くと美しい谷が目の届かない程深かつた。私は肌に粟粒を拵《こしら》へ、かちかちと歯を鳴らして身顫《ぶる》ひした。茶を入れに来た婆さんに、寒いと言ふと、

「おや、旦那様お濡れになつてるぢやございませんか。こちらで暫くおあたりなさいまし、さあ、お召物をお乾かしなさいまし。」と、手を取るやうにして、自分たちの居間へ誘つてくれた。

　その部屋は炉が切つてあつて、障子を明けると強い火気が流れて来た。私は敷居際に立つて躊躇した。水死人のやうに全身蒼ぶくれの爺さんが炉端にあぐらをかいてゐるのだ。瞳まで黄色く腐つたやうな眼を物憂げに私の方へ向けた。身の周りに古手紙や紙袋の山を築いて、その紙屑のなかに埋もれてゐると言つてもよかつた。到底生物《いきもの》と思へない山の怪奇を眺めたまま、私は棒立ちになつてゐた。

「こんなお恥かしい姿をお見せいたしまして……。でも、うちのぢぢいでございますから御心配なさいますな。お見苦しくても、動けないのでございますから、このままで堪忍してやつて下さいまし。」

　さう断わつてから、婆さんが話したところによると、爺さんは長年中風を患つて、

全身が不随になつてしまつてゐるのださうだ。紙の山は、諸国から中風の養生を教へて来た手紙や、諸国から取り寄せた中風の薬の袋なのである。爺さんは峠を越える旅人から聞いたり、新聞の広告を見たりすると、その一つをも洩らさずに、全国から中風の療法を聞き、売薬を求めたのださうだ。そして、それらの手紙や紙袋を一つも捨てずに身の周りに置いて眺めながら暮して来たのださうだ。長年の間にそれが古ぼけた反古の山を築いたのださうだ。

私は婆さんに答へる言葉もなく、囲炉裏の上にうつむいてゐた。山を越える自動車が家を揺すぶつた。秋でもこんなに寒い、そして間もなく雪に染まる峠を、なぜこの爺さんは下りないのだらうと考へてゐた。私の着物から湯気が立つて、頭が痛む程火が強かつた。婆さんは店に出て旅芸人の女と話してゐた。

「さうかねえ。この前連れてゐた子がもうこんなになつたのかい。いい娘《あんこ》になつて、お前さんも結構だよ。こんなに綺麗になつたのかねえ。女の子は早いもんだよ。」

小一時間経つと、旅芸人たちが出立つらしい物音が聞えて来た。私も落着いてゐる場合ではないのだが、胸騒ぎするばかりで立ち上る勇気が出なかつた。旅馴れたと言つても女の足だから、十町や二十町後れたつて一走りに追ひつけると思ひながら、炉の傍でいらいらしてゐた。しかし踊子たちが傍にゐなくなると、却つて私の空想は解き放たれたやうに生き生きと踊り始めた。彼等を送り出して来た婆さんに聞いた。

「あの芸人は今夜どこで泊るんでせう。」

「あんな者、どこで泊るやら分るものでございますか、旦那様。お客があればあり次第、どこにだつて泊るんでございますよ。今夜の宿のあてなんぞございますものか。」

甚だしい軽蔑を含んだ婆さんの言葉が、それならば、踊子を今夜は私の部屋に泊らせるのだ、と思つた程私を煽り立てた。

雨脚が細くなつて、峰が明るんで来た。もう十分も待てば綺麗に晴れ上ると、しきりに引き止められたけれども、じつと坐つてゐられなかつた。

「お爺さん、お大事になさいよ。寒くなりますからね。」と、私は心から言つて立ち上つた。爺さんは黄色い眼を重さうに動かして微かにうなづいた。

「旦那さま、旦那さま。」と叫びながら婆さんが追つかけて来た。

「こんなに戴いては勿体なうございます。申訳ございません。」

そして私のカバンを抱きかかへて渡さうとせずに、幾ら断わつてもその辺まで送ると言つて承知しなかつた。一町ばかりもちよこちよこついて来て、同じことを繰り返してゐた。

「勿体なうございます。お粗末いたしました。お顔をよく覚えて居ります。今度お通りの時にお礼をいたします。この次もきつとお立ち寄り下さいまし。お忘れはいたしません。」

私は五十銭銀貨を一枚置いただけだつたので、痛く驚いて涙がこぼれさうに感じてゐるのだつたが、踊子に早く追ひつきたいものだから、婆さんのよろよろした足取りが迷惑でもあつた。たうとう峠のトンネルまで来てしまつた。

「どうも有難う。お爺さんが一人だから帰つて上げて下さい。」と私が言ふと、婆さんはやつとのことでカバンを離した。

暗いトンネルに入ると、冷たい雫がぽたぽた落ちてゐた。南伊豆への出口が前方に小さく明るんでゐた。

二

トンネルの出口から白塗りの柵に片側を縫はれた峠道が稲妻のやうに流れてゐた。この模型のやうな展望の裾の方に芸人達の姿が見えた。六町と行かないうちに私は彼等の一行に追ひついた。しかし急に歩調を緩めることも出来ないので、私は冷淡な風に女達を追ひ越してしまつた。十間程先きに一人歩いてゐた男が私を見ると立ち止つた。

「お足が早いですね。――いい塩梅に晴れました。」

私はほつとして男と並んで歩き始めた。男は次ぎ次ぎにいろんなことを私に聞いた。二人が話し出したのを見て、うしろから女たちがばたばた走り寄つて来た。

男は大きい柳行李《やなぎごうり》を背負つてゐた。四十女は小犬を抱いてゐた。上の娘が風呂敷包、中の娘が柳行李、それぞれ大きい荷物を持つてゐた。踊子は太鼓とその枠を負うてゐた。四十女もぽつぽつ私に話しかけた。

「高等学校の学生さんよ。」と、上の娘が踊子に囁いた。私が振り返ると笑ひながら言つた。

「さうでせう。それくらゐのことは知つてゐます。島へ学生さんが来ますもの。」

一行は大島の波浮の港の人達だつた。春に島を出てから旅を続けてゐるのだが、寒くなるし、冬の用意はして来ないので、下田に十日程ゐて伊東温泉から島へ帰るのだと言つた。大島と聞くと私は一層詩を感じて、また踊子の美しい髪を眺めた。大島のことをいろいろ訊ねた。

「学生さんが沢山泳ぎに来るね。」と、踊子が連れの女に言つた。

「夏でせう。」と、私が振り向くと、踊子はどぎまぎして、

「冬でも……。」と、小声で答へたやうに思はれた。

「冬でも?」

踊子はやはり連れの女を見て笑つた。

「冬でも泳げるんですか。」と、私がもう一度言ふと、踊子は赤くなつて、非常に真面目な顔をしながら軽くうなづいた。

「馬鹿だ。この子は。」と、四十女が笑つた。

湯ケ野までは河津川の渓谷に沿うて三里余りの下りだつた。峠を越えてからは、山や空の色までが南国らしく感じられた。私と男とは絶えず話し続けて、すつかり親しくなつた。荻乗や梨本なぞの小さい村里を過ぎて、湯ケ野の藁屋根が麓に見えるやうになつた頃、私は下田まで一緒に旅をしたいと思ひ切つて言つた。彼は大変喜んだ。

湯ケ野の木賃宿の前で四十女が、ではお別れ、といふ顔をした時に、彼は言つてくれた。

「この方はお連れになりたいとおつしやるんだよ。」

「それは、それは。旅は道連れ、世は情。私たちのやうなつまらない者でも、御退屈しのぎにはなりますよ。まあ上つてお休みなさいまし。」と無造作に答へた。娘達は一時《いちどき》に私を見たが、至極なんでもないといふ顔で黙つて、少し羞かしさうに私を眺めてゐた。

皆と一緒に宿屋の二階へ上つて荷物を下した。畳や襖も古びて汚なかつた。踊子が下から茶を運んで来た。私の前に坐ると、真紅になりながら手をぶるぶる顫はせるので茶碗が茶托から落ちかかり、落すまいと畳に置く拍子に茶をこぼしてしまつた。余りにひどいはにかみやうなので、私はあつけにとられた。

「まあ！　厭らしい。この子は色気づいたんだよ。あれあれ……。」と、四十女が呆れ果てたといふ風に眉をひそめて手拭を投げた。踊子はそれを拾つて、窮屈さうに畳を拭いた。

この意外な言葉で、私はふと自分を省みた。峠の婆さんに煽り立てられた空想がぽきんと折れるのを感じた。

そのうちに突然四十女が、

「書生さんの紺飛白はほんとにいいねえ。」と言つて、しげしげ私を眺めた。

「この方の飛白は民次と同じ柄だね。ね、さうだね。同じ柄ぢやないかね。」

傍の女に幾度も駄目を押してから私に言つた。

「国に学校行きの子供を残してあるんですが、その子を今思ひ出しましてね。その子の飛白と同じなんですもの。この節は紺飛白もお高くてほんとに困つてしまふ。」

「どこの学校です。」

「尋常五年なんです。」

「へえ、尋常五年とはどうも……。」

「甲府の学校へ行つてるんでございますよ。長く大島に居りますけれど、国は甲斐の甲府でございましてね。」

一時間程休んでから、男が私を別の温泉宿へ案内してくれた。それまでは私も芸人達と同じ木賃宿に泊ることとばかり思つてゐたのだつた。私達は街道から石ころ路や石段を一町ばかり下りて、小川のほとりにある共同湯の横の橋を渡つた。橋の向うは温泉宿の庭だつた。

そこの内湯につかつてゐると、後から男がはいつて来た。自分が二十四になることや、女房が二度とも流産と早産とで子供を死なせたことなぞを話した。彼は長岡温泉の印半纏を着てゐるので、長岡の人間だと私は思つてゐたのだつた。また顔附も話振りも相当知識的なところから、物好きか芸人の娘に惚れたかで、荷物を持つてやりながらついて来てゐるのだと想像してゐた。

湯から上ると私は直ぐに昼飯を食べた。湯ケ島を朝の八時に出たのだつたが、その時はまだ三時前だつた。

男が帰りがけに、庭から私を見上げて挨拶をした。

「これで柿でもおあがりなさい。二階から失礼。」と言つて、私は金包みを投げた。男は断わつて行き過ぎようとしたが、庭に紙包みが落ちたままなので、引き返してそれを拾ふと、

「こんなことをなさつちやいけません。」と抛り上げた。それが藁屋根の上に落ちた。私がもう一度投げると、男は持つて帰つた。

夕暮からひどい雨になつた。山々の姿が遠近を失つて白く染まり、前の小川が見る見る黄色く濁つて音を高めた。こんな雨では踊子達が流して来ることもあるまいと思

ひながら、私はじつと坐つてゐられないので二度も三度も湯にはいつてみたりしてゐた。部屋は薄暗かつた。隣室との間の襖を四角く切り抜いたところに鴨居から電燈が下つてゐて、一つの明りが二室兼用になつてゐるのだつた。

とゝんとんとん、激しい雨の音の遠くに太鼓の響きが微かに生れた。私は掻き破るやうに雨戸を明けて体を乗り出した。太鼓の音が近づいて来るやうだ。雨風が私の頭を叩いた。私は眼を閉ぢて耳を澄まし乍《なが》ら、太鼓がどこをどう歩いてここへ来るかを知らうとした。間もなく三味線の音が聞えた。女の長い叫び声が聞えた。賑かな笑ひ声が聞えた。そして芸人達は木賃宿と向ひ合つた料理屋のお座敷に呼ばれてゐるのだと分つた。二三人の女の声と三四人の男の声とが聞き分けられた。そこがすめばこちらへ流して来るのだらうと待つてゐた。しかしその酒宴は陽気を越えて馬鹿騒ぎになつて行くらしい。女の金切声が時々稲妻のやうに闇夜に鋭く通つた。私は神経を尖らせて、いつまでも戸を明けたまま じつと坐つてゐた。太鼓の音が聞える度に胸がほうと明るんだ。

「ああ、踊子はまだ宴席に坐つてゐたのだ。坐つて太鼓を打つてゐるのだ。」

太鼓が止むとたまらなかつた。雨の音の底に私は沈み込んでしまつた。

やがて、皆が追つかけつこをしてゐるのか、踊り廻つてゐるのか、乱れた足音が暫く続いた。そして、ぴたと静まり返つてしまつた。私は眼を光らせた。この静けさが何であるかを闇を通して見ようとした。踊子の今夜が汚れるのであらうかと悩ましかつた。

雨戸を閉ぢて床にはいつても胸が苦しかつた。また湯にはいつた。湯を荒々しく掻き廻した。雨が上つて、月が出た。雨に洗はれた秋の夜が冴え冴えと明るんだ。跣《はだし》で湯殿を抜け出して行つたつて、どうとも出来ないのだと思つた。二時を過ぎてゐた。

三

翌る朝の九時過ぎに、もう男が私の宿に訪ねて来た。起きたばかりの私は彼を誘つて湯に行つた。美しく晴れ渡つた南伊豆の小春日和で、水かさの増した小川が湯殿の下に暖かく日を受けてゐた。自分にも昨夜の悩ましさが夢のやうに感じられるのだつたが、私は男に言つてみた。

「昨夜は大分遅くまで賑かでしたね。」

「なあに。聞えましたか。」

「聞えましたとも。」

「この土地の人なんですよ。土地の人は馬鹿騒ぎをするばかりで、どうも面白くありません。」

彼が余りに何げない風なので、私は黙つてしまつた。

「向うのお湯にあいつらが来てゐます。――ほれ、こちらを見つけたと見えて笑つてゐやがる。」

彼に指ざされて、私は川向うの共同湯の方を見た。湯気の中に七八人の裸体がぼんやり浮んでゐた。

仄暗い湯殿の奥から、突然裸の女が走り出して来たかと思ふと、脱衣場の突鼻に川岸へ飛び下りさうな恰好で立ち、両手を一ぱいに伸して何か叫んでゐる。手拭もない真裸だ。それが踊子だつた。若桐のやうに足のよく伸びた白い裸身を眺めて、私は心に清水を感じ、ほうつと深い息を吐いてから、ことこと笑つた。子供なんだ。私達を見つけた喜びで真裸のまま日の光の中に飛び出し、爪先きで背一ぱいに伸び上る程に子供なんだ。私は朗らかな喜びでことことと笑ひ続けた。頭が拭はれたやうに澄んで来た。微笑がいつまでもとまらなかつた。

踊子の髪が豊か過ぎるので、十七八に見えてゐたのだ。その上娘盛りのやうに装はせてあるので、私はとんでもない思ひ違ひをしてゐたのだ。

男と一緒に私の部屋に帰つてゐると、間もなく上の娘が宿の庭へ来て菊畑を見てゐた。踊子が橋を半分程渡つてゐた。四十女が共同湯を出て二人の方を見た。踊子はきゆつと肩をつぼめながら、叱られるから帰ります、といふ風に笑つて見せて急ぎ足に引き返した。四十女が橋まで来て声を掛けた。

「お遊びにいらつしやいまし。」

「お遊びにいらつしやいまし。」

上の娘も同じことを言つて、女達は帰つて行つた。男はたうとう夕方まで坐り込んでゐた。

夜、紙類を卸して廻る行商人と碁を打つてゐると、宿の庭に突然太鼓の音が聞えた。私は立ち上らうとした。

「流しが来ました。」

「ううん、つまらない、あんなもの。さ、さ、あなたの手ですよ。私ここへ打ちました。」と、碁盤を突つきながら紙屋は勝負に夢中だつた。私はそはそはしてゐるうちに芸人達はもう帰り路らしく、男が庭から、

「今晩は。」と声を掛けた。

私は廊下に出て手招きした。芸人達は庭で一寸囁き合つてから玄関へ廻つた。男の後から娘が三人順々に、

「今晩は。」と、廊下に手を突いて芸者のやうにお辞儀をした。碁盤の上では急に私の負色が見え出した。

「これぢや仕方がありません。投げですよ。」

「そんなことがあるもんですか。私の方が悪いでせう。どつちにしても細かいです。」

紙屋は芸人の方を見向きもせずに、碁盤の目を一つ一つ数へてから、増々注意深く打つて行つた。女達は太鼓や三味線を部屋の隅に片づけると、将棋盤の上で五目並べを始めた。そのうちに私は勝つてゐた碁を負けてしまつたのだが、紙屋は、

「いかがですもう一石、もう一石願ひませう。」と、しつつこくせがんだ。しかし私が意味もなく笑つてゐるばかりなので紙屋はあきらめて立ち上つた。

娘たちが碁盤の近くへ出て来た。

「今夜はまだこれからどこかへ廻るんですか。」

「廻るんですが。」と、男は娘達の方を見た。

「どうしよう。今夜はもう止しにして遊ばせていただくか。」

「嬉しいね。嬉しいね。」

「叱られやしませんか。」

「なあに、それに歩いたつてどうせお客がないんです。」

そして五目並べなぞをしながら、十二時過ぎまで遊んで行つた。

踊子が帰つた後は、とても眠れさうもなく頭が冴え冴えしてゐるので、私は廊下に出て呼んでみた。

「紙屋さん、紙屋さん。」

「よう……。」と、六十近い爺さんが部屋から飛び出し、勇み立つて言つた。

「今晩は徹夜ですぞ。打ち明すんですぞ。」

私もまた非常に好戦的な気持だつた。

四

その次の朝八時が湯ケ野出立の約束だつた。私は共同湯の横で買つた鳥打帽をかぶり、高等学校の制帽をカバンの奥に押し込んでしまつて、街道沿ひの木賃宿へ行つた。二階の戸障子がすつかり明け放たれてゐるので、なんの気なしに上つて行くと、芸人達はまだ床の中にゐるのだつた。私は面喰つて廊下に突つ立つてゐた。

私の足もとの寝床で、踊子が真赤になりながら両の掌ではたと顔を抑へてしまつた。彼女は中の娘と一つの床に寝てゐた。昨夜の濃い化粧が残つてゐた。脣と眦《まなじり》の紅が少しにじんでゐた。この情緒的な寝姿が私の胸を染めた。彼女は眩しさうにくるりと寝返りして、掌で顔を隠したまま蒲団を辷《すべ》り出ると、廊下に坐り、

「昨晩はありがたうございました。」と、綺麗なお辞儀をして、立つたままの私をまごつかせた。

男は上の娘と同じ床に寝てゐた。それを見るまで私は、二人が夫婦であることをちつとも知らなかつたのだつた。

「大変すみませんのですよ。今日立つつもりでしたけれど、今晩お座敷がありさうで

ございますから、私達は一日延ばしてみることにいたしました。どうしても今日お立ちになるなら、また下田でお目にかかりますわ。私達は甲州屋といふ宿屋にきめて居りますから、直ぐお分りになります。」と四十女が寝床から半ば起き上つて言つた。私は突つ放されたやうに感じた。

「明日にしていただけませんか。おふくろが一日延ばすつて承知しないもんですからね。道連れのある方がよろしいですよ。明日一緒に参りませう。」と男が言ふと、四十女も附け加へた。

「さうなさいましよ。折角お連れになつていただいて、こんな我儘を申しちやすみませんけれど――。明日は槍が降つても立ちます。明後日が旅で死んだ赤坊の四十九日でございましてね、四十九日には心ばかりのことを、下田でしてやりたいと前々から思つて、その日までに下田へ行けるやうに旅を急いだのでございますよ。そんなこと申しちや失礼ですけれど、不思議な御縁ですもの、明後日はちよつと拝んでやつて下さいましな。」

そこで私は出立を延ばすことにして階下へ下りた。皆が起きて来るのを待ちながら、汚い帳場で宿の者と話してゐると、男が散歩に誘つた。街道を少し南へ行くと綺麗な橋があつた。橋の欄干によりかかつて、彼はまた身上話を始めた。東京である新派役者の群に暫く加はつてゐたとのことだつた。今でも時々大島の港で芝居をするのださうだ。彼等の荷物の風呂敷から刀の鞘が足のやうに食み出してゐたのだつたが、お座敷でも芝居の真似をして見せるのだと言つた。柳行李の中はその衣裳や鍋茶碗なぞの世帯道具なのである。

「私は身を誤つた果てに落ちぶれてしまひましたが、兄が甲府で立派に家の後目を立ててゐてくれます。だから私はまあいらない体なんです。」

「私はあなたが長岡温泉の人だとばかり思つてゐましたよ。」

「さうでしたか。あの上の娘が女房ですよ。あなたより一つ下、十九でしてね、旅の空で二度目の子供を早産しちまつて、子供は一週間ほどして息が絶えるし、女房はまだ体がしつかりしないんです。あの婆さんは女房の実のおふくろなんです。踊子は私の実の妹ですが。」

「へえ。十四になる妹があるつていふのは……。」

「あいつですよ。妹にだけはこんなことをさせたくないと思ひつめてゐますが、そこにはまたいろんな事情がありましてね。」

それから、自分が栄吉、女房が千代子、妹が薫といふことなぞを教へてくれた。もう一人の百合子といふ十七の娘だけが大島生れで雇ひだとのことだつた。栄吉はひどく感傷的になつて泣き出しさうな顔をしながら河瀬を見つめてゐた。

引き返して来ると、白粉を洗ひ落した踊子が路ばたにうづくまつて犬の頭を撫でてゐた。私は自分の宿に帰らうとして言つた。

「遊びにいらつしやい。」

「ええ。でも一人では……。」

「だから兄さんと。」

「直ぐに行きます。」

間もなく栄吉が私の宿へ来た。

「皆は？」

「女どもはおふくろがやかましいので。」

しかし、二人が暫く五目並べをやつてゐると、女たちが橋を渡つてどんどん二階へ上つて来た。いつものやうに丁寧なお辞儀をして廊下に坐つたままためらつてゐたが、一番に千代子が立ち上つた。

「これは私の部屋よ。さあどうぞ御遠慮なしにお通り下さい。」

一時間程遊んで芸人達はこの宿の内湯へ行つた。一緒にはいらうとしきりに誘はれたが、若い女が三人もゐるので、私は後から行くとごまかしてしまつた。すると踊子が一人直ぐに上つて来た。

「肩を流してあげますからいらつしやいませつて、姉さんが。」と、千代子の言葉を伝へた。

湯には行かずに、私は踊子と五目を並べた。彼女は不思議に強かつた。勝継をやると、栄吉や他の女は造作なく負けるのだつた。五目では大抵の人に勝つ私が力一杯だつた。わざと甘い石を打つてやらなくともいいのが気持よかつた。二人きりだから、初めのうち彼女は遠くの方から手を伸して石を下してゐたが、だんだん我を忘れて一心に碁盤の上へ覆ひかぶさつて来た。不自然な程美しい黒髪が私の胸に触れさうになつた。突然、ぱつと紅くなつて、

「御免なさい。叱られる。」と石を投げ出したまま飛び出して行つた。共同湯の前におふくろが立つてゐたのである。千代子と百合子もあわてて湯から上ると、二階へは上つて来ずに逃げて帰つた。

この日も、栄吉は朝から夕方まで私の宿に遊んでゐた。純朴で親切らしい宿のおかみさんが、あんな者に御飯を出すのは勿体ないと言つて、私に忠告した。

夜、私が木賃宿に出向いて行くと、踊子はおふくろに三味線を習つてゐるところだつた。私を見ると止めてしまつたが、おふくろの言葉でまた三味線を抱き上げた。歌ふ声が少し高くなる度に、おふくろが言つた。

「声を出しちやいけないつて言ふのに。」

栄吉は向ひ側の料理屋の二階座敷に呼ばれて何か唸つてゐるのが、こちらから見えた。

「あれはなんです。」

「あれ——謡ですよ。」

「謡は変だな。」

「八百屋だから何をやり出すか分りやしません。」

そこへこの木賃宿の間を借りて鳥屋をしてゐるといふ四十前後の男が襖を明けて、御馳走をすると娘達を呼んだ。踊子は百合子と一緒に箸を持つて隣りの間へ行き、鳥屋が食べ荒した後の鳥鍋をつついてゐた。こちらの部屋へ一緒に立つて来る途中で、鳥屋が踊子の肩を軽く叩いた。おふくろが恐ろしい顔をした。

「こら。この子に触つておくれでないよ。生娘なんだからね。」

踊子はをぢさんをぢさんと言ひながら、鳥屋に「水戸黄門漫遊記」を読んでくれと頼んだ。しかし鳥屋はすぐに立つて行つた。続きを読んでくれと私に直接言へないので、おふくろから頼んで欲しいやうなことを、踊子がしきりに言つた。私は一つの期待を持つて講談本を取り上げた。果して踊子がするすると近寄つて来た。私が読み出すと、彼女は私の肩に触る程に顔を寄せて真剣な表情をしながら、眼をきらきら輝かせて一心に私の額をみつめ、瞬き一つしなかつた。これは彼女が本を読んで貰ふ時の癖らしかつた。さつきも鳥屋と殆ど顔を重ねてゐた。私はそれを見てゐたのだつた。この美しく光る黒眼がちの大きい眼は踊子の一番美しい持ちものだつた。二重瞼の線が言ひやうなく綺麗だつた。それから彼女は花のやうに笑ふのだつた。花のやうに笑ふと言ふ言葉が彼女にはほんたうだつた。

間もなく、料理屋の女中が踊子を迎へに来た。踊子は衣裳をつけて私に言つた。

「直ぐ戻つて来ますから、待つてゐて続きを読んで下さいね。」

それから廊下に出て手を突いた。

「行つて参ります。」

「決して歌ふんぢやないよ。」とおふくろが言ふと、彼女は太鼓を提げて軽くうなづいた。おふくろは私を振り向いた。

「今ちやうど声変りなんですから……。」

踊子は料理屋の二階にきちんと坐つて太鼓を打つてゐた。その後姿が隣り座敷のことのやうに見えた。太鼓の音は私の心を晴れやかに踊らせた。

「太鼓がはいると御座敷が浮き立ちますね。」とおふくろも向うを見た。

千代子も百合子も同じ座敷へ行つた。

一時間程すると四人一緒に帰つて来た。

「これだけ……。」と、踊子は握り拳からおふくろの掌へ五十銭銀貨をざらざら落した。私はまた暫く「水戸黄門漫遊記」を口読した。彼等はまた旅で死んだ子供の話をした。水のやうに透き通つた赤坊が生れたのださうである。泣く力もなかつたが、それでも一週間息があつたさうである。

好奇心もなく、軽蔑も含まない、彼等が旅芸人といふ種類の人間であることを忘れてしまつたやうな、私の尋常な好意は、彼等の胸にも沁み込んで行くらしかつた。私はいつの間にか大島の彼等の家へ行くことにきまつてしまつてゐた。

「爺さんのゐる家ならいいね。あすこなら広いし、爺さんを追ひ出しとけば静かだから、いつまでゐなさつてもいいし、勉強もお出来なさるし。」などと彼等同士で話し合つては私に言つた。

「小さい家を二つ持つて居りましてね、山の方の家は明いてゐるやうなものですもの。」

また正月には私が手伝つてやつて、波浮の港で皆が芝居をすることになつてゐた。

彼等の旅心は、最初私が考へてゐた程世智辛いものでなく、野の匂ひを失はないのんきなものであることも、私に分つて来た。親子兄弟であるだけに、それぞれ肉親らしい愛情で繋り合つてゐることも感じられた。雇女の百合子だけは、はにかみ盛りだからでもあるが、いつも私の前でむつつりしてゐた。

夜半を過ぎてから私は木賃宿を出た。娘達が送つて出た。踊子が下駄を直してくれた。踊子は門口から首を出して、明るい空を眺めた。

「ああ、お月さま。——明日は下田、嬉しいな。赤坊の四十九日をして、おつかさんに櫛を買つて貰つて、それからいろんなことがありますのよ。活動へ連れて行つて下さいましね。」

下田の港は、伊豆相模の温泉場などを流して歩く旅芸人が、旅の空での故郷として懐しがるやうな空気の漂つた町なのである。

五

芸人達はそれぞれに天城を越えた時と同じ荷物を持つた。おふくろの腕の輪に小犬が前足を載せて旅馴れた顔をしてゐた。湯ケ野を出外れると、また山にはいつた。海の上の朝日が山の腹を温めてゐた。私達は朝日の方を眺めた。河津川の行手に河津の浜が明るく開けてゐた。

「あれが大島なんですね。」

「あんなに大きく見えるんですもの、いらつしやいましね。」と踊子が言つた。

秋空が晴れ過ぎたためか、日に近い海は春のやうに霞んでゐた。ここから下田まで五里歩くのだつた。暫くの間海が見え隠れしてゐた。千代子はのんびりと歌を歌ひ出した。

途中で少し険しいが二十町ばかり近い山越えの間道を行くか、楽な本街道を行くかと言はれた時に、私は勿論近路を選んだ。

落葉で辷りさうな胸突き上りの木下路だつた。息が苦しいものだから、却つてやけ半分に私は膝頭を掌で突き伸すやうにして足を早めた。見る見るうちに一行は後れてしまつて、話し声だけが木の中から聞えるやうになつた。踊子が一人裾を高く掲げて、とつとつと私について来るのだつた。一間程うしろを歩いて、その間隔を縮めようとも伸さうともしなかつた。私が振り返つて話しかけると、驚いたやうに微笑みながら立ち止つて返事をする。踊子が話しかけた時に、追ひつかせるつもりで待つてゐると、彼女はやはり足を停めてしまつて、私が歩き出すまで歩かない。路が折れ曲つて一層険しくなるあたりから益々足を急がせると、踊子は相変らず一間うしろを一心に登つて来る。山は静かだつた。ほかの者達はずつと後れて話し声も聞えなくなつてゐた。

「東京のどこに家があります。」

「いいや、学校の寄宿舎にゐるんです。」

「私も東京は知つてます、お花見時分に踊りに行つて――。小さい時でなんにも覚えてゐません。」

それからまた踊子は、

「お父さんありますか。」とか、

「甲府へ行つたことありますか。」とか、ぽつりぽつりいろんなことを聞いた。下田へ着けば活動を見ることや、死んだ赤坊のことなぞを話した。

山の頂上へ出た。踊子は枯草の中の腰掛けに太鼓を下すと手巾《ハンカチ》で汗を拭いた。そして自分の足の埃を払はうとしたが、ふと私の足もとにしやがんで袴の裾を払つてくれた。私が急に身を引いたものだから、踊子はこつんと膝を落した。屈んだまま私の身の周りをはたいて廻つてから、掲げてゐた裾を下して、大きい息をして立つてゐる私に、

「お掛けなさいまし。」と言つた。

腰掛けの直ぐ横へ小鳥の群が渡つて来た。鳥がとまる枝の枯葉がかさかさ鳴る程静かだつた。

「どうしてあんなに早くお歩きになりますの。」

踊子は暑さうだつた。私が指でべんべんと太鼓を叩くと小鳥が飛び立つた。

「ああ水が飲みたい。」

「見て来ませうね。」

しかし、踊子は間もなく黄ばんだ雑木の間から空しく帰つて来た。

「大島にゐる時は何をしてゐるんです。」

すると踊子は唐突に女の名前を二つ三つあげて、私に見当のつかない話を始めた。大島ではなくて甲府の話らしかつた。尋常二年まで通つた小学校の友達のことらしかつた。それを思ひ出すままに話すのだつた。

十分程待つと若い三人が頂上に辿りついた。おふくろはそれからまた十分後れて着

いた。

下りは私と栄吉とがわざと後れてゆつくり話しながら出発した。二町ばかり歩くと、下から踊子が走つて来た。

「この下に泉があるんです。大急ぎでいらして下さいつて、飲まずに待つてゐますから。」

水と聞いて私は走つた。木蔭の岩の間から清水が湧いてゐた。泉のぐるりに女達が立つてゐた。

「さあお先きにお飲みなさいまし。手を入れると濁るし、女の後は汚いだらうと思つて。」とおふくろが言つた。

私は冷たい水を手に掬つて飲んだ。女達は容易にそこを離れなかつた。手拭をしぼつて汗を落したりした。

その山を下りて下田街道に出ると、炭焼の煙が幾つも見えた。路傍の材木に腰を下して休んだ。踊子は道にしやがみながら、桃色の櫛で犬のむく毛を梳いてやつてゐた。

「歯が折れるぢやないか。」とおふくろがたしなめた。

「いいの。下田で新しいのを買ふもの。」

湯ケ野にゐる時から私は、この前髪に挿した櫛を貰つて行くつもりだつたので、犬の毛を梳くのはいけないと思つた。

道の向う側に沢山ある篠竹の束を見て、杖に丁度いいなぞと話しながら、私と栄吉とは一足先きに立つた。踊子が走つて追つかけて来た。自分の背より長い太い竹を持つてゐた。

「どうするんだ。」と栄吉が聞くと、ちよつとまごつきながら私に竹を突きつけた。

「杖に上げます。一番太いのを抜いて来た。」

「駄目だよ。太いのは盗んだと直ぐに分つて、見られると悪いぢやないか。返して来い。」

踊子は竹束のところまで引き返すと、また走つて来た。今度は中指くらゐの太さの竹を私にくれた。そして、田の畦に背中を打ちつけるやうに倒れかかつて、苦しさうな息をしながら女達を待つてゐた。

私と栄吉とは絶えず五六間先きを歩いてゐた。

「それは、抜いて金歯を入れさへすればなんでもないわ。」と、踊子の声がふと私の耳にはいつたので振り返つてみると、踊子は千代子と並んで歩き、おふくろと百合子とがそれに少し後れてゐた。私の振り返つたのを気づかないらしく千代子が言つた。

「それはさう。さう知らしてあげたらどう。」

私の噂らしい。千代子が私の歯並びの悪いことを言つたので、踊子が金歯を持ち出したのだらう。顔の話らしいが、それが苦にもならないし、聞耳を立てる気にもならない程に、私は親しい気持になつてゐるのだつた。暫く低い声が続いてから踊子の言ふのが聞えた。

「いい人ね。」

「それはさう、いい人らしい。」

「ほんとにいい人ね。いい人はいいね。」

この物言ひは単純で明けつ放しな響きを持つてゐた。感情の傾きをぽいと幼く投げ出して見せた声だつた。私自身にも自分をいい人だと素直に感じることが出来た。晴れ晴れと眼を上げて明るい山々を眺めた。瞼の裏が微かに痛んだ。二十歳の私は自分の性質が孤児根性で歪んでゐると厳しい反省を重ね、その息苦しい憂鬱に堪へ切れないで伊豆の旅に出て来てゐるのだつた。だから、世間尋常の意味で自分がいい人に見えることは、言ひやうなく有難いのだつた。山々の明るいのは下田の海が近づいたからだつた。私はさつきの竹の杖を振り廻しながら秋草の頭を切つた。

途中、ところどころの村の入口に立札があつた。

——物乞ひ旅芸人村に入るべからず。

六

甲州屋といふ木賃宿は下田の北口をはいると直ぐだつた。私は芸人達の後から屋根裏のやうな二階へ通つた。天井がなく、街道に向つた窓際に坐ると、屋根裏が頭につかへるのだつた。

「肩は痛くないかい。」と、おふくろは踊子に幾度も駄目を押してゐた。

「手は痛くないかい。」

踊子は太鼓を打つ時の美しい手真似をしてみた。

「痛くない。打てるね、打てるね。」

「まあよかつたね。」

私は太鼓を提げてみた。

「おや、重いんだな。」

「それはあなたの思つてゐるより重いわ。あなたのカバンより重いわ。」と踊子が笑つた。

芸人達は同じ宿の人々と賑かに挨拶を交してゐた。やはり芸人や香具師《やし》のやうな連中ばかりだつた。下田の港はこんな渡り鳥の巣であるらしかつた。踊子はちよこちよこ部屋へはいつて来た宿の子供に銅貨をやつてゐた。私が甲州屋を出ようとすると、踊子が玄関に先廻りしてゐて下駄を揃へてくれながら、

「活動につれて行つて下さいね。」と、またひとり言のやうに呟いた。

無頼漢のやうな男に途中まで路を案内してもらつて、私と栄吉とは前町長が主人だ

といふ宿屋へ行つた。湯にはいつて、栄吉と一緒に新しい魚の昼飯を食つた。

「これで明日の法事に花でも買つて供へて下さい。」

さう言つて僅かばかりの包金を栄吉に持たせて帰した。私は明日の朝の船で東京に帰らなければならないのだつた。旅費がもうなくなつてゐるのだ。学校の都合があると言つたので芸人達も強ひて止めることは出来なかつた。

昼飯から三時間と経たないうちに夕飯をすませて、私は一人下田の北へ橋を渡つた。下田富士に攀ぢ登つて港を眺めた。帰りに甲州屋へ寄つてみると、芸人達は鳥鍋で飯を食つてゐるところだつた。

「一口でも召し上つて下さいませんか。女が箸を入れて汚いけれども、笑ひ話の種になりますよ。」と、おふくろは行李から茶碗と箸を出して、百合子に洗つて来させた。

明日が赤坊の四十九日だから、せめてもう一日だけ出立を延ばしてくれと、またしても皆が言つたが、私は学校を楯に取つて承知しなかつた。おふくろは繰り返し言つた。

「それぢや冬休みには皆で船まで迎へに行きますよ。日を報せて下さいましね。お待ちして居りますよ。宿屋へなんぞいらしちや厭ですよ、船まで迎へに行きますよ。」

部屋に千代子と百合子しかゐなくなつた時活動に誘ふと、千代子は腹を抑へてみせて、

「体が悪いんですもの、あんなに歩くと弱つてしまつて。」と、蒼い顔でぐつたりしてゐた。百合子は硬くなつてうつむいてしまつた。踊子は階下で宿の子供と遊んでゐた。私を見るとおふくろに縋りついて活動に行かせてくれとせがんでゐたが、顔を失つたやうにぼんやり私のところに戻つて下駄を直してくれた。

「なんだつて。一人で連れて行つて貰つたらいいぢやないか。」と、栄吉が話し込んだけれども、おふくろが承知しないらしかつた。なぜ一人ではいけないのか、私は実に不思議だつた。玄関を出ようとすると踊子は犬の頭を撫でてゐた。私が言葉を掛けかねた程によそよそしい風だつた。顔を上げて私を見る気力もなささうだつた。

　私は一人で活動に行つた。女弁士が豆洋燈《ランプ》で説明を読んでゐた。直ぐに出て宿へ帰つた。窓敷居に肘を突いて、いつまでも夜の町を眺めてゐた。暗い町だつた。遠くから絶えず微かに太鼓の音が聞えて来るやうな気がした。わけもなく涙がぽたぽた落ちた。

七

　出立の朝、七時に飯を食つてゐると、栄吉が道から私を呼んだ。黒紋附の羽織を着込んでゐる。私を送るための礼装らしい。女達の姿が見えない。私は素早く寂しさを感じた。栄吉が部屋へ上つて来て言つた。

「皆もお送りしたいのですが、昨夜晩く寝て起きられないので失礼させていただきました。冬はお待ちしてゐるから是非と申して居りました。」

町は秋の朝風が冷たかつた。栄吉は途中で敷島四箱と柿とカオールといふ口中清涼剤とを買つてくれた。

「妹の名が薫ですから。」と、微かに笑ひながら言つた。

「船の中で蜜柑はよくありませんが、柿は船酔ひにいいくらゐですから食べられます。」

「これを上げませうか。」

私は鳥打帽を脱いで栄吉の頭にかぶせてやつた。そしてカバンの中から学校の制帽を出して皺を伸しながら、二人で笑つた。

乗船場に近づくと、海際にうづくまつてゐる踊子の姿が私の胸に飛び込んだ。傍に行くまで彼女はじつとしてゐた。黙つて頭を下げた。昨夜のままの化粧が私を一層感情的にした。眦の紅が怒つてゐるかのやうな顔に幼い凛々しさを与へてゐた。栄吉が言つた。

「外の者も来るのか。」

踊子は頭を振つた。

「皆まだ寝てゐるのか。」

踊子はうなづいた。

栄吉が船の切符とはしけ券とを買ひに行つた間に、私はいろいろ話しかけて見たが、踊子は堀割が海に入るところをじつと見下したまま一言も言はなかつた。私の言葉が終らない先き終らない先きに、何度となくこくりこくりうなづいて見せるだけだつた。

そこへ、

「お婆さん、この人がいいや。」と、土方風の男が私に近づいて来た。

「学生さん、東京へ行きなさるだね。あんたを見込んで頼むだがね、この婆さんを東京へ連れてつてくんねえか。可哀想な婆さんだ。倅が蓮台寺の銀山に働いてゐたんだがね、今度の流行性感冒て奴で倅も嫁も死んぢまつたんだ。こんな孫が三人も残つちまつたんだ。どうにもしやうがねえから、わしらが相談して国へ帰してやるところなんだ。国は水戸だがね、婆さん何も分らねえんだから、霊岸島へ着いたら、上野の駅へ行く電車に乗せてやつてくんな。面倒だらうがな、わしらが手を合はして頼みてえ。まあこの有様を見てやつてくれりや、可哀想だと思ひなさるだらう。」

ぽかんと立つてゐる婆さんの背には、乳呑児がくくりつけてあつた。下が三つ上が五つくらゐの二人の女の子が左右の手に捉まつてゐた。汚い風呂敷包から大きい握飯と梅干とが見えてゐた。五六人の鉱夫が婆さんをいたはつてゐた。私は婆さんの世話を快く引き受けた。

「頼みましたぞ。」

「有難え。わしらが水戸まで送らにやならねえんだが、さうも出来ねえでな。」など鉱夫達はそれぞれ私に挨拶した。

はしけはひどく揺れた。踊子はやはり脣をきつと閉ぢたまま一方を見つめてゐた。私が縄梯子に捉まらうとして振り返つた時、さよならを言はうとしたが、それも止して、もう一ぺんただうなづいて見せた。はしけが帰つて行つた。栄吉はさつき私がやつたばかりの鳥打帽をしきりに振つてゐた。ずつと遠ざかつてから踊子が白いものを振り始めた。

汽船が下田の海を出て伊豆半島の南端がうしろに消えて行くまで、私は欄干に凭れて沖の大島を一心に眺めてゐた。踊子に別れたのは遠い昔であるやうな気持だつた。婆さんはどうしたかと船室を覗いてみると、もう人々が車座に取り囲んで、いろいろと慰めてゐるらしかつた。私は安心して、その隣りの船室にはいつた。相模灘は波が高かつた。坐つてゐると、時々左右に倒れた。船員が小さい金だらひを配つて廻つた。私はカバンを枕にして横たはつた。頭が空つぽで時間といふものを感じなかつた。涙がぽろぽろカバンに流れた。頬が冷たいのでカバンを裏返しにした程だつた。私の横に少年が寝てゐた。河津の工場主の息子で入学準備に東京へ行くのだつたから、一高の制帽をかぶつてゐる私に好意を感じたらしかつた。少し話してから彼は言つた。

「何か御不幸でもおありになつたのですか。」

「いいえ、今人に別れて来たんです。」

私は非常に素直に言つた。泣いてゐるのを見られても平気だつた。私は何も考へてゐなかつた。ただ清々しい満足の中に静かに眠つてゐるやうだつた。

海はいつの間に暮れたのかも知らずにゐたが、網代や熱海には灯があつた。肌が寒く腹が空いた。少年が竹の皮包を開いてくれた。私はそれが人の物であることを忘れたかのやうに海苔巻のすしなぞを食つた。そして少年の学生マントの中にもぐり込んだ。私はどんなに親切にされても、それを大変自然に受け入れられるやうな美しい空虚な気持だつた。明日の朝早く婆さんを上野駅へ連れて行つて水戸まで切符を買つてやるのも、至極あたりまへのことだと思つてゐた。何もかもが一つに融け合つて感じられた。

船室の洋燈が消えてしまつた。船に積んだ生魚と潮の匂ひが強くなつた。真暗ななかで少年の体温に温まりながら、私は涙を出委せにしてゐた。頭が澄んだ水になつてしまつてゐて、それがぽろぽろ零《こぼ》れ、その後には何も残らないやうな甘い快さだつた。

抒情歌

死人にものいひかけるとは、なんといふ悲しい人間の習はしでありませう。

けれども、人間は死後の世界にまで、生前の世界の人間の姿で生きてゐなければならないといふことは、もつと悲しい人間の習はしと、私には思はれてなりません。

植物の運命と人間の運命との似通ひを感ずることが、すべての抒情詩の久遠《くをん》の題目である。――さう言つた哲学者の名前さへ忘れ、そのあとさきへつづく文句も知らず、この言葉だけを覚えてゐるのでありますから、植物とはただの開花落葉といふだけの心なのか、もつと深い心がこめられてゐるのか、私には分りませんけれども、仏法のいろいろな経文をたぐひなくありがたい抒情詩と思ひます今日この頃の私は、かうして死人のあなたにものいひかけるにしても、あの世でもやはりこの世のあなたのお姿をしていらつしやるあなたに向つてよりも、私の目の前の早咲きの蕾を持つ紅梅に、あなたが生れかはつていらつしやるといふおとぎばなしをこしらへ、その床の間の紅梅に向つての方が、どんなにうれしいかしれません。なにも目の前の名の知れた花でなくともよろしいのです。フランスのやうな遠い国の、名知らぬ山の、見知らぬ花に、あなたが生れかはつていらつしやると思つて、その花にものいひかけるにしてもおなじなのです。それほどまでに今もやはり私はあなたを愛してをります。

かう言つて、ふとほんたうに遠くの国を眺める思ひをいたしてみますと、なんにも見えずに、この部屋の香《にほひ》がいたします。

この香は死んでゐるわ。

さうつぶやいて私は笑ひ出してしまひました。

私は香水をつかつたことのない娘でありました。

覚えていらつしやいますか。もう四年前のあの夜、風呂のなかで突然はげしい香におそはれた私は、その香水の名は知らぬながらも、真裸でこのやうな強い香をかぐのは、たいへん恥かしいことだと思ふうちに、目がくらんで気が遠くなつたのでありました。それはちやうど、あなたが私を振り棄て、私に黙つて結婚なされ、新婚旅行のはじめての夜のホテルの白い寝床に、花嫁の香水をお撒きになつたのと、同じ時なのでありました。私はあなたが結婚なさるとは知りませんでしたけれども、後から思ひ合せてみますと、それは全く同じ時刻でありました。

あなたは新床《にひどこ》に香水を撒きながら、ふと私にお詫びをなすつたのでせうか。

この花嫁が私であつたらと、ふとお思ひになつたのでありませうか。

西洋の香水といふものは強い現世の香がいたします。

今夜は私の古くからの友達が五六人宅へ見え、かるたを取りましたけれども、お正月といつても松の内を過ぎてかるた会には季節おくれのためか、もうめいめい夫や子のある私達の年がかるた会には少しばかり季節おくれのためか、お互ひの吐く息が部屋を重くするとお互ひに分つてをりますところへ、父が中国の香《かう》をたいてくれたのでありました。それは部屋を涼しくしてくれはしたものの、やはり皆がめいめい勝手な思ひ出に耽つてゐるといふ風に、座はひきたたないのでありました。

思ひ出は美しいものと、私は信じてをります。

けれども、屋根の上に温室のある部屋で、四五十人もの女が集まり、いち時に思ひ出の競争をいたしましたなら、部屋から立ちのぼるはげしい悪臭のために、温室の花はみんな枯れてしまふでありませう。なにもその女達が醜い行ひをして来たからといふのではありません。未来といふものにくらべまして、過去といふものは遥かになまなましく動物じみてゐるからのことであります。

そんなけげんなことを考へながら、私は母のことを思ひ出してをりました。

私が神童と謳はれましたはじまりは、かるた会なのでありました。

まだ四つか五つの頃で、私は片仮名も平仮名も一字も読めませんのに、母はなんと思ひましてか、源平戦のたけなはに私の顔をふいと覗きこんで、分る？　龍枝ちゃん、そんなにいつもおとなしく見てゐて。それから頭を撫でながら、お仲間入りして取つてごらんなさい、龍枝ちゃんも、一枚ぐらゐ取れるわね。相手がぐわんぜない幼児《をさなご》ですもの、皆は出しかかつた手をひつこめて、私一人をじつと見ます。

お母ちゃん、これ？　と、私はなにげなく、ほんたうになにげなく、母の膝の直ぐ前の一枚の取札を、その札より小さい手でおさへながら、母を見上げたのでありました。

まあ、とまつさきに驚いたのは母でありましたけれども、皆が母につづいて感嘆の声を揃へますと、母は、まぐれあたりでございますわ、仮名も習つてゐない子供が。でも、さうなりますと、皆は客に来てゐる私の家へのお愛想といたしましても、もう勝負はそこのけのありさまで、読手までが、お嬢さんようござんすかと、私一人のためにゆつくり三度も四度も繰り返して読んでくれるのでありました。私はまた一枚の札を取りました。これもあたつてをりました。さうして何枚取つても皆あたりましたけれども、歌を聞いても意味がちつとも分りませず、一首だつて歌を諳んじてゐるわけではないし、字も読めませんのですから、全くあたつたといふのがほんたうで、私はただなにげなく手を動かしながら、頭を撫でてくれる母の手に母の強い喜びを感じてゐただけでありました。

このことは直ぐたいへんな評判となりました。私の家へ招きました客達の前で、また母と私とが招かれて行きました家々で、幼い私はいくたびこの親子の愛のしるしの遊戯を繰り返したことでありましたか。さうして私はかるた取りばかりでなく、もつと晴れがましい神童の奇蹟をだんだん現はすやうになつたのでありました。

自分で百人一首の歌を覚え、自分で取札の平仮名を読むやうになつてをりますす今夜の私は、ただなにげなく手を動かしてをりました神童の頃よりも、反つてかるたを取るのがむづかしく、また下手になつたやうでもあります。

お母さん。けれども今の私は、あんなにまでして愛のあかしをお求めなすつたお母さんが、反つて西洋の香水のやうにいとはしいと思はれます。

恋人のあなたが私をお棄てなすつたのも、あなたと私との間に余りに愛のあかしばかりが満たされてゐたからでありませう。

あなたと花嫁との新床の香水の香を、お二人のホテルとは遠く離れた風呂場で嗅いでからといふもの、私の魂は一つの扉をとざしてしまひました。

あなたがおなくなりになつてから、私はまだ一度もあなたのお姿をお見かけいたしません。

まだ一度もあなたのお声をお聞きいたしません。

私の天使の翼は折れてしまつたのでありました。

なぜなら、あなたのいらつしやる死の世界へ、私が飛んで行きたくないからでありました。

あなたのために棄てる命が惜しいのではありません。死んで一茎の野菊にでも生れかはれるものなら、私は明日にもあなたの後を追ひますでありませう。

この香は死んでゐるわ、とつぶやいて私が笑ひ出しましたのも、葬式とか法事とかのほかにはあまり中国風の香をかいだことのない私の習はしを笑つたのでありましたけれど、私はつい先頃手にした二つの本の香のおとぎばなしを思ひ出しました。

その一つは維摩経の衆香の国、さまざまの香をはなつさまざまの樹の下に聖者達が坐つてゐられまして、それぞれの香を嗅ぐことで真理をさとるといふ――一つの香から一つの真理を知り、さうして別の香からはまた別の真理を知るのであります。

物理学の本を素人が読みますと、香も音も色もただそれを感じる人間の感覚器官がちがつてゐるだけでありまして、根はおんなじもののやうに思はれます。科学者達は魂の力も電気や磁力とおんなじやうなものであるといふ、まことしやかなおとぎばなしをつくります。

伝書鳩を愛の使者につかつた恋人がありました。男は旅にをりました。男の行くさきざきの遠い土地から、鳩はどうして女のところに帰れるのでありませう。それは鳩の足に結びつけました手紙のなかの愛の力と、その恋人達は信じてをりました。幽霊を見た猫があります。いろいろな動物は人間の運命を人間よりも鋭く予知する場合がたくさんあります。私が子供の頃、猟に行きました父が伊豆の山で見失つたイングリツシユ・ポインタアのことは、あなたにもいつかお話いたしましたと思ひます。ふらふらに痩せさらばうて、八日目に私どもの家へ帰つてまゐりました。主人から与へられましたもののほかになにも食べない犬でありました。伊豆から東京まで、この犬はなにをたよりに歩いて来たのでありませう。

人間がさまざまな香からさまざまな真理をさとるといふことも、ただ美しい象徴の歌とばかりは思はれません。衆香の国の聖者達が香を心の糧となされましたやうに、レイモンドの語る霊の国の人達は色を心の糧といたしてをります。

陸軍少尉レイモンド・ロツヂはサア・オリヴア・ロツヂの末の子でありました。一九一四年志願兵として入営、南ランカシア第二聯隊附となつて出征、一九一五年九月十四日フウヂ丘の攻撃の時に戦死いたしました。やがて彼は霊媒《ミデイアム》のレナアド夫人やエイ・ヴイ・ピイタアズを通して、霊の国のありさまをいろいろこまかに通信いたします。父のロツヂ博士が、その霊界の消息を一冊の大きい本にまとめたのでありました。

レナアド夫人の宿霊《コントロオル》はフイイダと呼ぶインドの少女、ピイタアズの宿霊はムウンストオンと呼ぶイタリイの老隠者でありました。ですから霊媒はブロオクンな英語で話します。

霊の国の第三界に住んでをりますレイモンドが、ある時第五界へ行つてみますと、雪花石膏《アラバスタア》で出来てゐるかと思はれます大きい殿堂がありました。

そのお堂は真白でいろんな色のともし火がたくさんともつてゐましたの。あるところは紅色のともし火で一ぱい、それから、……青い色の、そして真中はオレンヂ色だつたやうですの。それが今言つた言葉から思ふやうななまなましい色ではなく、ほんたうにやはらかい色合ですの。さうしてあの方は（フイイダがレイモンドのことをあの方といふのです。）それらの色がどこから来るのかしらと眺めました。すると、たいへん広い窓がたくさんあつて、それにさういふ色のガラスが嵌めてあるのでした。そして、お堂のなかの人達は紅ガラスを通つて来るピンク色のところへ行つて立つたり、青い光のなかへ立つたりしてゐますの。オレンヂ色や黄色の光を浴びてゐる者もありました。なんのためにみんながそんなことをしてゐるのかしらと、あの方はお思ひになつたのですよ。そしたら誰かが教へてくれましたの。ピンク色の光は愛の光、青色はほんたうに心を癒す光、それからオレンヂは智慧の光。みんなめいめい自分の望む光のところへ行つて立つてゐるのですつて。そして案内の人のいふには、これは地上の人達が知つてゐるよりも、もつともつと大切なことですつて。現世でもいづれそのうちに、いろいろの光の効果といふものがもつと研究されるやうになるでせうつて。

あなたは笑つていらつしやいませう。そのやうな光の効果で、私達は地上の愛の寝室の色を飾つたのでありました。精神病の医者も色に気をつけてをります。

レイモンドの香のおとぎばなしも、やつぱり色のおとぎばなしのやうに幼いのであります。

地上の朽ちた花の香は天上に立ち昇つて、その香が地上とおんなじ花を天上に開かせるといふのであります。霊の国の物質はみんな地上から立ち昇る香で出来るのであります。よく気をつけてみますと、地上で死んだもの、腐つたものには、みんなそれぞれの香があります。その香が昇天して、その香が香となる前の元のものがその香からつくられるのであります。アカシヤの香と竹の香とはちがひます。腐つた麻の香と腐つたラシヤの香とはちがひます。

人間の霊も人魂の火の玉のやうにいち時に死骸を飛び出しはいたしませず、香の糸のやうにそろそろと死骸から立ち昇りまして、それが天上でひとところに纏まつて、地上に残した肉体の写しを取るやうに、その人の霊の体をつくり上げます。ですから、あの世の人間の姿はこの世の人間の姿と、そつくりそのままであります。レイモンドも睫や指紋まで生きてゐた時とちつとも変りませんばかりか、この世で虫歯だつたところへ、あの世で綺麗な歯が生えかはつたりしてをります。

この世で盲目だつたものは目が開き、びつこだつた男は健かな両足となり、この世と同じ馬や猫や小鳥もをりますし、煉瓦建の家もありますし、もつとほほゑましいのは、葉巻やウヰスキイ・ソオダアまでが、地上からの香のエッセンスかエエテルのやうなものでつくられるのであります。幼く死んだ子供は霊の世界へ行つてから生ひ立ちます。小さいうちにこの世を去りあの世で大きくなつたきやうだいに、レイモンドも会ひますけれど、地上の世界のことをあまり知りませぬその霊的な姿の美しさは、殊に光で織つた衣裳をつけ、手に百合を持つたリリイと呼ぶ少女の清らかさは、詩人の筆に歌はれたらどんなであらうと思はれます。

大詩人ダンテの神曲や大心霊学者スヱエデンボルグの天国と地獄にくらべますと、レイモンドの霊界通信はほんの赤んぼのかたことでありますけれど、それだけにまことしやかなおとぎばなしとしてほほゑまれます。そしてまた私は、この長つたらしい記録のうちで、まことしやかな頁よりも、おとぎばなしじみた頁が好きなのでありますロッヂだとて、霊媒の語るあの世のありさまを確かなものと信じてゐるわけではありませず、ただ死んだ息子といろいろの話をしたといふ、つまり魂が不滅でありますことのあかしを立て、ヨオロッパの大戦争で愛する者を失ひました幾十万の母や恋人にこの本を贈つたのでありました。ほんたうにまた、私が数知れず読みました霊界通信のうちで、レイモンドほど魂の永生を現実的に語つた記録はありませんでした。

あなたといふ人に死に別れて、この本に慰められねばなりません私でありながら、そのなかから一つ二つのおとぎばなしだけをさがし出したりするのは、たいへん料簡ちがひでありませうけれど。

でも、ダンテやスヱエデンボルグにいたしましても、いつたい西洋人のあの世の幻想は、仏典の仏達の住む世界の幻想にくらべますと、なんと現実的で、さうして弱少で卑俗なことでありませう。東洋でも孔子なんかは、いまだ生を知らずいづくんぞ死を知らんやとあつさりかたづけてしまひましたけれども、仏教の経文の前世と来世との幻想曲をたぐひなくありがたい抒情詩だと思ふ今日この頃の私であります。

レナアド夫人の宿霊のフイイダがインドの少女でありますなら、レイモンドが天上でキリストにお会ひした時のをののく喜びを語りながら、どうして天上界に、釈迦牟尼世尊のお姿をも見なかつたのでありませう。仏典の教へるあの世の豊かな幻想を、どうして語らなかつたのでありませう。

レイモンドがクリスマスには一日ぢゆう地上の家へ帰つてゐますと言つて、死とともに魂も滅んでしまふものと遺族達に考へられてゐる霊達の寂しさを嘆いてゐることから、私は思ひ出しました。あなたがおなくなりになつてから、盂蘭盆会にあなたの精霊を、祀ること在《おは》すがごとくに、私がお迎へ申したことは一度もありませんでした。

それをあなたもお寂しいとお思ひになりますか。

目連尊者のことを書いた仏説盂蘭盆経も、私は好きであります。道丕が読経の功徳で父の髑髏を踊らせた話も、睒子経に出てゐます。釈迦牟尼世尊の前身の白象の話も私は好きであります。麻柯《をがら》の迎へ火から燈籠流しの送り火までの精霊祭の形式も、美しいままごとだと思ひます。無縁仏のためにも川施餓鬼を忘れませず、針供養のやうなことまでする日本人であります。

けれども、山城の瓜や茄子をそのままに、手向けとなれや加茂川の水、と歌つた一休禅師の精霊祭の心を、私はなにより美しいと思つてをります。

なんと大きな精霊祭ぢやないか。今年出来た瓜も精霊なすびも精霊、加茂川の水も精霊、桃や柿やありの実も精霊、死んだ亡者も精霊、生きてゐる者も精霊、この精霊達が打ち寄つて、無心無念の御対面、さてさてありがたやと思ふばかり、ただ一体の精霊祭、即ちこれ一心法界の説法といふ。法界即ち一心なるゆゑ、一心即ち法界、草木国土悉皆成仏祭といふものぢや。

こんな風に松翁は一休の歌の心を解いてをります。

心地観経には、一切の衆生は五道を輪転し、百千劫を経て、いくたびも生れかはり死にかはりするうちには、いつかどこかでお互ひに父母となり合ふのでありますから、世のなかの男子はことごとく慈父でありますし、世のなかの女子はことごとく悲母でありますと説かれてをります。

悲母といふ言葉がつかつてあります。

父は慈恩あり、母は悲恩ありとも書いてあります。

悲といふ字を、ただ悲しいと読むのは浅はかでありませうけれど、仏法では母の恩の方が父の恩より重いとしてあります。

あなたは私の母がなくなつた時のことをよく覚えていらつしやいませうね。

お母さんのことを思つてゐるのかいと、あの時いきなりあなたに言はれて、私はどんなにびつくりしたことでせう。

雨がなにかにすうつと吸ひ取られるやうに晴れると、世のなかがからつぽになつたやうな明るい初夏の日光でありました。窓の下の芝生から、いかにも新しさうな糸遊《かげろふ》が立つうちに、もう西日でありました。私はあなたの膝に乗つて、今線を書きなほしたやうにはつきりいたしました西の雑木林を眺めてをりましたところ、芝生のはしがぽうつと色づきますので夕日が糸遊にうつるのかと思ひますと、そこを母が歩いてまゐります。

私は親のゆるしなしに、あなたと住んでをりました。

けれどもさういふ恥かしさはありませず、おやと思つて立ち上らうとしますと、母はなにかものいひたげに左手で咽《のど》をおさへて、ふつと姿が消えてしまひました。

その拍子に私はまた体の重みをすつかりあなたの膝に落しますと、あなたは、お母さんのことを考へてゐるのかい。

まあ、ごらんになつて、あなたも?

なにを。

お母さんが今そこへいらしたのよ。

どこへ。

そこです。

見やしない。お母さんがどうかしたのかね。

ええ、なくなつたのですわ。娘のところへ死の報せにいらしたのですわ。

私は直ぐに父の家へ帰りました。母のなきがらはまだ病院から家へ着いてはをりませんでした。音信不通の私は母の病気のことをちつとも知らなかつたのでありました。母は舌癌で死んだのでありました。それで私に咽のあたりをおさへて見せたのでありませうか。

私が母の幻を見ましたのと母が息をひきとりましたのとは、そつくり同じ時刻でありました。

この悲母のためにさへ、私は盂蘭盆会の祭壇を設けようとはいたしませんでした。まして巫女の口寄せのやうなことで、母からあの世の話を聞きたいとは思ひません。雑木林の一本の若木を母と思ひ、その木に話しかける方が私にはこのもしいのであります。

釈迦は輪廻の絆より解脱して涅槃の不退転に入れと、衆生に説いてゐられるのでありますから、転生をくりかへしてゆかねばならぬ魂はまだ迷へる哀れな魂なのでありませうけれど、輪廻転生の教へほど豊かな夢を織りこんだおとぎばなしはこの世にないと私には思はれます。人間がつくつた一番美しい愛の抒情詩だと思はれます。インドにはヴエダ経の昔からこの信仰がありますから、もともと東方の心なのでせうけれども、ギリシヤ神話にも明るい花物語がありますし、フアウストのグレエトヘンの牢屋の歌をはじめ、西方にも動物や植物への転生の伝説は星屑よりも多いのであります。

昔の聖者達にいたしましても、近頃の心霊学者達にいたしましても、人間の霊魂のことを考へました人達は、たいてい人間の魂ばかりを尊んで、ほかの動物や植物をさげすんでをります。人間は何千年もかかつて、人間と自然界の万物とをいろいろな意味で区別しようとする方へばかり、盲滅法に歩いて来たのであります。

そのひとりよがりの空しい歩みが、今になつて人間の魂をこんなに寂しくしたのではありませんでせうか。

いつかまた人間は、もと来たこの道を逆にひきかへして行くやうになるかもしれないのであります。

太古の民や未開民族の汎神論と、あなたはお笑ひになりますか。けれども科学者は物質を造るもとともいふべきものをこまかくたづねてゆけばゆくほど、そのものは万物の間を流転すると知らねばならなくなつたではありませんか。この世で形を失ふもの の香があの世の物質を形づくるといふのも、科学思想の象徴の歌に過ぎません。物質のもとや力が不滅であるのに、智慧浅い若い女の私の半生でさへさとられずにゐられませんでした魂の力だけが滅びると、なぜ考へなければならないのでありませう。魂といふ言葉は天地万物を流れる力の一つの形容詞に過ぎないのではありますまいか。

霊魂が不滅であるといふ考へ方は、生ける人間の生命への執着と死者への愛着とのあらはれでありませうから、あの世の魂もこの世のその人の人格を持つと信じるのは、人情の悲しい幻の習はしでありませうけれど、人間は生前のその人の姿形ばかりか、この世の愛や憎しみまでもあの世へ持つてゆきますし、生と死とに隔てられても親子は親子ですし、あの世でも兄弟は兄弟として暮しますし、西洋の死霊はたいてい冥土も現世の社会に似てゐると語りますのを聞きまして、私は反つて人間のみ尊しの生の執着の習はしを寂しいことに思ひます。

白い幽霊世界の住人なんかになるよりも、私は死ねば一羽の白鳩か一茎のアネモネの花になりたいのであります。さう思ふ方が生きてゐる時の心の愛がどんなに広々とのびやかなことでありませう。

大昔のピタゴラスの一派なんかも、悪人の魂は来世でけだものや鳥の体内におしこめられて、苦しまねばならないと考へてをりました。

十字架の血潮もまだ乾き切らぬ三日目にイエス・キリストは昇天なされまして、主の屍は消え失せてしまひました。輝ける衣服を着たる二人、その傍らに立てり。彼等懼《おそ》れて面《おもて》を地に伏せければ、その人言ひけるは、汝等何ぞ死にたる者の中に生きたるものを尋ぬるや、彼はここにあらず、甦りたり。彼ガリラヤに居りし時、汝等に語りて人の子は必ず罪ある人の手に付《わた》され、十字架に釘《つ》けられ、第三日に甦るべしといひたりしを思ひ出でよ。

この二人のやうな輝ける衣服を、レイモンドが天上でお見かけするイエス・キリストも身にまとうてをられます。キリストばかりでなく、霊の国の人達はみんな光で織つた衣裳をつけてをりますが、その魂達はこれを自分の心でつくつた衣裳、つまり地上で送つた精神生活が死後の魂の衣となると考へてゐるさうであります。この霊の衣裳の話には、この世の倫理の教へがふくませてあります。仏教の来世と同じやうに、レイモンドの天国にも第七界までありまして、魂の修行にしたがつてだんだんと高きに昇つてゆくのであります。

仏法の輪廻転生の説もこの世の倫理の象徴のやうであります。前生の鷹が今生の人となるも、現世の人が来世の蝶となるも仏となるも、みなこの世の行の因果応報と教へてあります。

これはありがたい抒情詩のけがれであります。

古いエジプトの響き高い抒情詩であります死者の書の転生の歌は、もつと素直でありますし、ギリシヤ神話のイリスの虹の衣裳は、もつと明るい光でありますし、アネモネの転生は、もつと朗らかな喜びでありました。

月だつて星だつて、それから動物や植物までが、みんな神さまと考へられて、その神さまといふのがまた人間とちつともかはりない感情で泣いたり笑つたりするギリシヤ神話は、裸で晴天の青草の上に踊るやうにすこやかであります。

そこでは神さまがまるでかくれんぼをするやうななにげなさで草花になつてしまひます。森の美しいニンフのヘリデスは夫ではない若者の愛の目から隠れるために、雛菊の花となつてしまつたのでありました。

ダフオンはみだらなアポロからのがれて乙女の純潔をまもるために、月桂樹となつてしまつたのでありました。

美しい少年のアドニスは彼の死を悲しむ恋人ヴイナスを慰めるために福寿草の姿に生きかへり、美しい若者のヒヤシンスの死を嘆くアポロは愛人の姿をヒヤシンスの花にかへてやつたのでありました。

してみれば私が床の間の紅梅をあなたと思ひ、その花にものいひかけたとてよいではありませんか。

奇なるかな、火中に蓮華を生じ、愛慾の中に正覚を示す。

あなたに棄てられ、アネモネの花の心を知りました私は、ちやうどこの言葉の通りでありましたでせうか。アネモネと呼ぶ美しい森の女神に風の神がいつしか思ひこがれるやうになりました。どうしてかこのことが風の神の恋人の花の神の耳に入つたものですから、花の神は嫉妬のあまり、なんにも知らぬ清らかなアネモネを宮殿から追ひ出してしまつたのでありました。アネモネは幾夜も野辺に泣き明してから、こんなことならいつそ草花にでもなつてしまはう、この世があるかぎり美しい草花として生きよう、草花の素直な心であめつちの恵みを受けよう、ふとさういふさとりが開けたのださうであります。

哀れな女神でゐるよりも、美しい草花になつた方が、どんなに楽しいでせうと思ひつくと、女神の心ははじめてほのぼのと明るんだといふことです。

私をお棄てなされたあなたへの恨みと、あなたを奪ひました綾子への妬みとに、日毎夜毎責めさいなまれました私は、哀れな女人でゐるよりも、いつそアネモネの花のやうな草花になつてしまつた方がどんなにしあはせかと、幾度思つたことでありましたでせう。

人間の涙といふものはをかしなものであります。

をかしいといへば、私が今夜あなたにものいひかける言葉もをかしなことだらけのやうですけれど、でも考へてみますと、私は幾千年もの間に幾千万の、また幾億の人間が夢みたり願つたりいたしましたことばかりを言つてゐるのでありまして、私はちやうど人間の涙の一粒のやうな象徴抒情詩として、この世に生れた女かと思はれます。

あなたといふ恋人のある時、私の涙は夜の眠りに入る前に、私の頬を流れたのでありました。

ところが、あなたといふ恋人を失つた当座、私の涙は朝の目覚めに私の頬を流れてゐたのでありました。

あなたの傍に眠つてゐました時、あなたの夢をみたことはありませんでした。あなたとお別れいたしましてからは反つて毎夜のやうに、あなたに抱かれる夢をみたのでしたけれど、眠りながら私は泣いてゐたのでありました。さうして朝の目覚めが悲しいものになつたのでありました。夜の寝入りが涙のこぼれるばかりうれしいものでありましたあの頃にひきかへてであります。

ものの香や色さへもが、精霊達の世界でさへも、心の糧となるといふではありませんか。まして恋人の愛が女の心の泉となりましても、なんの不思議がありませう。

あなたが私のものであつた時、私は百貨店で買ひます一本の半襟にも、お勝手で庖丁をあてます一尾の甘鯛にも、私はしあはせな女らしい愛の心を通はせることが出来たのでありました。

けれどもあなたを失つてからは、花の色、小島のさへづりも、私にはあぢけなくむなしいものとなつてしまつたのでありました。天地万物と私の魂との通ひ路がふつつり断たれてしまつたのでありました。私は失つた恋人よりも失つた愛の心を悲しみました。

さうして読みましたのが輪廻転生の抒情詩でありました。

その歌に教へられまして、私は禽獣草木のうちにあなたを見つけ、私を見つけ、まただんだんと天地万物をおほらかに愛する心をとりもどしたのでありました。

ですから私のさとりの抒情詩は、あまりに人間臭い愛慾の悲しみの果てでありませうか。

私はそんなにまであなたを愛してをりました。

あなたとお目にかかつたばかりで、まだはつきりとは恋をうちあけなかつた頃の習はしに従ひまして、今も私は蕾のふくらんだ紅梅を眺めながらじつと心を一つにこらして、私の魂がなにか目に見えぬ波か流れかのやうに、どこにいらつしやるか知れない死人のあなたのところへ通《かよ》つてゆくやうにと、激しく念じてゐるのであります。

私が母の幻を見ますれば、私がなにも言ひ出さない前に、お母さんがどうかしたのかいと、あなたは言つて下さいました。そのやうに一つとなつた二人ゆゑ、どんな力も二人をひきはなすことの出来るはずはないと、もう安心して別れて、私が母の葬式にまゐりました私達でありました。

父の家に残して来ました三面鏡の化粧卓で、私は別れてからはじめてあなたへおたよりをいたしました。

父は母の死に心折れて、私達の結婚をゆるしてくれましたの。そのしるしにか、黒の喪服をととのへてくれまして、私はただ今悲しみの化粧をしながら、でもあなたといつしよになつてからはじめての礼装の私は、少しやつれてゐるけれど、ほんたうに美しいのよ。この鏡のなかの私をあなたに見せたいと思ふの。それで、ちよつと隙を盗んで手紙を書くの。黒も美しいけれど、私達のためにもつと色花やかな婚礼の衣裳をおねだりするわ。一日も早く帰りたいけれど、あんな風に家出した私ですもの、お詫びのいい折と思つて、母の三十五日までこちらに辛抱してるわ。綾子さんがいらしてるでせう。お身のまはりのことは、あの方にお頼みなさいましね。弟は誰よりも私の身方で、小さいくせに親戚の人達の手前、私をかばつてくれたりするのがほんたうに可愛いんですわ。この化粧卓も持つて帰りますわ。

あなたのお手紙が着いたのはあくる日の夕方でありました。

お通夜やなんかで、いろいろ無理をしてゐるだらうが、体に気をおつけ。こちらは綾子さんが来てゐていろいろ世話をしてくれる。ミツシヨン・スクウルのお友達のフランス娘の帰国土産に贈られたといふ化粧卓、家に残して来たもののうちで一番惜しいと龍枝が言つてゐたそれは、もう抽出しの煉白粉なんかこちこちに固まつてしまつて、でもそつくりそのままだらう。その鏡にうつつたお前の黒い衣裳の姿の美しさを、遠くの僕は目の前に見るやうな気がする。そして早く花やかな婚礼の衣裳を着せたいと思ふ。こちらで作つてもいいが、お父さんに甘えてねだつた方が、きつと喜ばれるよ。相手の悲しみにつけこむやうだけれど、お父さんは心が折れてゐるから、結婚をゆるしてくれると僕は思ふ。龍枝が命の恩人の弟さんはどうしたい。

この私の手紙はあなたのお手紙の返事ではありませんでした。あなたのお手紙は私の手紙の返事ではありませんでした。

私達二人はおなじ時におなじことを両方から書いたのでありました。私達には珍しいことではありませんでした。

これも私達の愛のあかしの一つでありました。私達がまだともに住まない頃からの二人の習はしでありました。

龍枝といつしよにゐる間は不慮の災難にあふことがないから安心だと、よくあなたはおつしやいました。弟の溺死をあらかじめ私がふせいだ話をいたしました時にも、あなたはさうおつしやいました。

夏の海岸の貸別荘の井戸端で、私は家族達の海水着を洗つてをりますと、小さい弟の叫び声と、波間に振り上げた弟の片手と、船の帆と、夕立の空と、荒れる波と、ふとそんなものを感じまして、びつくりして顔を上げるとよいお天気、でもあわてて家に飛びこむなり、お母さん弟がたいへんです。

母は血相かへて私の手をひきずりながら海岸へ駈けつけました。弟はちやうどヨットに乗りこまうとするところでした。

私のお友達の女学生二人に八つになる弟、操縦士は高等学校の学生一人でありました。サンドヰツチにメロンやアイスクリイムの器具まで積みこんで、浜つづきに二里ばかり先きの避暑地へ、朝から船出しようとしてゐるのでありました。

果してそのヨットは帰航の沖で強い風まじりの夕立にあひ、帆の向きをかへようとするはずみに顚覆したのでありました。

乗組員は三人とも、倒れた帆柱につかまつて荒波にただよつてをりますところへ、発動機船が救助におもむきましたから、少し海水を飲んだだけで、命に別状はありませんでしたけれども、もし幼い弟もそのなかにまじつてをりましたなら、男は一人です。女学生達はあまり泳ぎが達者とはいへませぬし、どうなつてゐたやら分らないのでありました。

母が直ぐさま駈けつけたのは、私の魂が未来を予知出来る力を信じてゐたからでありました。

かるた取りで私のほまれが高くなりました頃、小学校の校長がさういふ神童は一度見たいといふので、私は母につれられてそのお宅へうかがつたことがありました。まだ小学校へあがる前でありましたし、やつと百まで数へられるだけで、アラビア数字も読めないのでありましたけれど、掛算や割算がたやすく出来たのでありました。応用問題の鶴亀算なんかも、直ぐに答へを出しました。私にはたわいなくやさしいことで、式も運算もしませず、ただなにげなく答への数を口にするだけでありました。簡単な地理や歴史の問題にも答へることが出来ました。

けれどもさういふ神童の力は、母が傍についてゐてくれないと決して現はれないのでありました。

おほげさに膝を叩いて感嘆する校長に、母は、うちでなにかものがなくなつたりいたしましても、この子にたづねますと直ぐ見つかるのでございます。

さうですかと、校長は机の上の一冊の本を開いて母に見せながら、まさかこれが何頁だかは嬢ちやんにも分らないでせう。私はまたなにげなく数字を言ふと、それがその頁数と合つてをりました。すると校長はその本を指でおさへて私を見ながら、ではこの行になんと書いてあります。

水晶の数珠、藤の花。梅の花に雪が降つてゐます。きれいな赤んぼが苺を食べてゐます。

いや、全く驚き入りました。千里眼の神童です。この本はなんといふ本ですか。

私はしばらく首をかしげながら、清少納言の枕草子です。梅の花に雪が降つてゐますと言ひましたのと、きれいな赤んぼが苺を食べてゐますと言ひましたのとは、梅の花に雪の降りたる、と、いみじう美しき乳児の苺食ひたる、とのまちがひでありましたけれど、その時の校長の驚きや母の誇りは私いまだにはつきりと覚えてをります。

その頃の私は掛算の九九が諳誦出来ますやうなことのほかにも、明日の天気や、飼犬の胎児の数と雌雄別や、その日の来客や、父の帰宅時間や、次の女中の容姿や、時にはよその病人の死期や、なににつけかににつけ予言をすることが私の好きな習はしでありましたし、またたいていはみごとに的中するのでありました。さうなりますとまはりの人がおだてあげるものですから、いくらか得意でいよいよ好きになつたのでありませうけれど、私は子供のあどけなさでそれらの予言の遊戯に耽つてゐたのでありました。

この未来をあらかじめ知る力は、私が生ひ立ちながら幼児のあどけなさを失ふにつれて、だんだん私から去つて行つたやうでありました。子供の心に宿つてゐた天使が私を見棄てたのでありましたでせうか。

私が娘となりました頃には、ただ気まぐれな稲妻のやうに私を訪れてまゐるのでありました。

その気まぐれな天使も、あなたと綾子さんとの新床の香水を私が嗅いだ時に、翼が折れてしまつたことは、さつきも言つたと思ひます。

まだ若い娘であります私の半生の手紙のうちで一番不思議なあの雪のたよりも、今は二度と書く力のありませぬなつかしい思ひ出となつてしまつたのであります。

東京は大雪でございましたわね。あなたのお宅の玄関では、プリンス・カラアのセパアドが緑色の犬舎まで倒しさうに鎖をひつぱつて、けたたましく吠えてをりますわ、雪掻きの男に。私にもあんなに吠えますなら、遥々お訪ねしてもたうてい御門へは入れませんわ。可哀想に、雪掻きの男の背の赤ちやんは泣き出してしまひましたわ。あなたは表に出て、おやさしく赤んぼをあやしていらつしやいます。こんなみすぼらしい爺さんの赤ちやんが、どうしてかうも生き生きと可愛いんだらうとお思ひになりながら。でも、爺さんはそんなに年を取つてをりませんのよ。ただ苦労のために老けて見えますのよ。はじめは女中さんが雪掻きをいたしてをりましたのね。そこへ乞食のやうなお爺さんがまゐりまして、ぺこぺこ頭を下げながら、こんなよぼよぼの老いぼれが、おまけに子供を負ぶつてゐては、どこでも雪掻きさへさせてくれない、今朝から子供にお乳も飲ませてゐないのでございますから、どうぞお情に。どういたしませうと、女中さんが応接間へ行きますと、あなたは蓄音機でシヨパンを聞いていらつしやいます。お部屋の壁は真白、古賀春江さんの油画と広重の木曾の雪景色の版画とが向ひあつてかかつてゐて、壁かけのインド更紗の模様は極楽鳥、椅子のカヴアは白ですけれど、なかは緑がかつた革ですわ。やつぱり白い瓦斯ストオヴの両端には、カンガルウのやうな装飾がついてゐて、テエブルの上に開いた写真帳の頁は、イサドラ・ダンカンのギリシヤの古典舞踊。一隅の飾り棚には、クリスマスのカアネエシヨンがそのまま、きつと美しい方の贈りものなので、お正月が過ぎてもお棄てにならないのでございませう。それから窓のカアテンは……あら、私は見たこともないあなたのお家の応接間を、いろいろ勝手に空想したりして。

ところが翌る日の新聞を見ますと、東京は大雪どころか暖い日曜の晴天とかで、私は大笑ひしてしまひました。

この手紙に書きましたお部屋のありさまは、私が幻に見たのではありませんでした。夢に見たのでもありませんでした。

おたよりを書いてゐるうちに、ただなにげなく浮かぶ言葉をつらねたに過ぎないのでありました。

でも、私があなたのものになる決心で家を棄てますと、汽車に乗つてをります間に東京は大雪となつたのでありました。

けれども、私はあなたの応接間に入るまで、あんな雪の手紙のことはすつかり忘れてをりました。

ところがそのお部屋を一目見ると、私達はまだ手を握り合つたこともない間柄でしたのに、私はいきなりあなたの胸に身を投げこみまして、まあ、あなたはこんなに、こんなに、私を愛していらして下さいましたのね。

ええ、犬小屋は早速裏へまはしておきましたよ、龍枝さんのお手紙の着いた日に。さうして、お部屋をそつくり私の手紙通りに飾つて下さいましたのね。

なにをとぼけてるんです。部屋はずつと前からこの通りですよ。なに一つ手をさはりやしません。

あら、ほんたう？　と私はいまさらのやうに部屋のありさまを見廻すのでした。

龍枝さんが不思議がるのは不思議ですね。あの手紙を見た時に僕はどんなに驚いたでせう。あの人はこんなにまで僕を愛してゐてくれてるのかと思ひました。あなたの魂はなんども僕のところを訪れたことがあるので、この部屋をあんなによく知つてゐるのだと信じました。それならば、こんなに魂が来てゐるのに、体だけが来ないといふ法はないと思つて、僕は家を棄てても来いといふ手紙を書く自信と勇気とが生れたんですよ。あなたは私をまだ見ない前に私の夢を見たといふ、それほど運命に結ばれた二人ぢやありませんか。

やつぱり私の心はあなたに通じてゐましたのね。

これも私達の愛のあかしの一つでありました。

翌る朝には、やはり私の手紙の通りの爺さんが雪掻きにまゐりました。

大学の研究室からお帰りになるあなたを私は毎日迎へにまゐりました。あなたのお帰りの時間はまちまちでありましたし、郊外の停車場から家へは、にぎやかな商店街と、寂しい雑木林沿ひと、二つの道がありましたけれど、私達は道の半ばできつと出会つたのでありました。

私達は二つの口から始終同じ一つの言葉をぶつつけ合つたのでありました。

私はどこでなにをいたしてをりましても、あなたが私をお求めの時に、呼ばれずとあなたのお傍へまゐりました。

私はあなたが学校にいらしてゐて、夕餉に食べたいとお思ひになつたものを家でお料理いたしましたことも度々でありました。

私達の間には愛のあかしがあまりに満ち過ぎてゐたのでありませうか。もう別れるよりほかしかたがないほどまでに。

ある時などは、綾子さんを玄関へ送り出しながら私はふと、今お帰しするのはなんだか心配だから、もう少し家にゐて下さらない。十五分たたぬうちに、綾子さんはたくさん鼻血をお出しになりました。途中だつたらさぞお困りだつたことでせう。

これもあなたが綾子さんをお好きだと知つてゐたからのことでありましたでせうか。

このやうに愛し合つた私達でありながら、さうして二人の恋を予知した私でありながら、なぜ私はあなたと綾子さんとの結婚や、またあなたの死をさとることが出来なかつたのでありませう。

なぜあなたの魂はあなたの死を私に知らせて下さらなかつたのでありませう。

青い海の上に枝を伸ばしてゐる花ざかりの夾竹桃、白い木の道しるべ、林の梢に見える湯の煙、さういふ海岸の小路で、飛行服のやうなものを着て革手袋をはめた、眉の濃い、笑ふ時に唇の左が少しあがる青年に行き会つた夢を、私は見たのでありました。しばらくいつしよに歩くうちに、私の胸は恋心にふくらんで、夢は破れましたけれど、目覚めた私は飛行将校とでも結婚するのであらうかと思つて、この夢を長いこと忘れずにゐたのでありました。岸近くを走る汽船の第五緑丸といふ字まで、私ははつきり覚えてをりました。

その夢から二三年も後に、夢とそつくりおなじ風景の小路であなたとお会ひいたしました温泉場は、叔父につれられまして、あの朝生れて初めて来たのでありますから、前に見たはずはないのでありました。

あなたは私を見ると、ほつと助かつたといふ風に、そして一目で私に引きつけられたといふ風に、町へ出るにはどう行つたらいいでせう。

私が真赤に染まつた顔をふと海にそらしますと、ああ、船尾に第五緑丸とはつきり読める汽船が航海してをりました。

私は顫《ふる》へながら黙つて歩きました。あなたはついていらして、町へお帰りですか。自転車屋か自動車屋を教へていただけませんか。突然ぶしつけですが、実はオオトバイ旅行をやつてゐるんですが、馬車に出あつて、爆音に驚いて馬があばれ出したもんですから、道を避けようとする拍子に岩にぶつつかつて、オオトバイがさんざんなんですよ。

二町と歩かないうちに私達はうちとけたのでありました。

私はあなたに前に一度お会ひしたやうな気がいたしますわ、といふやうなことまで私は口にしてしまつたのでありました。

僕はまた、なぜもつと早くにあなたにお会ひしなかつたかと思ひますよ。つまり、あなたのおつしやつたのと同じ意味なんです。

それから、温泉町であなたの後姿をお見かけして私が心で呼びかけますたびに、あなたはどんなに遠くとも直ぐ振り返つて下さいました。

あなたといつしよに行くところはみんな、私は一度前に行つたことがあるやうな気がいたしました。

あなたといつしよにすることはみんな、一度前にしたことがあるやうな気がいたしました。

それだのに二人の間の心の糸がぷつりと切れましたやうに――ほんたうです、ピアノのB音を叩けばヴァイオリンのB音が答へます、音叉が共鳴します、魂の通じ合ふのもちやうどそんな風でありませうから、あなたの死の知らせさへ私にはありませんでしたのは、あなたか私かどちらかの魂の受信局に故障が出来たのでありましたでせうか。

または、時間と空間とを越えて働きかける私の魂の力を、あなたと花嫁との安らかさのために私自ら恐れて、私の魂の扉をとざしたせゐでありましたでせうか。

アッシジの聖フランシスをはじめといたしまして、十字架の主キリストを思ふ信心深い少女達の脇の下からは、槍でつかれたやうに血潮が流れ出しましたし、呪ひの一念から人を祈り殺した生霊死霊の話を聞いたことのない人は一人もをりますまい。あなたの死を知りました時、私はぞつといたしまして、なほさら草花になりたいと思つたのでありました。

この世の魂とあの世の魂との熱烈な一団の霊の兵士達は、生と死とを隔てる人の考への習はしを滅ぼし、二つの間に橋を架け道を開き、死別の悲しみをこの世からなくなさうと戦つてゐると、心霊学者達は言つてをります。

けれども今日この頃の私は、霊の国からあなたの愛のあかしを聞きましたり、冥土や来世であなたの恋人となりますより、あなたも私もが紅梅か夾竹桃の花となりまして、花粉をはこぶ胡蝶に結婚させてもらふことが、遥かに美しいと思はれます。

さういたしますれば、悲しい人間の習はしにならつて、こんな風に死人にものいひかけることもありますまいに。

禽獣

小鳥の鳴声に、彼の白日夢は破れた。

芝居の舞台で見る、重罪人を運ぶための唐丸籠《たうまるかご》、あれの二三倍も大きい鳥籠が、もう老朽のトラックに乗つてゐた。

葬ひの自動車の列の間へ、いつのまにか彼のタクシイは乗り入つてゐたらしい。うしろの自動車は、運転手の顔の前のガラスに「二十三」といふ番号札を貼り附けてゐた。道端を振り向くと、そこは「史蹟太宰春台墓」との石標が表にある、禅寺の前であつた。その寺の門にも貼紙が出てゐた。

「山門不幸、津送執行」

坂の途中であつた。坂の下は交通巡査の立つてゐる十字路であつた。そこへ一時に三十台ばかりの自動車が押し寄せたので、なかなか整理がつかず、放鳥《はうてう》の籠を眺めながら、彼はいらいらして来た。花籠を大事さうに抱いて、彼の横にかしこまつてゐる

小女に、

「もう幾時かね。」

しかし、小さい女中が時計を持つてゐるわけはなかつた。運転手が代りに、

「七時十分前、この時計は六七分おくれてるんですが。」

初夏の夕方はまだ明るかつた。花籠の薔薇の匂ひが強かつた。禅寺の庭からなにか六月の木の花の悩ましい匂ひが流れて来た。

「それぢや間に合はん、急いでもらへないか。」

「でも今、右側を通すだけ通して、それからでないと。――日比谷公会堂はなんでございますか。」と、運転手は会の帰りの客でも拾はうと思つたのであらう。

「舞踊会だ。」

「はあ？　――あれだけの鳥を放すのには、どれくらゐかかるもんでせうかね。」

「いつたい、途中で葬式に出会ふなんて、縁起が悪いんだらう。」

翼の音が乱れて聞えた。トラックの動き出したはずみに、鳥共が騒ぎ立つたのである。

「縁起がいいんですよ。これほどいいことはないつて言ふんですよ。」

運転手は自分の言葉の表情を自動車で現はすかのやうに、右側へ辷《すべ》り出ると、勢ひよく葬式を追ひ抜きはじめた。

「をかしいね。逆なんだね。」と、彼は笑ひながら、しかし、人間がそんな風に考へ習はすやうになつたのは、当然であると思つた。

　千花子の踊を見に行くのに、そんなことを気にするのからして、今はもうをかしいはずであつた。縁起が悪いと言へば、道で葬式に会ふことよりも、彼の家に動物の死骸を置きつぱなしにしてある方が、縁起が悪いはずであつた。

「帰つたらこんやこそ忘れんやうに、菊戴《きくいただき》を捨ててくれ。まだ二階の押入にあのままだらう。」と、彼は吐き出すやうに小女に言つた。

　菊戴の番《つがひ》が死んでから、もう一週間も経つ。彼は死骸を籠から出すのも面倒臭く、押入へはふりこんだままなのである。梯子段を登つて、突きあたりの押入である。客のある度に、その鳥籠の下の座蒲団を出し入れしながら、彼も女中も捨てることを怠つてゐるほど、もう小鳥の死骸にもなれてしまつたのである。

　菊戴は、日雀《ひがら》、小雀《こがら》、みそさざい、小瑠璃《こるり》、柄長《えなが》などと共に、最も小柄な飼鳥である。上部は橄欖《オリーブ》緑色、下部は淡黄灰色、首も灰色がかつて、翼に二条の白帯があり、風切《かざきり》の外弁の縁が黄色である。頭の頂に一つの黄色い線を囲んだ、太い黒線がある。毛を膨らませた時に、その黄色い線がよく現はれて、ちやうど黄菊の花弁を一ひら戴いたやうに見える。雄はこの黄色が濃い橙色を帯びてゐる。円い目におどけた愛嬌があり、喜ばしげに籠の天井を這ひ廻つたりする動作も溌剌としてゐて、まことに可憐ながら、高雅な気品がある。

小鳥屋が持つて来たのは夜であつたから、すぐ小暗い神棚に上げておいたが、ややあつて見ると、小鳥はまことに美しい寝方をしてゐた。二羽の鳥は寄り添つて、それぞれの首を相手の体の羽毛のなかに突つこみ合ひ、ちやうど一つの毛糸の鞠のやうに円くなつてゐた。一羽づつを見分けることは出来なかつた。

四十近い独身者の彼は、胸が幼なごころに温まるのを覚えて、食卓の上に突つ立つたまま、長いこと神棚を見つめてゐた。

人間でも幼い初恋人ならば、こんなきれいな感じに眠つてゐるのが、どこかの国に一組くらゐはゐてくれるだらうかと思つた。この寝姿をいつしよに見る相手がほしくなつたが、女中を呼びはしなかつた。

そして翌日からは、飯を食ふ時も鳥籠を食卓に置いて、菊戴を眺めながらであつた。相手いつたいに、彼は客に会ふのにも、身辺から愛玩動物を放したことはなかつた。相手の話はろくろく耳に入れないで、駒鳥の雛に手を振りながら指で餌を与へて、手振駒の訓練に夢中であつたり、膝の上の柴犬の蚤を根気よくつぶしたり、

「柴犬は運命論者じみたところがあつて、僕は好きですよ。かうやつて膝に載せても、部屋の隅に坐らせても、半日くらゐじつとしてゐることがありますね。」

さうして、客が立ち上るまで、相手の顔を見ようともしないことが多かつた。

夏などは、客間のテエブルの上のガラス鉢に、緋目高《ひめだか》や鯉の子を放して、

「僕は年のせゐか、男と会ふのがだんだんいやになつて来てね。男つていやなもんだね。直ぐこつちが疲れる。飯を食ふのも、旅行をするのも、相手はやつぱり女に限るね。」

「結婚したらいいぢやないか。」

「それもね、薄情さうに見える女の方がいいんだから、だめだよ。こいつは薄情だなと思ひながら、知らん顔でつきあつてるのが、結局一番楽だね。女中もなるべく薄情さうなのを雇ふことにしてゐる。」

「さういふんだから、動物を飼ふんだらう。」

「動物はなかなか薄情ぢやない。——自分の傍にいつも、なにか生きて動いてるものがゐてくれないと、寂しくてやりきれんからさ。」

そんなことをうはの空で言ひながら、彼はガラス鉢のなかの色とりどりの鯉の子が、その游泳につれて、鱗の光のいろいろに変るのをつくづく見ながら、こんな狭い水中にも、微妙な光の世界があると、客のことなど忘れてしまつてゐるのだつた。

鳥屋はなにか新しい鳥が手に入ると、黙つて彼のところへ持つて来る。彼の書斎の鳥が三十種にもなることがある。

「鳥屋さん、またですか。」と、女中はいやがるが、

「いいぢやないか。これで四五日、僕の機嫌がいいと思へば、こんな安いものありやしない。」

「でも、旦那さまがあんまり真面目なお顔で、鳥ばかり見ていらつしやいますと。」

「薄気味悪いかね。きちがひにでもなりさうかね。家のなかがしんと寂しくなるかね。」

しかし彼にしてみれば、新しい小鳥の来た二三日は、全く生活がみづみづしい思ひに満たされるのであつた。この天地のありがたさを感じるのであつた。多分彼自身が悪いせゐであらうが、人間からはなかなかそのやうなものを受け取ることが出来ない。貝殻や草花の美しさよりも、小鳥は生きて動くだけに、造化の妙が早分りであつた。籠の鳥となつても、小さい者達は生きる喜びをいつぱいに見せてゐた。

小柄で活潑な菊戴夫妻は、殊にさうであつた。

ところが一月《ひとつき》ばかりして、餌を入れる時に、一羽が籠を飛び出した。女中があわて、物置の上の楠へ逃がしてしまつた。楠の葉には朝の霜があつた。二羽の鳥は内と外とで、高い声を張りあげて呼び合つてゐた。彼は直ぐ鳥籠を物置の屋根に載せ、黐《もち》竿《ざを》を置いた。いよいよ切なげに鳴きしきりながら、しかし、逃げた鳥は正午頃に遠くへ飛び去つたらしかつた。この菊戴は日光の山から来たものであつた。

残つたのは雌であつた。あんな風に寝てゐたのにと、彼は小鳥屋へ雄をやかましく催促した。自分でも方々の小鳥屋を歩いたが、見つからなかつた。やがて小鳥屋がま

た一番《ひとつがひ》、田舎から取り寄せてくれた。彼は雄だけほしいと言つたけれども、

「番でゐたんですからね。片端にして店へ置いてもしやうがないし、雌の方はただで差しあげときます。」

「だけど、三羽で仲よく暮すかしら。」

「いいでせう。四五日籠を二つくつつけて並べとくと、お互ひに馴れますからね。」

しかし、子供が新しいおもちやをいぢるやうな彼は、それが待てない。小鳥屋が帰ると直ぐ、新しい二羽を古い一羽の籠へ移してみた。思つたより以上の騒ぎであつた。新しい二羽は止木に足もつかず、籠の端から端へばたばたと飛ぶ。古い菊戴は恐怖の余り籠の底に立ちすくんでしまつて、二羽の騒ぐのをおろおろ見上げてゐる。二羽は危難に遭つた夫婦のやうに、お互ひを呼び交はす。三羽とも怯えた胸の鼓動が荒い。押入へ入れてみると、夫婦は鳴きながら身を寄せたが、離婚の雌は一羽離れて落ちつかない。

これではならぬと、籠を別にしたが、一方に夫婦を見ると、一方の雌が哀れになる。そこで、古い雌と新しい雄とを、一つの籠に入れてみた。新しい雄は離された女房と呼び合つて、古い雌となじまなかつたが、それでもいつのまにやら、身を寄せて眠つた。翌る日の夕方は、籠を一つにしても、昨日ほどは騒がなかつた。一羽の体に両方から頭を突つこみ、三羽で円くなつて眠つた。そして籠を枕もとに置いて、彼も眠つ

た。

けれども、次の朝目が覚めてみると、二羽が一つの温かい毛糸の鞠のやうに眠つてゐる、その止木の下の籠の底に、一羽は半ば翼を開き、足を伸ばし、細目をあけて、死んでゐた。それを二羽に見せてはならないかのやうに、彼は死骸をそつと拾ひ出すと、女中に黙つて、芥箱に捨てた。無慙な殺しやうをしたと思つた。

「どちらが死んだのかしら。」と、鳥籠をしげしげ見てゐたが、予期とは逆に、生き残つたのは、どうやら古い雌であるらしかつた。一昨日来た雌よりも、しばらく飼ひなじんだ雌の方に愛着がある。その彼の慾目が、さう思はせたのかもしれなかつた。家族なく暮してゐる彼は、自分のそんな慾目を憎んだ。

「愛情の差別をつけるくらゐならば、なんで動物と暮さうぞ。人間といふ結構なものがあるのに。」

菊戴は大層弱くて、落鳥しやすいとされてゐる。しかしその後、彼の二羽は健かであつた。

密猟の百舌《もず》の子供を手に入れたのを、先きがけとして、山から来るいろんな雛鳥の差餌のために、彼は外出も出来なくなる季節が近づいた。洗濯盥を縁側に出して、小鳥に水浴をさせてゐると、そのなかへ藤の花が散つて来た。

翼の水音を聞きながら、籠の糞の掃除をしてゐる時、塀の外に子供の騒ぎが聞え、なにか小さい動物の命を憂へるらしい話模様なので、彼のところのワイア・ヘエア・フオツクス・テリアの子供でも、中庭から迷ひ出たのではないかと、塀の上に伸び上つてみると、一羽の雲雀の子であつた。まだ足もよく立たぬのが、芥捨場のなかを弱い翼で泳いでゐる。育ててやらうと、彼はとつさに思つて、

「どうしたの。」

「お向うの家の人が……。」と、一人の小学生は、桐の毒々しく青い家を指して、

「捨てたんだよ。死んでしまふね。」

「うん、死んでしまふ。」と、彼は冷淡に塀を離れた。

その家には、三四羽も雲雀を飼つてゐる。ゆくすゑ鳴鳥《めいてう》として見込みのない雛を棄てたのであらう。屑鳥など拾つてもしかたがないと、彼の仏心は忽ち消えた。

雛の間は雌雄の分らぬ小鳥がある。小鳥屋はとにかく山から一つの巣の雛をそつくり持つて帰るが、雌と分り次第に捨ててしまふ。鳴かぬ雌は売れぬのだ。動物を愛するといふことも、やがてはそのすぐれたものを求めるやうになるのは当然であつて、一方にかういふ冷酷が根を張るのを避けがたい。彼はどんな愛玩動物でも見ればほしくなる性質だが、さういふ浮気心は結局薄情に等しいことを経験で知り、また自分の生活の気持の堕落が結果に来ると考へて、今ではもう、どんな名犬でも名鳥でも、他人の手で大人となつたものは、たとひ貰つてくれと頼まれたにしろ、飼はうとは思は

ぬのである。

だから人間はいやなんだと、孤独な彼は勝手な考へをする。夫婦となり、親子兄弟となれば、つまらん相手でも、さうたやすく絆は断ち難く、あきらめて共に暮さねばならない。おまけに人それぞれの我といふやつを持つてゐる。

それよりも、動物の生命や生態をおもちやにして、一つの理想の鋳型を目標と定め、人工的に、畸形的に育ててゐる方が、悲しい純潔であり、神のやうな爽かさがあると思ふのだ。良種へ良種へと狂奔する、動物虐待的な愛護者達を、彼はこの天地の、また人間の悲劇的な象徴として、冷笑を浴びせながら許してゐる。

去年の十一月の夕暮のこと、持病の腎臓病かなにかで、しなびた蜜柑のやうになつた犬屋が、彼の家へ寄つて、

「実は今、たいへんなことをいたしました。公園に入つてから曳綱を放したんですが、この霧で暗かつたんで、ほんのちよつと見えなくなつたと思ふと、もう野良犬がかかつてるんです。直ぐ離して、畜生、腹を蹴つて、蹴つて足腰の立たないやうな目にあはしときましたから、まさかとは思ふんですが、反つてこんなのは、皮肉なもんでさ、よくとまるんでして。」

「だらしがない。商売人ぢやないか。」

「へえ、恥かしくて、人に話も出来やしません。畜生、あつといふ間に四五百円損を

させやがつて。」と、犬屋は黄色い脣を痙攣させてゐた。

あの精悍なドオベルマンが、しみつたれた風に首をすくめ、怯えた目つきで腎臓病みをちらちら見上げてゐた。霧が流れて来た。

その雌犬は、彼の世話で売れるはずになつてゐたのだつた。とにかく、買手の家へ行つて雑種を産んだりしては、彼の面目もつぶれるからと、彼が念を押したにかかはらず、犬屋は金に困つたとみえて、しばらくしてから、彼には犬を見せないで売つてしまつた。果して二三日後に、買手が彼のところへ犬を連れて来た。買つた翌晩、死産したといふのである。

「苦しさうな唸り声が聞えるんで、女中が雨戸をあけてみると、縁の下で産んだ子供を食つてるんださうです。恐ろしくてびつくりしてしまつたし、まだ明け方だし、よくは分らないんですが、何匹産んだか、女中の見たのは、一番おしまひの子供を食つてるところらしいんです。直ぐに獣医を呼ぶと、子供のゐる犬を、犬屋が黙つて売るはずがない、きつと野良犬かなにかがかかつたんで、ひどく蹴るか殴るかして寄越したんだらう。お産の様子が尋常ぢやない。またもしかすると子供を食ふ癖の犬かもしれん。それなら返して来いつて、家中で非常に憤慨してるんです。そんなことをされた犬が可哀想だつて。」

「どれ。」と、無造作に犬を抱き上げて、乳房をいぢりながら、

「これは子供を育て上げたことのある乳ですよ。今度は死産だから食つたんですよ。」と、彼は犬屋の不徳義に腹を立て、犬を哀れみながらも、無神経な顔で言つた。

彼の家でも、雑種の産れたことはあつたのである。

彼は旅に出ても、男の連れとは一部屋に眠れないくらゐで、自分の家に男を泊めることをいやがり、書生も置かないが、さういふ男の鬱陶しさを嫌ふ気持とはかかはりなく、しかし、犬も雌ばかりを飼つてゐた。雄はよほど優秀なものでないと、種雄《たねをす》として通用しない。買入れに金がかかるし、活動役者のやうな宣伝もせねばならず、従つて人気の盛衰があわただしい。輸入競争に捲きこまれるし、賭博じみる。彼は或る犬屋へ行つて、種雄として名高い日本テリアを見せてもらつたことがあつた。二階の蒲団に一日中もぐりこんでゐる。階下《した》へ抱《おろ》いて下されさへすれば、もう習はしで、雌が来たものと思ふらしい。熟練した娼婦のやうなものである。毛が短いから、異常に発達した器官があらはに見えて、さすがの彼も目をそむけ、無気味な思ひをしたほどであつた。

しかし、そんなことにこだはつて雄を飼はないわけではなく、犬の出産と育児が、彼にはなによりも楽しいからであつた。

それは怪しげなボストン・テリアだつた。塀の下を掘るし、古い竹垣は食ひ破るし、交配期にはつないで置いたのだが、紐を噛み切つて出歩いたらしいので、雑種の産れ

ることは分つてゐた。でも女中に呼び起されると、彼は医者のやうな目の覚まし方をして、

「鋏と脱脂綿を出してくれ。それから、酒樽の縄を大急ぎで切つて。」

中庭の土は、初冬の朝日に染まつたところだけが、淡い新しさであつた。その日のなかに、犬は横たはり、腹から茄子のやうな袋が、頭を出しかかつてゐた。ほんの申訳に尻尾を振り、訴へるやうに見上げられると、突然彼は道徳的な苛責に似たものを感じた。

この犬は今度が初潮で、体がまだ十分女にはなつてゐなかつた。従つてその眼差は、分娩といふものの実感が分らぬげに見えた。

「自分の体には今いつたい、なにごとが起つてゐるのだらう。なんだか知らないが、困つたことのやうだ。どうしたらいいのだらう。」と、少しきまり悪さうにはにかみながら、しかし大変あどけなく人まかせで、自分のしてゐることに、なんの責任も感じてゐないらしい。

だから彼は、十年も前の千花子を思ひ出したのであつた。その頃、彼女は彼に自分を売る時に、ちやうどこの犬のやうな顔をしたものだ。

「こんな商売をしてると、だんだん感じなくなるつて、ほんたう?」

「さういふこともないぢやないが、また君が好きだと思ふ人に会へばね。それに、二

人や三人のきまつた人なら、商売とは言へないさ。」

「私あなたはずゐぶん好きなの。」

「それでももうだめか。」

「そんなことないわ。」

「さうなのかね。」

「お嫁入りする時、分るわね。」

「分るね。」

「どんな風にしてればいいの。」

「君はどうだつたんだ。」

「あなたの奥さんは、どんな風だつたの。」

「さあ。」

「ねえ教へといてよ。」

「女房なんかないよ。」と、彼は不思議さうに、彼女の生真面目な顔を見つめたものだつた。

「あれと似てゐるので、気が咎めたのだ。」と、彼は犬を抱き上げて、産箱に移してやつた。

直ぐに袋児《ふくろご》を産んだが、母犬は扱ひを知らぬらしい。彼は鋏で袋を裂いて、臍の緒を切つた。次の袋は大きく、青く濁つた水のなかに、二つの胎児が死の色に見えた。彼は手早く新聞紙に包んでしまつた。続いて三頭産れた。みな袋児であつた。そして七番目の、これが最後の子供は、袋のなかでうごめきはしたが、しなびてゐた。彼はちよつと眺めてから、袋のままさつさと新聞紙にくるむと、

「どこかへ捨てといてくれ。西洋では、産れた子供をまびく、出来の悪い子供は殺してしまふ。その方が、いい犬を作ることになるんだが、人情家の日本人には、それが出来ない。――親犬には、生卵でも飲ましといてくれ。」

　そして手を洗ふと、また寝床へもぐりこんでしまつた。新しい命の誕生といふ、みづみづしい喜びが胸にあふれて、街を歩き廻りたいやうであつた。一頭の子を自分が殺したことなどは忘れてゐた。

　ところが、薄目を開く頃の或る朝、子犬が一頭死んでゐた。彼はつまみ出して懐に入れると、朝の散歩のついでに捨てて来た。二三日後に、また一頭冷たくなつてゐた。母犬が寝場所を作るために、藁を掻き廻す。子犬がその藁に埋もれる。自分で藁を掻き分けて出るほどの力が、子犬にはまだない。母犬は子供を銜《くは》へ出してやらぬ。それどころか、子犬の下敷きになつた藁の上へ自分が寝る。子犬は夜の間に、圧死したり、凍死したりする。子供を乳房で窒息させる、人間の愚かな母と同じである。

「また死んでるよ。」と、三頭目の死骸も無造作に懐へ入れながら、口笛吹いて犬共

を呼び集め、近くの公園へ行つたが、子供を殺したのも知らぬ顔に、嬉々と駈け廻るボストン・テリアを見ると、ふいとまた千花子を思ひ出した。

千花子は十九の時、投機師に連れられて、ハルビンへ行き、そこで三年ばかり、白系ロシア人に舞踊を習つた。男はすることなすことに躓いて、生活力を失つてしまつたらしく、満洲巡業の音楽団に千花子を加へて、やうやく二人で内地へ辿り着いたが、東京に落ちつくと間もなく、千花子は投機師を振り棄てて、満洲から同行の伴奏弾きと結婚した。そして方々の舞台にも立ち、自分の舞踊会を催すやうになつた。

その頃、彼は楽壇関係者の一人に数へられてはゐたが、音楽を理解するといふよりも、或る音楽雑誌に月々金を出すに過ぎなかつた。しかし、顔見知りと馬鹿話をするために、音楽会へは通つてゐた。千花子の舞踊も見た。彼女の肉体の野蛮な頽廃に惹かれた。いつたいどういふ秘密が、彼女をこんな野生に甦らせたのか、六七年前の千花子と思ひくらべて、彼は不思議でならなかつた。なぜあの頃結婚しておかなかつたのかとさへ思つた。

しかし、第四回の舞踊会の時、彼女の肉体の力はげつそり鈍つて見えた。彼は勢ひこんで楽屋へ行くと、まだ踊衣裳のまま化粧を落してゐるところなのもかまはずに、彼女の袖を引つぱつて、小暗い舞台裏へ連れ出した。

「そこを放して頂戴。ちよつとなにかに触つても、お乳が痛いんですから。」

「だめぢやないか、なんて馬鹿なことをして。」

「だつて、私は昔から子供が好きなんですもの。ほんたうに自分の子供がほしかつたんですもの。」

「育てる気か。そんな女々しいことで、一芸に生きられるか。今から子持ちでどうする。もつと早くに気をつけろ。」

「だつて、どうしやうもなかつたんですもの。」

「馬鹿なことを言へ。女の芸人がいちいち真正直に、なにをしてたまるか。亭主はどういふ考へだ。」

「喜んで可愛がつてますわ。」

「ふん。」

「昔あんなことしてた私にも、子供が出来るつて、うれしいわ。」

「踊なんか止《よ》したらいいだらう。」

「いやよ。」と、思ひがけなく激しい声なので、彼は黙つてしまつた。

けれども、千花子は二度と出産をしなかつた。産れた子供も彼女の傍には見られなくなつた。ところがそのためであるか、彼女の夫婦生活は次第に暗く荒んで行くらしかつた。さういふ噂が彼の耳にも入つた。

このボストン・テリアのやうに、千花子は子供に無心ではゐられなかつたのである。

犬の子にしても、彼が助けようと思へば、助けられたのである。第一の死の後に、藁をもつと細かく刻んでやるか、藁の上に布を敷くかしてやれば、それで後の死は救へたのである。それは彼に分つてゐた。しかし、最後に残つた一頭も、やがて三人のきやうだいと同じ死に方をした。彼は子犬が死ねばいいと思つたわけではなかつた。だが、生かさねばならないとも思はなかつた。それほど冷淡であつたのは、彼等が雑種だからであらう。

路傍の犬が彼について来ることは度々あつた。彼は遠い道をそれらの犬と話しながら家に帰り、食物をやり、温かい寝床に泊めてやつたものであつた。犬には彼の心のやさしさが分るのだと、ありがたかつた。けれども、自分の犬を飼ふやうになつてからは、道の雑犬など見向きもしなくなつた。人間についても、またかくの如くであらうと、彼は世のなかの家族達をさげすみながら、自らの孤独も嘲るのである。

雲雀の子も同じだつた。生かして育てようとの仏心は直ぐ消えて、屑鳥など拾つてもしかたがないと、子供達のなぶり殺しにまかせておいたのである。

ところが、この雲雀の子を見てゐた、ほんのちよつとの時間に、彼の菊戴は水を浴び過ぎたのだつた。

驚いて水籠を盥《たらひ》から出したが、二羽とも籠の底に倒れて、濡れたぼろのやうに動かなかつた。掌に載せてみると、ひくひく足を動かしたので、

「ありがたい、まだ生きてゐる。」と勇み立つと、もう目を閉ぢ、小さい体の底まで冷え切つて、たうてい助かりさうにもないものを、手に握つて長火鉢に焙りながら、つぎ足した炭を女中に煽がせた。羽毛から湯気が立つた。小鳥が痙攣的に動いた。身を焼く熱さの驚きだけでも、死と戦ふ力となるかと思つたが、彼は自分の手が火気に堪へられないので、水籠の底に手拭を敷き、その上に小鳥を載せて、火にかざした。手拭が狐色に焦げるくらゐだつた。小鳥は時々弾かれたやうに、ばたりばたりと翼を拡げて転げはじめたものの、立つことは出来ず、また目を閉ぢた。羽毛がすつかり乾いた。しかし火から離すと、倒れたままで、生きさうには見えなかつた。女中が雲雀を飼ふ家へ行つて、小鳥が弱つた時は、番茶を飲ませて、綿にくるんでやればいいと聞いて来た。彼は脱脂綿に小鳥を包んだのを両手に持ち、番茶をさまさせて、嘴を入れてやつた。小鳥は飲んだ。やがて擂餌《すりゑ》に近づけると、頭を伸ばして、啄むやうになつた。

「ああ、生きかへつた。」

なんといふすがすがしい喜びであらう。気がついてみると、小鳥の命を助けるのに、もう四時間半もかかつてゐたのだつた。

しかし、菊戴は二羽とも、止木に止まらうとして幾度となく落ちた。足の指が開かないらしい。捕へて指で触つてみると、足の指は縮かんだまま硬ばつてゐる。細い枯枝のやうに折れさうだ。

「旦那さまがさつき、お焼きになつたんぢやありませんか。」と、女中に言はれてみると、いかにも足の色がかさかさに変つてしまつてゐて、しまつたと思ふだけに、尚更腹が立つて、

「僕の手の中に入れてたのに、手拭の上だのに、鳥の足の焼けるわけがあるか。——明日も足が治らなかつたら、どうすればいいか、鳥屋へ行つて教はつて来い。」

彼は書斎の扉《ドア》に鍵をかけて、閉ぢこもりながら、小鳥の両足を自分の口に入れて温めてやつた。舌ざはりは哀憐の涙を催すほどであつた。やがて彼の掌の汗が翼を湿らせた。唾で潤つて、小鳥の足指は少し柔らいだ。手荒にさはれば脆く折れさうなのを、彼は先づ指の一本を丹念に伸ばしてやり、自分の小指を握らせてみたりした。そしてまた足を口に銜へた。止木を外して、小皿に移した餌を籠の底へ置いたが、不自由な足で立つて食ふことは、まだ難儀であるらしかつた。

「やつぱり旦那さんが足をお焦がしになつたんぢやないでせうかつて、鳥屋さんも申してをりました。」と、翌る日女中は小鳥屋から帰つて、

「お番茶で足を温めてやるとよろしいんですつて。でもたいてい、鳥が自分で足をついて治すもんださうでございます。」

なるほど、小鳥はしきりと自分の足指を嘴で叩いたり、銜へて引つぱつたりしてゐ

た。

「足よ、どうした。しつかりしろ。」と啄木鳥《きつつき》のやうな勢ひで、元気いつぱいに啄んでゐた。不自由な足で敢然と立ち上らうとした。体の一部分が悪いなんて、不思議千万だと言ひたげな、小さい者の生命の明るさは、声をかけて励ましたいくらゐであつた。

番茶に浸してもやつたが、やはり人間の口中の方が利目があるやうだつた。

この菊戴は二羽とも、あまり人間になれてゐず、これまでは握ると胸を激しく波立たせるくらゐだつたが、足を痛めた一日二日で、彼の掌にすつかりなじんだらしく、怯えるどころか、楽しさうに鳴きながら、抱かれたまま餌を食ふやうに変つてしまつた。それが一入いぢらしさを増した。

しかし、彼の看病も一向しるしがなく、怠けがちとなり、縮んだままの足指は糞にまみれ、六日目の朝、菊戴夫婦は仲よく死骸となつてゐた。

小鳥の死はまことにはかない。たいていは、朝の籠に思ひがけない死骸を見るものである。

彼の家で初めて死んだのは、紅雀であつた。番とも夜の間に鼠に尾を抜かれて、籠に血が染まつてゐた。雄は翌日倒れた。ところが雌の方は、次々と相手に迎へてやつた雄が、なぜか皆死んで行くにかかはらず、猿のやうな赤むけの尻のまま、長いこと生きてゐた。しかしやがて、衰弱の果てに落鳥した。

「うちでは紅雀が育たんらしい。紅雀はもう止めた。」

元来、紅雀みたいな少女好みの鳥は嫌ひなのだつた。西洋風な播餌鳥《まきゑどり》よりも、日本風な擂餌鳥の渋さを愛した。鳴鳥にしても、カナリヤとか、鶯とか、雲雀とか、鳴きの花やかなものは、気に入らなかつた。だのに、紅雀などを飼つたのは、小鳥屋がくれて行つたからに過ぎなかつた。一羽が死んだから、後を買つたといふだけの話であつた。

けれども、犬にしろ、例へば一度コリイを飼ふと、その種《しゅ》を家に絶やしたくないやうな気になるものだ。母に似た女にあこがれる。初恋人に似た女を愛する。死んだ妻に似た女と結婚したくなる。それと同じではないか。動物相手に暮すのは、もつと自由な傲慢を寂しみたいためだと、彼は紅雀を飼ふのを止した。

紅雀の次に死んだ黄鶺鴒《きせきれい》は、腰から後の緑黄色や腹の黄色や、ましてそのやさしく淡い姿形に、竹の疎林のやうな趣があり、殊によく馴れて、食の進まぬ時も、彼の指からならば、半開きの翼をうれしさうに顫《ふる》はせて愛らしく鳴きながら、喜んで食べ、彼の顔の黒子《ほくろ》も戯れに啄まうとするほどであつたから、座敷に放しておいて、塩せんべいやなにかの屑を拾ひ食ひし過ぎて死んだ後は、新しいのをほしいと思つたが、やはり思ひあきらめて、これまで手がけたことのない赤鬚を、その空籠に入れたのだつた。

けれども菊戴の場合は、溺れさせたのも、足を痛めさせたのも、全く彼の過失であつたゆゑか、反つて未練が断ちにくかつた。直ぐにまた小鳥屋が一番持つて来た。それをまたしても、何分小柄な鳥であるにしろ、今度は盥の傍を離れず見てゐたのに、同じ水浴の結果を迎へたのである。

水籠を盥から出した時、ぶるぶる顫へて目を閉ぢながらも、とにかく足で立つてゐただけ、前よりはよほどましだつた。もう足を焦がさない注意も出来る。

「またやつちやつた。火をおこしてくれ。」と、彼は落ちつき払つて、恥かしさうに言ふと、

「旦那さま、でも、死なせておやりになつたらいかがでございます。」

彼はなんだか目が覚めたやうに驚いた。

「だつて、この前のこと思へば、造作なく助かる。」

「助かつたつて、また長いことありませんよ。この前も、足があんな風で、早く死んでしまへばいいのにと思つてをりました。」

「助ければ助かるのに。」

「死なせた方がよろしいですよ。」

「さうかなあ。」と、彼は急に気が遠くなるほど、肉体の衰へを感じると、黙つて二階の書斎へ上り、鳥籠を窓の日差のなかに置いて、菊戴の死んでゆくのを、ただぼん

やり眺めてゐた。

日光の力で助かるかもしれないとは、祈つてゐた。しかしなんだか妙に悲しくて、自らのみじめさをしらじらと見るやうで、小鳥の命を助けるために、この前のやうに騒ぐことは出来ないのだつた。

いよいよ息が絶えると、小鳥の濡れた死骸を籠から出して、しばらく掌に載せてゐた。それからまた籠に戻して、押入へ突つこんでしまつた。その足で階下へ下りたが、女中にはなにげなく、「死んだよ。」と言つただけであつた。

菊戴は小柄なだけに、弱くて落鳥しやすい。けれども、同じやうな柄長や、みそさざいや、日雀などは、彼の家で健かなのである。それも二度まで水浴で殺すなんて、例へば一羽の紅雀が死んだ家には、紅雀が生きにくくなるのであらうかなどと、彼は因縁じみたことを考へながら、

「菊戴とはもう縁切だよ。」と、女中に笑つてみせ、茶の間に寝ころんで、犬の子供達に頭の毛をぐいぐい引つぱらせて、そこに十六七並んだ鳥籠のうちから、木菟《みみづく》を選ぶと、書斎へ持つて上つた。

木菟は彼の顔を見ると、円い目を怒らせ、すくめた首をしきりに廻して、嘴を鳴らし、ふうふう吹いた。この木菟は彼が見てゐるところでは、決してなにも食はない。肉片を指に挟んで近づけると、憤然と嚙みつくが、いつまでも嘴にだらりと肉をぶら

下げたまま、呑みこまうとはしない。彼は夜の明けるまで、意地つ張りの根くらべをしたこともあつた。彼が傍にゐれば、擂餌を見向きもしない。体も動かさない。しかし夜が白みかかると、さすがに腹が空く。止木を餌の方へ横ずりに近づく足音が聞える。彼が振り向く。頭の毛をすぼめ、目を細め、これほど陰険で狡猾な表情がまたとあらうかと思はれる風に、餌の方へ首を伸ばしてゐた鳥は、はつと頭を上げて、彼を憎さげに吹いてから、素知らん顔をする。彼がよそ見をする。そのうちにまた木菟の足音が聞える。両方の目が合つて、鳥はまた餌を離れる。それを繰り返すうちに、もう百舌が朝の喜びを、けたたましく歌ふ。

彼はこの木菟を憎むどころか、楽しい慰めとした。

「かういふ女中がゐないかと思つて捜してるんだ。」

「ふん。君もなかなか謙譲なところがあるよ。」

彼はいやな顔をして、もう友人からそつぽを向き、

「キキ、キキ。」と、傍の百舌《もず》を呼んだ。

「キキキキキキキ。」と、百舌はあたりの一切を吹き払ふやうに、高々と答へた。

木菟と同じ猛禽だが、この百舌は差餌の親しみが消えないで、甘つたれの小娘のやうに彼になついてゐた。彼が外出から帰る足音を聞いても、咳払ひをしても、鳴き立てる。籠を出てゐると、彼の肩や膝へ飛んで来て、翼を喜びに顫はせる。

彼は目覚時計の代りにこの百舌を枕もとに置いてゐる。朝が明るむと、彼が寝返りしても、手を動かしても、枕を直しても、

「チイチイチイチイ。」と甘えるし、唾を飲む音にさへ、

「キキキキキ。」と答へるし、やがてたけだけしく彼を呼び起す声は、まことに生活の朝をつんざく稲妻のやうに爽快である。彼と幾度か呼応して、彼がすつかり目覚めたとなると、いろんな鳥を真似て静かに囀り出す。

「今日の日もかくて目出度い。」といふ思ひを彼にさせる先きがけが百舌で、やがてもろもろの小鳥の鳴声が、それに続くのである。寝間着のまま擂餌を指につけて出すと、空腹の百舌は激しく嚙みつくけれども、それも愛情と受け取れる。

彼は一晩泊りの旅行でも、動物共の夢を見て夜中に目が覚めるから、家をあけるといふことは殆どない。その癖が強まつてか、人を訪ねたり、買物に出たりするにも、一人だと途中でつまらなくなつて帰つて来てしまふ。女の連れのない時は、しかたなく小さい女中といつしよに行つたりする。

千花子の踊を見に行くにしても、小女に花籠まで持たせてであれば、

「止して帰らう。」と、引き返すことが出来ない。

その夜の舞踊会は或る新聞社の催しで、十四五人の女流舞踊家の競演のやうなものであつた。彼は千花子の舞台を二年振りくらゐで見るのだつたが、彼女の踊の堕落に

目をそむけた。野蛮な力の名残は、もう俗悪な媚態に過ぎなかつた。踊の基礎の形も、彼女の肉体の張りと共に、もうすつかり崩れてしまつてゐた。

運転手にああ言はれても、葬式には出会つたし、家には菊戴の死体があるし、縁起が悪からうといふのをいい口実にして、花籠は小女に楽屋へ届けさせたのだつたが、彼女は是非会ひたいとのこと、今の踊を見ては、ゆつくり話すのもつらく、それならば休憩時間にまぎれてと、楽屋へ行つたが、その入口で彼は立ちすくむより早く体を扉《ドア》に隠した。

千花子は若い男に化粧をさせてゐるところだつた。

静かに目を閉ぢ、こころもち上向いて首を伸ばし、自分を相手へ任せ切つた風に、じつと動かない真白な顔は、まだ脣や眉や瞼が描いてないので、命のない人形のやうに見えた。まるで死顔のやうに見えた。

彼は十年近く前、千花子と心中しようとしたことがあつたのだ。その頃、彼は死にたい死にたいと口癖にしてゐたほどだから、なにも死なねばならぬわけはなかつたのだつた。いつまでも独身で動物と暮してゐる、さういふ生活に浮ぶ泡沫《うたかた》の花に似た思ひに過ぎなかつた。だから、この世の希望は誰かがよそから持つて来てくれるといふ風に、ぼんやり人まかせで、まだこれでは生きてゐるとは言へないやうな千花子は、死の相手によいかとも感じられた。果して千花子は、自分のしてゐることの意味を知らぬ例の顔つきで、たわいなくうなづくと、ただ一つの註文を出した。

「裾をばたばたさせるつていふから、足をしつかり縛つてね。」

彼は細紐で縛りながら彼女の足の美しさに今更驚いて、

「あいつもこんな綺麗な女と死んだと言はれるだらう。」などと思つた。

彼女は彼に背を向けて寝ると、無心に目を閉ぢ、少し首を伸ばした。それから合掌した。彼は稲妻のやうに、虚無のありがたさに打たれた。

「ああ、死ぬんぢやない。」

彼は勿論、殺す気も死ぬ気もなかつた。千花子は本気であつたか、戯れ心であつたかは分らぬ。そのどちらでもないやうな顔をしてゐた。真夏の午後であつた。

しかし彼はなにかひどく驚いて、それから後は自殺を夢にも思はず、また口にもしなくなつた。たとひどのやうなことがあらうと、この女をありがたく思ひつづけねばならないと、その時心の底に響いたのだつた。

踊の化粧を若い男にさせてゐる千花子が、彼女のその昔の合掌の顔を、彼に思ひ出させたのである。さつきも、自動車に乗ると直ぐ浮んだ白日夢は、これであつた。たとひ夜でもあの千花子を思ひ出す度に、真夏の白日の眩しさにつつまれてゐるやうな錯覚を感じるのだつた。

「それにしても、なぜ自分は咄嗟に扉《ドア》の陰へ隠れたのかしら。」と呟きながら廊下を

引き返して来ると、親しげに挨拶した男があつた。誰だかしばらく分らないでゐるのに、その男はひどく興奮して、

「やつぱりいいですね。かうして大勢踊らせると、やつぱり千花子のいいのがはつきりしますね。」

「ああ。」と、彼は思ひ出した。千花子の亭主の伴奏弾きだつた。

「この頃はどうです。」

「いや、一度御挨拶に上らうと思つて。実は去年の暮にあいつと離婚したんですが、やつぱり千花子の踊は抜群ですね。いいですなあ。」

彼は自分もなにか甘いものを見つけなければと、なぜだか胸苦しくあわてた。すると、一つの文句が浮んで来た。

ちやうど彼は、十六で死んだ少女の遺稿集を懐に持つてゐた。少年少女の文章を読むことが、この頃の彼はなにより楽しかつた。十六の少女の母は、死顔を化粧してやつたらしく、娘の死の日の日記の終りに書いてゐる、その文句は、

「生れて初めて化粧したる顔、花嫁の如し。」

末期の眼

竹久夢二氏は榛名湖畔に別荘を建てるため、その夏やはり伊香保温泉に来てゐた。つい先達ても、古賀春江氏の初七日の夜、今日の婦女子に人気ある挿絵画家の品定めから、いつしか思ひ出話となり、夢二氏をなつかしむ言葉は熱を帯びたが、その席の画家の一人栗原信氏も言つたやうに、明治から大正のはじめへかけての風俗画家でなければ情調画家としては、とにかくえらいものなのであらう。少女ばかりでなく、少青年から更に年輩の男の心をも染め、一世を風靡した点、この頃の挿絵画家は、遠く及ばぬであらう。夢二氏の描く絵も夢二氏と共に年移つて来てゐたにはちがひないが、少年の日の夢としか夢二氏を結びつけてゐない私は、老いた夢二氏を想像しにくかつただけに、伊香保で初めて会ふ夢二氏は、思ひがけない姿であつた。

もともと夢二氏は頽廃の画家であるとはいへ、その頽廃が心身の老いを早めた姿は、見る眼をいたましめる。頽廃は神に通じる逆道のやうであるけれども、実はむしろ早道である。もし私が頽廃早老の大芸術家を、目のあたり見たとすれば、もつとひたむきにつらかつたであらう。こんなのは小説家に少く、日本の作家には殆どあるまい。夢二氏の場合はずつと甘く、夢二氏の歩いて来た絵の道が本筋でなかつたことを、今夢二氏は身をもつて語つてゐるといつた風の、まはりくどい印象であつた。芸術家としては取返しのつかぬ不幸であらうが、人間としては或ひは幸福であつたらう。これは勿論嘘である。こんな曖昧な言葉のゆるさるべきではないが、この辺で妥協しておくところにも、今の私はもの忘れよと吹く南風を感じるのである。人間は生よりも反つて死について知つてゐるやうな気がするから、生きてゐられるのである。「女によつて人間性と和解」しようとしたから、ストリンドベルヒの恋愛悲劇は起つたのである。あらゆる夫婦達に離婚をすすめることがよくないならば、自分自身にさへまことの芸術家たれと望めないのも、反つて良心的ではあるまいか。

私達の周囲でも、広津柳浪、国木田独歩、徳田秋声氏などの子は、やはり小説家とはいへ、わが子を作家としたい作家があらうとは思へぬ。芸術家は一代にして生れるものでないと、私は考へてゐる。父祖の血が幾代かを経て、一輪咲いた花である。例外も少しあらうが、現代日本作家だけを調べても、その多くは旧家の出である。婦人雑誌の流行読物、人気女優の身上話や出世物語を読むと、だれもかれも、父か祖父の代に傾いた名家の娘といふがおきまりで、根からの卑賤に身を起した娘など一人もをらず、よくもかう似たのが揃つたとあきれるが、映画会社のおもちゃの人形みたいな女優も芸だとすれば、あながち虚栄と宣伝のためのつくり話ばかりではないのだらう。旧家の代々の芸術的教養が伝はつて、作家を生むとも考へられるが、また一方、旧家などの血はたいてい病み弱まつてゐるものだから、残燭の焔のやうに、滅びようとする血がいまはの果てに燃え上つたのが、作家とも見られる。既に悲劇である。作家の後裔が逞しく繁茂するとは思へぬ。実例はきつと、諸君の想像以上に雄弁であらう。

　されば、正岡子規のやうに死の病苦に喘ぎながら尚激しく芸術に戦ふのは、すぐれた芸術家にありがちのことではあるが、私は学ばうとはさらさら思はぬ。私が死病の床につけば、文学などさらりと忘れてゐたい。忘れられぬならば、いまだ到らずとして、妄念を払ふやうに祈りたい。今の世によるべなく、索漠としたその日暮しをする一人として、私も折にふれ死を嗅ぐくらゐ不思議はないが、省みると、作品らしい作品を書いてをらず、いつか書きたいものが頭に競ひ立つて来て死んでも死にきれさうもないものの、しかし心機一転すれば、それがすなはち迷ひである、取るに足るものをなにも遺してゐぬ方が、反つて安楽往生のさまたげにならぬだらうとも思ふのである。私が自殺をいとふ原因の一つは、死を考へて死ぬといふ点にある。と書いたところで、嘘にちがひない。私は死と顔つき合せてみたことなど、決してありはしない。いざとなれば、息の引き取るまで、原稿を書くかのやうに虚空に手を顫《ふる》はせてゐるやもしれぬ。けれども芥川龍之介氏の死んだ時、芥川氏ともあらうほどの人が、そして「僕はこの二年ばかりの間は死ぬことばかり考へつづけ」ながら、なぜ「或旧友へ送る手記」のやうな遺書を書いたかと、やや心外であつた。あの遺書は芥川氏の死の汚点だとさへ思つた。

ところで、今この文を綴りながら、「或旧友へ送る手記」を読みはじめると、いきなり、なんのことはない、芥川氏は自分が凡人であることを語らうとしてゐるのだといふ気がした。果して芥川氏自らも附記してゐる。

「僕はエムペドクレスの伝を読み、みづから神としたい欲望の如何に古いものかを感じた。僕の手記は意識してゐる限り、みづから神としないものである。いや、みづから大凡下の一人としてゐるものである。君はあの菩提樹の下に『エトナのエムペドクレス』を論じ合つた二十年前を覚えてゐるであらう。僕はあの時代にはみづから神にしたい一人だつた。」

しかし、その前の本文の終りは、

「所謂生活力と云ふものは実は動物力の異名に過ぎない。僕も亦人間獣の一匹である。しかし食色にも倦いた所を見ると、次第に動物力を失つてゐるであらう。僕の今住んでゐるのは氷のやうに透み渡つた、病的な神経の世界である。僕はゆうべ或売笑婦と一しよに彼女の賃金(！)の話をし、しみじみ『生きる為に生きてゐる』我々人間の哀れさを感じた。若しみづから甘んじて永久の眠りにはひることが出来れば、我々自身の為に幸福でないまでも平和であるには違ひない。しかし僕のいつ敢然と自殺出来るかは疑問である。唯自然はかう云ふ僕にはいつもよりも一層美しい。君は自然の美しいのを愛し、しかも自殺しようとする僕の矛盾を笑ふであらう。けれども自然の美しいのは、僕の末期の目に映るからである。」

修行僧の「氷のやうに透み渡つた」世界には、線香の燃える音が家の焼けるやうに聞え、その灰の落ちる音が落雷のやうに聞えたところで、それはまことであらう。あらゆる芸術の極意は、この「末期の眼」であらう。私は芥川氏を作家としても、文章家としても、さほど尊敬することは出来なかつた。それには無論、自分が遥かに年少といふ安心もあつたであらう。この安心のままいつしか芥川氏の死の年に近づき、愕然として故人を見直せば、わが口を縫はねばなるまいが、そこはよくしたもので、自分を恥ぢる一方、さては自分はまだまだ死なぬのであらうといふやうな、別種の安心に甘えるのである。けれども芥川氏の随筆感想を見るも、決して博覧強記の詐術的魔剣にとどまるものではない。また、死の近くの「歯車」は、発表当時に私が心から頭を下げた作品であつたが、「病的な神経の世界」といへばそれまで、芥川氏の「末期の眼」が最もよく感じられて、狂気に踏み入れた恐しさであつた。従つて、その「末期の眼」を芥川氏に与へたところのものは、二年ばかり考へつづけた自殺の決意か、自殺の決意に到らしめた芥川氏の心身にひそんでゐたものか、その微妙な交錯は精神病理学を超えてゐようが、芥川氏が命を賭して「西方の人」や「歯車」を購つたとは言へるであらう。横光利一氏が彼自身にも、また日本文学にも、劃期的な傑作「機械」を発表した時に、この「作品は、私に幸福を感じさせると同時に、また一種の深い不幸を感じさせる。」と私が書いたのは、友人の仕事を羨望したり、祝福したりするよりも前に、なにかしら不安を覚え、ぼんやりした憂へにとざされたからであつた。私の不安は大分去つたけれども、そのかはり彼の苦しみは更に加はつたのだ。

「吾々の最もすぐれた小説家たちは常に実験家《エクスペリメンタア》であつた。」「散文に於てであれ、韻文に於てであれ、凡ての規範はその起源を天才の作品に発してゐるといふことを諸君に記憶して貰ひたい。そして若し吾々が凡て最良の形式は既に発見されてしまひ、偉大なる作家たち——彼等の多くはその初めは偶像破壊者、聖なる像の破壊者であつた——の研究から吾々が引出し得る、文学法則のこれ以上の破壊は、それが伝統外にあるの故を以て、非難されるべきであると、仮定しなければならないとすれば、さうなると吾々は吾々の文学が成長を止めてしまつた、そして成長を止めたものは死物だ、といふことも亦甘んじて認めなければならない。」（J・D・ベレスフオド「小説の実験」秋沢三郎氏、森本忠氏訳）「実験」の出発は、よしんばそれが少しばかり病的なものであらうとも、楽しく若やいだものであるが、「末期の眼」は、やはり「実験」であただ、死の予感と相通ずることが多い。

「我事に於て後悔せず」と、刻々念々自らつとめてゐるわけではないけれども、ただあきれるほどもの忘れがひどいためにか、道徳的自省心の欠如のためか、私は後悔といふ悪魔には一向つかまらぬ。しかしすべてのものごとは、後から計算すると、起るべくして起り、なるやうになつて来たのであつて、そこになんの不思議もないと思はれがちである。神のありがたさかもしれぬ。人間の哀れさかもしれぬ。とにかく、この思ひは案外天の理にかなつてゐるやうである。いかなる凡下といへども、夏目漱石の座右銘「則天去私」に到る瞬間が往々あるらしい。例へば死であるが、死にさうもない人でもさて死なれてみると、やはり死ぬのだつたかなと思ひあたる節があるものである。すぐれた芸術家はその作品に死を予告してゐることが、あまりにしばしばである。創作が今日の肉体や精神の科学で割り切れぬ所以の恐しさは、こんなところにもある。

私も早すぐれた芸術の友二人と、幽明境を異にした。梶井基次郎氏と古賀春江氏とである。女との間には、生別といふものがあつても、芸術の友にあるのは死別ばかりで、生別といふものはない。多くの旧友と来往や消息がとだえようと、喧嘩別れしようと、私は友人としての彼等を失つたと思つたことはない。忘れつぽい私は、梶井氏や古賀氏の追想文を書かうとしても、故人身辺の人々か、私の女房かに、いちいち聞かねば、具体的な印象は刻めぬ。けれど、死人の友人共の思ひ出の記は、信じられやすいものの、実は信じがたいものが多い。私は小穴隆一氏が芥川龍之介氏の死を明さうとした「二つの絵」の文面の激しさを、むしろあやしむ。「わたしは二三の友だちにはたとひ真実を言はないにもせよ、嘘をついたことは一度もなかつた。彼等も亦嘘をつかなかつたから。」（侏儒の言葉）と、芥川氏も書いてゐるし、「二つの絵」が嘘だと思ふのではないが、モデル小説は作者が真実であらうとつとめればつとめるだけ、反つてモデルから遠ざかると言つても詭弁であるまい。アントン・チエホフの手法も、ゼイムス・ジヨイスの手法も、モデルそのものでない点に変りはない。

「あらゆる文学的部類《ジャンル》は、詞の何か或る特殊な使用から生れるが、小説は、一つ或は幾つかの架空的『生命』を我々に伝へる為に、言葉の直接的な、意味を表はす能力を濫用し得る。そして、それ等の架空的生命の役割を設定し、時と処とを定め、出来事を述べ、とにかく十分な因果性でそれ等を連結するのである。

詩が、直接に我々の機能を活動させ、聴覚、音声の形、及び律動ある表現の間に、正確な、脈絡ある連繋を実施すること、即ち歌を、その極限とするに反し、――小説は、あの一般的な不規則な期待、即ち現実の出来事に対する我々の期待を、我々の裡に喚り立て、持続しようとする。つまり作家の技術は、現実の出来事の奇妙な演繹、或はそれ等の普通の順序に似てゐるのである。又詩の世界が、言葉の装飾と機会との純粋な体系であるから、本質的にそれ自体の裡に鎖され、完全であるに反し、小説の宇宙は、幻想的なものでさへも、宛も実物のやうに見せかける画が見物人の往来してゐる附近の触れ得る事物に接続するやうに、現実の世界に連接するのである。
小説家の計算と野心との対象である『生命』と『真実』との外観は、小説家が自分の計画に取り入れる観察、――即ち認知し得る諸要素の、不断の導入に懸つてゐるのである。真実な而も任意な細部の緯は、読者の現実的生存を、作中の諸人物の佯《いつは》りの生存に接続する。そこから、それらの摸擬物が、屢々不思議な生命力を帯び、その生命力によつて、それ等の摸擬物が我々の頭の中で正真の人物と比較され得るやうになるのだ。我々は、知らぬ間に、我々の裡にあるあらゆる人間を、それらの摸擬物に附与する。何となれば、我々の生きる能力は、生きさせる能力をも含んでゐるからである。我々がそれ等の摸擬物に多く附与すればする程、作品の価値も大である。」（ポオル・ヴアレリイ「プルウスト」より。中島健蔵氏、佐藤正彰氏訳）
梶井基次郎氏が死んでから既に三年、明後日は古賀春江氏の四七日《よなぬか》であるが、私は二人についてまだ書けない。それゆゑに悪い友だとは、夢思はぬ。芥川氏も「或旧友へ送る手記」に、「僕は或は病死のやうに自殺しないとも限らないのである。」と書いてゐるが、死についてつくづく考へめぐらせば、結局病死が最もよいといふところに落ちつくであらうと想像される。いかに現世を厭離するとも、自殺はさとりの姿ではない。いかに徳行高くとも、自殺者は大聖の域に遠い。梶井氏も古賀氏も隠遁的な世渡り方ながら、実は激しい野心に燃えてゐたらうし、無類の好人物と見えながら、二人とも、なかんづく梶井氏は、或ひは悪魔にもつかれてゐたらうけれども、いちじるしく東洋、または日本じみてゐた彼等は、その死後に私の追憶記など期待してゐなかつたであらう。古賀氏も自殺を思ふこと、年久しいものがあつたらしい。死にまさる芸術はないとか、死ぬることは生きることだとかは、口癖のやうだつたさうだが、これは西洋風な死の讃美ではなくて、寺院に生れ、宗教学校出身の彼に、深くしみこんでゐる仏教思想の現れだと、私は解くのである。古賀氏も結局病死をよい死方と考へたらしい。全く嬰児に復り、二十日の余も高熱が続いて、眠りのやうに意識定かならぬ後、息絶えたのは、けだし本懐かもしれぬのである。

古賀氏が私に多少の好意を寄せてゐてくれたらしいのは、なんのゆゑか、私は明かにせぬ。私は常に文学の新しい傾向、新しい形式を追ひ、または求める者と見られてゐる。新奇を愛好し、新人に関心すると思はれてゐる。ために「奇術師」と呼ばれる光栄すら持つ。もしさうならば、この点は古賀氏の画家生活に似通つてもゐよう。古賀氏は絶えず前衛的な制作を志し、進歩的な役割をつとめようとする思ひに駆られ、その作風の変幻常ならずと見えたため、私同様彼を「奇術師」扱ひにしかねない人もあらう。ところで私達は果してよく奇術師であり得たらうか。相手は軽蔑を浴せたつもりであらうが、私は「奇術師」と名づけられたことに、北叟笑《ほくそゑ》んだものである。盲千人の一人である相手に、私の胸の嘆きが映らなかつたゆゑである。彼が本気でそんなことを思つたのなら、私にたわいなく化かされた阿呆である。とはいへ、私は人を化かさうがために、「奇術」を弄んでゐるわけではない。胸の嘆きとか弱く戦つてゐる現れに過ぎぬ。人がなんと名づけようと知つたことでない。えらいけだものの毛唐、パブロ・ピカソなんていふものはいざ知らず、私と同じやうに心身共に弱かつた古賀氏は、私とちがつて大作力作をなしつつも、やはり私に似た嘆きが、胸をかすめることはなかつたであらうか。

私がシユウル・リアリズムの絵画を解するはずはないが、古賀氏のそのイズムの絵に古さがありとすれば、それは東方の古風な詩情の病ひのせゐであらうかと思はれる。理知の鏡の表を、遥かなるあこがれの霞が流れる。理知の構成とか、理知の論理や哲学なんてものは、画面から素人はなかなか読みにくいが、古賀氏の絵に向ふと、私は先づなにかしら遠いあこがれと、ほのぼのとむなしい拡がりを感じるのである。虚無を超えた肯定である。従つて、これはをさなごころに通ふ。童話じみた絵が多い。単なる童話ではない。をさなごころの驚きの鮮麗な夢である。甚だ仏法的である。今年の二科会出品作「深海の情景」なども、妖麗な無気味さが人をとらへるが、幽玄で華麗な仏法の「深海」をさぐらうとしたとも見える。同時に出品の「サアカスの景」の虎は、猫のやうに見えるけれども、そして画材となつたハアゲンベックのサアカスでは、実際あんな風におとなしく見えたさうであるけれども、そんな虎が反つて心をとらへたのには、虎の群の数学的構成にもよらうが、作者自らあの絵について、なんとなくしいんと静かでぼんやりした気分を描かうとしたと、語つてゐるではないか。古賀氏は西欧近代の文化の精神をも、大いに制作に取り入れようとはしたものの、仏法のをさな歌はいつも心の底を流れてゐたのである。朗らかに美しい童話じみた水彩画にも、温かに寂しさのある所以であらう。その古いをさな歌は、私の心にも通ふ。けだし二人は新しげな顔の裏の古い歌で、親しんだのであつたかもしれぬ。だから私には、ポオル・クレエの影響がある年月の絵が最も早分りする。古賀氏の絵を長い間近しく見て来た高田力蔵氏が、遺作水彩画展覧会場で話したところによると、古賀氏は西欧風の色彩から出発し、オリエンタルな色彩に移り、それから再び西欧風の色彩に戻り、今また「サアカスの景」などのやうに、オリエンタルな色彩に復らうとしてゐたさうである。「サアカスの景」は絶筆である。その後は島薗内科の病室で色紙を描いただけであらう。

入院してから、毎日のやうに色紙を、多い日は一日に十枚も、あの心身でどうして描けたかと、医者も不思議であつたらうが、なぜ描いたかと、私も不思議なくらゐである。佐左木俊郎氏の家に中村武羅夫氏と楢崎勤氏と私と、三人で悔みに行つてみると、遺骨の箱の上に彼の作品集が四五冊積み重ねてあつた。私は思はず、ああと溜息をもらした。古賀春江氏は本来が水彩画家だつたといふので、水彩の絵具と絵筆とが棺に納められた。東郷青児氏がそれを見て、古賀はあの世に行つてまで絵を描かせられるのかい、可哀想に、と言つた。古賀氏はまた文学者であつた。わけても詩人であつた。彼は毎月主な同人雑誌を買ひ揃へて読んでゐた。同人雑誌を買ふなど、文士には先づない。古賀氏の遺詩はいつか世に愛される時が来るだらうと私は信じてゐるが、彼自らは文学を楽しんでゐた。だから、愛読書を死の旅の道づれとした事は、文句なかつたらうが、絵筆は或ひは苦しいかもしれぬ。しかし、あんなに絵を描くことが好きだつたのだから、絵具がなければ手持ち無沙汰で寂しいだらうと、私は東郷氏に答へた。

東郷青児氏は古賀春江氏にも死の予感があつたと、再三書いてゐる。今秋の二科出品画の鬼気人に迫る無気味さからも、それが感じられるといふ。素人の私には、そのやうなことはしかと分らぬが、出来上つたと聞いて見に行つた時、百号三点の力作を前にして、古賀氏の病状をよく知つてゐる私は、むしろあきれ返つたものであつた。にはかに信じられぬくらゐであつた。例へば最後の「サアカスの景」など、下塗りする体力がもう失はれ、手に絵具を摑むかどうかして、体をぶつつけるかのやうに、画布と格闘するかのやうに、掌で狂暴に塗りなぐつて、麒麟の脚を一本書き落しても、気がつかずに平然たるものだつたさうである。さうして出来上つた絵が、どうしてあんなにしいんと静かなのか。また「深海の情景」のやうに細密な筆をつかひながら、手が顫へて、ロオマ字は整つた書体が書けず、署名は高田力蔵氏が入れた。絵のために手は細かく働くが、字のためには粗くも動かぬなど、超自然ななにものかである。絵と同じ頃書いた文章は、支離滅裂、言葉の脱落顛倒甚だしかつたさうである。制作を終へると、この世での別れを告げるかのやうに、たえて久しい古里を見舞ひ、帰つて入院した。古里からの手紙もわけが分らぬさうである。病院でも色紙のかたはら詩を書きつづけてゐた。その詩を発表したらと、私は夫人に浄書をすすめたが、夫の字に慣れた夫人もさすが判読に苦しみ、謎を解かうと見つめてゐれば、いたましさの思ひに頭痛がして来るさうである。しかし一方、色紙の絵はちやんとしてゐる。筆が次第にみだれて来ても、ちやんとしてゐる。いよいよ衰へて、文字通りの絶筆である色紙は、ただ幾つかの色を塗つただけで、ものの形はなく、意味も分らぬ。そこまで行つてなほ、古賀氏は彩管をとりたかつたのである。こんな風に、あらゆる心身の力のうちで、絵の才能が最も長く生き延び、最後に死んだのである。いや、亡骸《なきがら》のなかにも尚脈々として生存してゐるかもしれぬ。告別式の時に、絶筆の色紙を飾らうかといふ話もあつたが、それは故人の悲痛をさらしものにするに似るとの反対があつて、止めになつたけれども、絵具と絵筆は棺に納めても、或ひは罪なことではなかつたであらう。古賀氏にとつては、絵は解脱の道であつたにちがひないが、また堕地獄の道であつたかもしれない。天恵の芸術的才能とは、業のやうなものである。

神の喜劇を書いたダンテの生涯は悲劇であつた。ワルト・ホイットマンはダンテの肖像を訪客に見せて、「この世の不潔を脱した人の顔だ。この顔になるには沢山得ただけ、それだけ、失つたのだ。」と語つたさうである。話はあまりあらぬ方へ飛ぶが、竹久夢二氏もまたあの個性のいちじるしい絵のために、「沢山得ただけ、それだけ失つたのだ。」聯想の飛躍ついでに、もう一つ石井柏亭氏を持ち出さう。柏亭氏の生誕五十年祝賀会のテエブル・スピイチで、有島生馬氏は「石井氏は二十にして不惑、三十にして不惑、四十にして不惑、五十にして不惑、恐らくぎやつと生れた瞬間から、不惑だつたらう。」と、しやれのめしたことがある。柏亭氏の画道が不惑ならば、夢二氏の何十年一日のやうな画道も不惑であつたらうか。比較の突飛さに笑ひ出す人があらう。夢二氏の場合、その画風は夢二氏の宿業のやうなものであつた。若い頃の夢二氏の絵を「さすらひの乙女」とすると、今の夢二氏の絵は「宿なしの老人」かもしれぬ。これもまた、作家の覚悟すべき運命である。夢二氏の甘さは夢二氏を滅したとはいへ、また夢二氏を救つてゐる。私が伊香保で見た夢二氏は、もう白髪が多く、肉もどこかゆるみ、頽廃の早老とも見えたが、また実に若々しかつたのは眼の色のやうに思ふ。

その夢二氏は女学生達と打ちつれて、高原に草花など摘み、楽しげに遊んでゐた。少女のために画帖を描いたりしてゐた。それがいかにも夢二氏らしい自然さであつた。三つ子の魂百までの、この若い老人、この幸福で不幸な画家を見て、私は喜ばしいやうな、うら悲しいやうな——夢二氏の絵にいくばくの真価があるにせよ、そぞろ芸術のあはれさに打たれたものであつた。夢二氏の絵が他に及ぼした力も非常なものであつたが、また画家自らを食ひさいなんだことも、なみなみならずであつたらう。

伊香保で会ふ数年前、芥川龍之介氏の弟子のやうな渡邊庫輔氏に引つぱられて、夢二氏の家を訪れたことがある。夢二氏は不在であつた。女の人が鏡の前に坐つてゐた。その姿が全く夢二氏の絵そのままなので、私は自分の眼を疑つた。やがて立ち上つて来て、玄関の障子につかまりながら見送つた。その立居振舞、一挙手一投足が、夢二氏の絵から抜け出したとは、このことなので、私は不思議ともなんとも言葉を失つたほどだつた。画家がその恋人が変れば、絵の女の顔なども変るのは、おきまりである。小説家だつて同じだ。芸術家でなくとも、夫婦は顔が似て来るばかりでなく、考へ方も一つになつてしまふ。少しも珍らしくないが、夢二氏の絵の女は特色がいちじるしいだけ、それがあざやかだつたのである。あれは絵空事ではなかつたのである。夢二氏が女の体に自分の絵を完全に描いたのである。芸術の勝利であらうが、またなにかへの敗北のやうにも感じられる。伊香保でもこのことを思ひ出し、芸術家の個性といふものの、そぞろ寂しさを、夢二氏の老いの姿に見たのであつた。

その後もう一度、女の人工的な美しさの不思議に打たれたのは、文化学院の同窓会で、宮川曼魚氏の令嬢を見た時である。あの学校らしい近代風な令嬢のつどひのなかに、江戸風の人形を飾つたのかと驚いたが、東京の雛妓でもなく、京都の舞子でもなく、江戸の下町娘でもなく、浮世絵でもなく、歌舞伎の女形でもなく、浄瑠璃の人形でもなく、少しづつはそれらのいづれでもあるやうな、曼魚氏の江戸趣味の生きた創作であつた。今の世に二人とあるまい、こんな娘も丹精次第で創れるのかと、あきれる美しさであつた。

――以上はこの文章のほんの前書のつもりが、長くなつたものである。はじめは「原稿紙など」といふ題をつけておいた。夢二氏と会つたと同じ頃、同じ伊香保で、龍胆寺雄氏に初対面したことから、龍胆寺氏の原稿紙と原稿の書き振りを紹介し、幾人かの作家のそれに及びながら、小説作法についてなにかを感じようと企てたものであつた。その前書が十倍の長さになつてしまつた。もし当初から「末期の眼」について語るつもりならば、自ら別種の材料と覚悟とを用意したであらうと思ふ。

さりながら、「小説作法」に筆を染めようとして、ふと机辺の「劇作」十月号を拾ひあげ、セント・J・アアヴインの「戯曲作法」を読み散らしてゐると、「数年前英国で、『文学に成功する方法』と言ふ題の本が出版された。その数ケ月後、

その本の著者は作家として成功し得ず自殺してしまつた。」と。（菅原卓氏訳）

再会

敗戦後の厚木祐三の生活は富士子との再会から始まりさうだ。あるひは、富士子と再会したと言ふよりも、祐三自身と再会したと言ふべきかもしれなかつた。

ああ、生きてゐたと、祐三は富士子を見て驚きに打たれた。それは歓びも悲しみもまじへない単純な驚きだつた。

富士子の姿を見つけた瞬間、人間とも物体とも感じられなかつた。祐三は過去に出会つたのだ。過去が富士子といふ形を取つて現れたのだが、祐三にはそれが抽象の過去といふものと感じられた。

しかし、過去が富士子といふ具象で生きて来てみればそれは現在だらう。眼前で過去が現在へつながつたことに祐三は驚いたのだつた。

今の祐三の場合の過去と現在との間には、戦争があつた。

祐三の迂闊な驚きも無論戦争のせゐにちがひなかつた。

戦争に埋没してゐたものが復活した驚愕とも言へるだらう。あの殺戮と破壊の怒濤が、しかし微小な男女間の瑣事を消滅し得なかつたのだ。

祐三は生きてゐる富士子を発見して、生きてゐる自分を発見したやうだつた。

祐三はあとくされなく富士子と別れたやうに自分の過去ともきれいに訣別し、その二つとも忘却しおほせたつもりで、戦争のなかにゐたものだが、やはり持つてうまれた生命は一つしかないのだつた。

祐三が富士子と再会したのは日本の降伏から二ケ月余り後だつた。時といふものも喪亡してしまつたやうな時で、多くの人々は国家と個人の過去と現在と未来とが解体して錯乱する渦巻に溺れてゐるやうな時だつた。

祐三は鎌倉駅におりて若宮大路の高い松の列を見上げると、その梢の方に正しく流れる時の諧調を感じた。戦災地の東京にゐては、こんな自然も見落しがちに過した。戦争中から方々に松の枯死が蔓延して国の不吉な病斑のやうだが、ここの並木はまだ大方生きてゐた。

鶴ケ岡八幡宮に「文墨祭」があるといふ鎌倉の友人の葉書で祐三は出て来たのだつた。実朝の文事から思ひ立つた祭らしく、いくさの神が世直しの意味もあつたらう。平和な祭見の人出はもう武運と戦勝とを祈願する参拝ではなかつた。

しかし祐三は社務所の前まで来て、振袖の令嬢の一群に目の覚める思ひをした。人々はまだ空襲下の、あるひは戦災者の服装から脱してゐないので、振袖の盛装は異様な色彩だつた。

進駐軍も祭に招待されてゐる、そのアメリカ人に茶を出すための令嬢達だつた。進駐兵は日本に上陸して初めて見るキモノだらうから珍らしがつて写真を取つてゐた。

祐三にしても、これが二三年前までの風俗だつたとは、ちよつと信じられぬほどだつた。みじめに暗いまはりの服装のなかで最大限の飛躍を見せた女の大胆さに感心しながら、野天の茶席へ案内されて行つた。令嬢達の表情や動作にも華美な盛装が映つてゐた。これも祐三を呼びさますやうだつた。

茶席は木立のなかにあつた。神社によくある細長い白木の卓にアメリカ兵が神妙に並んで、無邪気な好奇心を見せてゐた。十歳前後の令嬢が薄茶を運んでゐた。模型じみた服装と作法で、祐三は古い芝居の子役を思ひ出した。

さうすると大きい令嬢の長い袖や盛り上げた帯が今の時代に錯誤し矛盾した感じも明らかとなつて来た。健康な良家の子女が身につけてゐるので、かへつてなほ妙にあはれな印象を受けた。

けばけばしい色彩や模様も今かうしてみると俗悪で野蛮だつた。戦前の着物はつくる者の工芸も着る者の趣味もここまで堕落してゐたのだつたかと、祐三は考へさせられた。

後で踊の衣裳と見くらべてこれを一層強く感じた。社の舞殿で踊があつたのだ。昔風の踊の衣裳は特別のもの、令嬢達の服装は日常のものだらうが、今は令嬢達の盛装も特別に見物すべきもののやうだつた。そして戦前の風俗ばかりでなく女性の生理までが露骨に出てゐるのだつた。踊の衣裳は品があり色も深かつた。

浦安の舞、獅子舞、静《しづか》の舞、元禄花見踊――亡び去つた日本の姿が笛の音のやうに祐三の胸を流れた。

左右に分れた招待席の一方が進駐軍で、祐三達は大公孫樹のある西側の席にゐた。公孫樹は少し黄ばんでゐた。

一般席の子供達が招待席へ雪崩れこんで来た。子供の群のみじめな服装を背景として、令嬢達の振袖などは泥沼の花のやうだつた。

舞殿の赤い柱の裾に杉林の梢から日がさしてゐた。

元禄花見踊の遊女らしいのが、舞殿の階をおりたところで、あひびきの男と別れて立ち去る、その裾を砂利に曳いてゆくのを見ると、祐三はふと哀愁を感じた。

綿で円くふくらんで、色濃い絹の裏地がたつぷり出て、花やかな下着をのぞかせて開いた、その裾は日本の美女の肌のやうに、日本の女の艶めかしい運命のやうに――惜しげもなく土の上を曳きずつてゆくのがいたいたしく美しかつた。華奢で無慙《むざん》で肉感の漂ふ哀愁だつた。

祐三には神社の境内が静かな金屏風のやうになつた。

静御前の舞の振は中世的であつて、元禄の花見の踊は近世的なのだらうが、敗戦間もなくの祐三の目は踊のやうなものに抵抗力を失つてゐた。

さういふ目で舞姿を追つてゐる視線に、富士子の顔があつたのだ。

おやと驚くと祐三はかへつて瞬間ぼんやりした。こいつを見てゐるとつまらないことになるぞと内心警戒しながら、しかも相手の富士子が生きた人間とも自分に害を及ぼす物とも感じられなくて、直ぐには目をそむけようとしなかつた。

舞衣の裾の感傷は富士子を見た途端に消えたが、それほど富士子が強い印象なのではなく、失心した人が意識を取りもどした目に写る物のやうであつた。生命と時間との流れの継目に浮んだもののやうであつた。そして祐三のさういふ心の隙に、なにか肉体的な温かさ、自分の一部に出会つたやうな親しさが、生き生きとこみあげて来た。

その富士子の顔もぼんやり舞姿を追つてゐた。祐三には気がついてゐない。祐三は富士子に気がついてゐるのに富士子は祐三に気がついてゐないことが、祐三は奇妙な感じだつた。さうすると二人が十間と離れないでゐながらお互ひに気がつかなかつた時間は、更に奇怪なことに思へた。

祐三がなんの顧慮もなくとつさに席を立つて行つたのは、富士子の無力にほうけた顔つきのためかもしれなかつた。

祐三は失心しさうな人を呼びさますやうな気組で、いきなり富士子の背に手をおいた。

「ああ。」

富士子はゆつくり倒れかかつて来さうに見えて、しやんと立つと、体のびりびり顫《ふる》へるのが、祐三の腕に伝はつた。

「御無事だつたのね。ああ、びつくりした。御無事でしたの？」

富士子は体をかたくして立つてゐるのだが、抱かれに寄り添つて来る感じを祐三は受けた。

「どこにいらしたの。」

「ええ？」

今の踊をどこで見てゐたのかとも聞え、富士子と別れて戦争中どこにゐたのかとも聞え、また祐三にはただ富士子の声とも聞えた。

祐三は幾年ぶりかで女の声を聞いた。人ごみのなかにゐるのを忘れて富士子と会つてゐた。

祐三が富士子を見つけた時のなまなましさは、富士子から強められて祐三に逆流して来た。

この女と祐三が再会すれば道徳上の問題や実生活の面倒がむし返されるはずで、言はば好んで腐れ縁につかまるのだから、さつきも警戒心がひらめいたのだが、ひよつと溝を飛び越えるやうに、富士子を拾つてしまつた。

現実とは彼岸の純粋な世界の行動のやうで、しかも束縛を脱した純粋な現実だつた。過去が突然こんなに現実となつた経験はなかつた。

新膚《にひはだ》の感じが富士子とのあひだにふたたびあらうとは夢にも思はなかつた。

富士子も祐三を責めとがめる様子は微塵もなかつた。

「お変りにならないわねえ。あなた、ちつともお変りになつてらつしやいませんわ。」

「そんなことはない。大変りだよ。」

「いいえ。お変りになつてないことよ。ほんたう。」

それが富士子の感動らしいので、祐三は、

「さうかねえ。」

「あれから……ずうつとどうしてらしたんでせう。」

「戦争してたさ。」と祐三は吐き出すやうに言つた。

「うそ。戦争してらしたみたいぢやないことよ。」

側の人達がくすくす笑つた。富士子も笑つた。まはりの人々は富士子の邪魔にならないやうだつた。思ひがけない男女の邂逅を見る人達はむしろ好意で明るくなつてゐるらしかつた。富士子は周囲の空気にもあまえかねない風だつた。

祐三は急にきまり悪くなると、さつきから気づいてゐた富士子の変りやうが一層はつきり目について来た。

小太りだつたのがげつそり痩せて、切の長い目ばかり不自然に光つてゐた。富士子は赤毛の薄い眉に以前は少し赤みがかつた眉墨を引いたりしてゐたが、今はその眉墨もなく頬紅もかすかなので、頬の肉がさびれたのに、平べつたい顔が見えた。白い肌が首から上はやや黒ずんでゐる、その素顔が出て、首の線の胸の骨へ落ちるところに疲れがたまつてゐた。毛筋の細い髪の器用な波も怠つて頭が貧相に小さくなつた。

祐三に会つた感動を目だけで懸命に支へてゐるやうだつた。

以前気になつたほど年齢の差が感じられなくて、祐三はかへつて安穏な不便《ふびん》を催しさうなものなのに、若々しいときめきが消えないのは不思議だつた。

「お変りにならないわ。」と富士子はまた言つた。

祐三は人ごみのうしろに出た。富士子も祐三の顔を見ながらついて来た。

「奥さまは……?」

「……………。」

「奥さまは……?　御無事?」

「うん。」

「よかつたわ。お子さまも……?」

「うん。疎開させてある。」

「さう？　どちら。」

「甲府の田舎だ。」

「さう？　お家はいかがでしたの。助かつて？」

「焼けた。」

「あら、さう、私も焼け出されました。」

「さう、どこで。」

「東京よ、無論。」

「東京にゐたの？」

「しかたがないわ。女ひとりで、ほかに行場もゐどころもないでせう？」

祐三は冷やつとして、急に足もとが崩れるやうだつた。

「死ぬつもりになつてしまへば、結局東京が気楽――といふわけもないけれど、戦争中はどんな暮しをしてゐても、どんな恰好をしてゐても、まあ平気だつたわ。元気だつたのよ、私。自分の境遇を悲んだりしてるどころぢやなかつたでせう？」

「国へは帰らなかつたの？」

「帰れやしないぢやないの？」

その理由は祐三にあるはずなのにと反問する調子だつた。しかし祐三をとがめる毒気はなくて、あまえかかるやうな声だつた。

祐三はもう古疵《ふるきず》にさはつた自分の迂闊さに嫌気がさして来たが、富士子はまだなにか麻痺のなかにゐるらしかつた。富士子が醒めるのを祐三は恐れた。

祐三はまた自分の麻痺にも気がついて愕《おどろ》いた。戦争のあひだ祐三は富士子に対する責任も徳義もほとんど全く忘れてゐた。

祐三が富士子と別れ得たのは、幾年かの悪縁から放たれたのは、戦争の暴力のせゐだつたらう。微小な男女間の瑣事にからまる良心などは激流に棄ててゐられたのだらう。

戦争の巷を富士子がどう生きて来たのか、今その姿に出会ふと、祐三はぎよつとするが、あるひは富士子も祐三をうらむことは忘れてゐたのかもしれなかつた。

富士子の顔には以前のヒステリックの強さも消えてしまつてゐるやうだつた。少し濡れてゐるらしい目を祐三はまともに見ることが出来なかつた。

招待席のうしろの子供を掻きわけて祐三は正面の石段下に出た。五六段上つたところに腰をおろした。富士子は立つたまま、

「こんなに人が出てゐて、今日はお参りする人がさつぱりないのね。」と上の社の方を振りかへつた。

「しかし社に石を投げる人もないさ。」

舞殿を取り巻いて石段下の広場に群衆が円を描いてゐるから、参道はちよつと塞がつた形だつた。元禄の遊女の踊やアメリカ軍楽隊が八幡宮の舞殿に上る祭など、昨日までは思ひ及ばなかつたことで、かういふ祭見の用意は気持にも服装にも出来てゐないが、境内の杉木立の下から大鳥居の向うの桜並木、それから高い松のあるところまでも続く祭見の列を見てゐると、秋日和が胸にしみるやうだつた。

「鎌倉は焼けないからいいわね。焼けたと焼けないとでは、たいへんなちがひ。木だつて景色だつて、ちやんと日本の恰好をしてゐるわね。お嬢さんの風を見て驚いたわ。」

「ああいふ着物はどうだい。」

「電車には乗れないわね。あんな着物を着て電車に乗つたり町を歩いたりした時が私にもあつたのよ。」と富士子は祐三を見下して傍に腰かけた。

「お嬢さんの着物を見て、ああ生きてゐてよかつたとうれしい気がしたけれど、それからなにか思ひ出すとぼんやりして生きてるのがかなしいやうな気もしてたの。自分がどうなつちやつたのか、私よく分らないわ。」

「それはお互ひさまだらうね。」と祐三は話を避けるやうに言つた。

富士子は男物の古着を直したらしい紺がすりのもんぺを着てゐた。祐三はこれと似たかすりが自分にもあつたと思つた。

「奥さま達が甲府で、あなたおひとり東京?」

「さう。」

「ほんたうかしら？　御不自由ぢやないの？」

「まあ世間並に不自由だね。」

「私も世間並だつたのかしら？」

「………。」

「奥さまも世間並にお元気？」

「まあ、さうだらうね。」

「お怪我もなさらなかつたのね。」

「うん。」

「よかつたわ。私――警報の時なんか、奥さまにもしものことがあつて、私だけ無事に助かつてゐたら、ほんたうにどうしようと思つたことがあつてよ。そんなこと偶然ですものね。偶然でせう。」

祐三はぞつとした。しかし富士子は声が細く澄んで来て、

「真剣に心配しましたのよ。なぜそんな自分が危い時に奥さまのことなぞ案じて上げるのか、馬鹿だとかなしくなつても、やつぱり心配でしたわ。もし戦争がすんであなたにお目にかかつたら、この気持だけは申しあげてみたかつたの。言つても信じていただけるかしら、逆に疑はれやしないかしら、さうも思つたけれど、戦争中はよく自

分のことを忘れて人のことをお祈りしましたもの。」

さう言はれてみると祐三にも思ひあたる節はあつた。極端な自己犠牲と自己本位と、自己反省と自己満足と、愛他と我利と、徳義と邪悪と、麻痺と興奮とが、祐三のなかでも奇怪に混乱しながら結合してゐたのかもしれなかつた。

富士子は祐三の妻の偶然の死を希ひながら無事を祈つてゐたのかもしれなかつた。その半面の悪心を意識しないで半面の善心に陶酔してゐたとしても、それは戦時の凌ぎやう、生き方の一片に過ぎなかつたらうか。

富士子の口振には真実がこもつてゐた。切長の目尻に涙が湧き出してゐた。

「私よりも奥さまの方があなたに大事だと思ふから、奥さまのお身を案じたつて、しかたがなかつたわ。」

富士子がしつつこく妻のことを言ふので、祐三は当然妻を思ひ出してゐた。

しかし、ここにも疑惑が生れた。祐三は戦争中ほど脇目も振らずに家族と結びついてゐた年月はなかつた。富士子さへほとんど全く忘れてゐたほど妻を愛してゐたと言へる。痛切な半身であつた。

ところが、祐三は富士子を見たとたんに自分と出会つたやうに感じた。また妻を思ひ出すのに稀薄な時間を隔てたやうな努力を要した。祐三は自分の心の疲れを見た。雌をつれた動物の彷徨に過ぎなかつたやうな気もした。

「あなたにお会ひ出来て私なにをお願ひしていいのか、急にはわからないわ。」

富士子はまつはりつくやうな口調になつた。

「ねえ、お願ひ、聞いて下さらなければいやよ。」

「………。」

「ねえ、私を養つて頂戴。」

「え、養ふつて……？」

「ほんの、ほんのちよつとの間でいいの。御迷惑かけないでおとなしくしてるわ。」

祐三はついいやな顔をして富士子を見た。

「今どうして暮してるの？」

「食べられないことはないのよ。さういふんぢやないの。私生活をし直したいの。あなたのところから出発させてほしいの。」

「出発ぢやなくて、逆戻りぢやないか。」

「逆戻りぢやないわ。出発の気合をかけていただくだけよ。きつと私ひとりで直ぐ出てゆくわ。――このままぢやだめ、このままぢや私だめよ。ね、ちよつとだけつかまらせて頂戴。」

どこまで本音か祐三は聞きわけかねた。巧妙な罠のやうでもあつた。哀憐の訴のやうでもあつた。戦争のなかに棄てられた女が戦後に生きてゆく力を祐三から汲み取り、祐三のところで身支度したいといふのだらうか。

祐三自身も過去の女に出会つて思ひがけない生命感がよみがへつて来たのだが、富士子にその弱点を見破られたのだらうか。富士子に言はれるまでもなくひきずられるものが心底にあつて、祐三は罪業と背徳とから自分の生存に目覚めてゆくのかと暗い気持に沈んだ。みじめに目を伏せた。

群衆の拍手が聞えて、進駐軍の軍楽隊が入場して来た。鉄兜をかぶつてゐた。無造作に舞台へ上つた。二十人ほどだつた。

そして吹奏楽器の第一音が一斉に鳴つた瞬間、祐三はあつと胸を起した。目が覚めたやうに頭の雲が拭はれた。若々しい鞭の感じで歯切のいい楽音が体を打つて来た。群衆の顔が生きかへつた。

なんといふ明るい国だらうと、祐三はいまさらアメリカに驚いた。

鮮かに感覚を鼓舞されてみると、富士子といふ女についても、男の明快さが祐三を単純にしてしまつた。


横浜を過ぎるころから物の影が淡く薄れた。その影は地面に吸ひ取られたかのやうで、夕《ゆふべ》の色が沈んで来るのだつた。

長いこと鼻についてゐた焦げくさい臭気はさすがもうなくなつたが、いつまでも埃《ほこり》を立ててゐるやうな焼跡も、秋になるらしかつた。

富士子の赤毛の薄い眉や毛筋の細い髪を見てゐると、これから寒空に向ふのにといふ言葉など祐三はふと浮んで、厄介なものを背負ひこみさうな自分は、昔からいふ厄年かと苦笑しさうにもなつたが、焦土にも季節がめぐつて来たことに驚く感慨さへ、なにか無気力な人まかせを助長するかのやうであつた。

祐三は自分が降りるはずの品川駅も通り越してしまつた。

四十を一つ二つ過ぎた祐三は、人生の苦しみや悲しみがいつとなく時の流れに消え去り、難関や悶著も自然と時間に解決されるのを、多少は見て来てゐた。わめき狂つてもがいても、黙つて手をつかねて眺めてゐても、同じやうな結末になる場合を経験しないではなかつた。

あのやうな戦争さへ過ぎ去つて行つたではないか。

しかも思つたより早かつた。いや、四年間といふのがあの戦争としては早かつたのか長過ぎたのか、それを判断出来る物差も祐三などは持つてゐないが、とにかく終つた。

以前祐三は富士子を戦争のなかに置き去りにしたやうに、今度は富士子を時間の行手に流し落せるだらうか、といふやうな下心が、再会したばかりでもう萌さぬではなかつた。しかも先きの戦争の場合は、暴風が二人を吹き離したやうな形ですんだし、清算といふ言葉に祐三は興奮してさへゐたが、今はともすると自分の狡猾な打算が見えるのだつた。

しかし、清算の陶酔よりも打算の困惑の方が道徳的かもしれないと思はれることも、祐三にはちぐはぐな気持だつた。

「新橋よ。」と富士子が注意した。

「東京駅までいらつしやるの?」

「ああ、うん。」

この駅から二人づれで銀座へ出た以前の習慣を、富士子はこんな時にも思ひ出すのかもしれなかつた。

祐三はこのごろ銀座を歩いたことがない。品川駅から東京駅まで通勤してゐるのだつた。

祐三はぼんやりと、

「君はどこ?」

「どこつて……あなたのいらつしやるところへ行くわ。どうして?」

富士子は少し不安な顔をした。

「いや、君が現在住んでるところさ?」

「そんな立派なものはないわ、住んでるところなんて……。」

「それはお互ひさまだがね。」

「これからあなたの連れて行つて下さるところが、私の住むところよ。」

「それぢやまあ、今まで君が飯を食つてたところ?」

「御飯といふほどのものはいただいてませんわ。」

「どこで配給を取つてるんだ。」

怒つたやうに言ふ祐三の顔を富士子は見たが黙つてゐた。

ゐどころを明したくないのかと祐三は疑つた。

祐三も品川を通つた時に黙つてゐたのを思ひ出して、

「僕は友人のところに置いてもらつてるんだがね。」

「同居?」

「同居のまた同居だ。友人が六畳間を借りてる、そこへ一時割り込んでね。」

「もう一人私も置いていただけないの? 三重の同居、いいでしょ?」

富士子は粘りつくやうな素振を見せた。

東京駅のホオムには赤十字の看護婦が六人、荷物を中に置いて立つてゐた。祐三は前後を見たが、復員の兵隊は降りて来なかつた。

品川からの往復に時々横須賀線を利用する祐三は、このホオムでしばしば復員兵の群を見た。祐三と同じ電車から降りることもあれば、先きの電車で着いたのが並んでゐることもあつた。

この戦争のやうに多くの兵員を遠隔の外地に置き去りして後退し、そのまま見捨てて降伏した敗戦は、歴史に例があるまい。

南方の島々からの復員は栄養失調から餓死に近い姿で、東京駅にも着いた。

この復員の群を見る度に祐三は言ひやうのない悲痛に打たれる。しかしまた誠実な自省も目覚めて胸が清潔に洗はれる思ひもするのだつた。いかにも共に敗れた同胞に出会つたと頭を垂れるのだつた。東京の巷や電車の隣人達とはちがつた純な隣人が帰つて来た親しみも湧くのだつた。

事実、復員兵達はなにか清潔な表情をしてゐるやうだつた。

それは長患ひの病人の顔に過ぎないのかもしれない。疲労と飢餓と落胆とで衰弱し失心して、頰骨が立ち目がくぼんだ土色の顔には最早表情の出る気力も失はれた。つまり虚脱の状態なのかもしれない。しかしさうばかりとも祐三は思へなかつた。敗戦の日本人のさまが、外人に虚脱と見えたほどには虚脱ではなかつたやうに、復員兵にも激情の起伏はあるのだらう。しかし、人間が食へるものでないものを食ひ、人間の出来ることでないことをし、生き堪へて国に戻り着いた人には一脈の清さがあるやうだつた。

担架の傍に赤十字の看護婦が立つて、ホオムのコンクリイトへぢかに寝かされてゐる病兵もあつた。足で踏みつけさうなその頭を祐三はよけて通つたものだ。そんな病兵も透明な目色をしてゐた。進駐兵が乗り降りするのも邪気なささうに眺めてゐた。

ある時祐三は「very pure」と言ふ低い声が耳に入つてはつとしたが、「very poor」の聞きちがへだつたらうかと後で考へてみたりした。

赤十字の看護婦も復員兵に附き添つてゐる今の方が、戦争中よりも祐三には美しく思へた。はたとの比較のせゐだらう。

祐三はホオムの階段を下りると、自然と八重洲口の方へ足を向けてゐたが、通路に朝鮮人の群が屯してゐるのを見て、急に気がついたやうに、

「表へ出よう。いつも裏口へ出るもんだから、うつかりした。」と言つて引き返した。

帰国の汽車を待つ朝鮮人の群も祐三はここで度々見かけた。ホオムへ行列しては待てない長時間なので、階段の下に屯して待つらしかつた。荷物にもたれ、よごれた布や蒲団を敷いて、通路にうづくまつてゐた。鍋やバケツの類を縄でしばつた荷物もあつた。夜通しさうしてゐることもあるらしかつた。家族づれが多かつた。子供達は日本人と区別がつきにくかつた。朝鮮人の妻になつた日本の女もまじつてゐるのだらう。新しい朝鮮服の白い姿や桃色の上着が目立つてゐる時もあつた。

新に独立した祖国へ帰る人達だが、難民のやうに見え、戦災者も少くない様子だつた。

そこから八重洲口を出たところには、また日本人の切符を買ふ行列があるのだつた。翌日の売出しを待つ前夜からの行列は、祐三が夜ふけの帰りに通りかかると、行列の形のままうづくまつたりごろ寝してゐたりで、その先きは橋桁にもたれかかつてゐた。橋の袂には人糞が点々とつづいてゐた。野宿の行列の排泄だらう。祐三は通勤の折々目につくが、雨の日は少し遠退いて、車道を通つた。

毎日のそんなことがふと頭に来たので、祐三は表口へ出たのだつた。

広場の木の葉がかすかに鳴つて、丸ビルの横に薄い夕焼があつた。

丸ビルの前へ来かかると、十六七の汚い娘が、片手に細長い糊の瓶と短い鉛筆とをつかんで立つてゐた。胴が樺色で袖が灰色の古ブラウスのやうなものを着て、男型の大きい古下駄をはいて、乞食になる途中の浮浪とでもいふ恰好だつた。娘はアメリカ兵に行き会ふたびに取りすがるやうに呼んだ。しかし娘をまともに見て行く者もなかつた。ズボンに手を触れられた者がちよつとけげんさうに小さい娘を見おろすくらゐのものだつた。無言で無関心で歩み去つた。

液体の糊が相手のズボンに附きはしないかと、祐三は懸念した。

娘は片方の肩を痙攣させながら傾けて、大きい下駄が裏返るやうな歩き方で、一人広場を横切つて薄暗がりの駅の方へ消えて行つた。

「いやあねえ。」

富士子は後を見送つてゐた。

「気ちがひだね、乞食かと思つたら。」

「このごろはなにかああいふのを見ると、今に自分もさうなりさうで、いやよ。……でも、あなたにお会ひ出来たから、もうそんな心配ないわね。死なないでよかつたわ。生きてゐたからあなたに会へたのだわ。」

「さう思ふよりしかたがないさ。僕は地震の時、神田で倒れた家の下敷きになつてね、柱におさへられて、死ぬところだつたんだよ。」

「ええ、知つてるわ。右の腰のところの疵の痕ね……。うかがつたことあるぢやないの?」

「あ……。僕はまだ中学だつたがね。しかしあの時は、無論日本も世界の前に据ゑられた罪人ではなかつた。地震の破壊は天災だからね。」

「地震の時は私生れてたかしら。」

「生れてたさ。」

「田舎で、なにも知らないわ。私にも子供が出来るなら、日本が少しよくなつてから生んでやりたいわ。」

「なあに……。さつき君が言つた通り、火のなかでも人間が一番丈夫に出来てるよ。こんどの戦争中、僕は地震の時ほど危い目に遭はなかつた。一瞬の天災の方が僕には危険だつたわけだ。このごろだつて、子供ほど平気ぢやないか。遠慮なしに生れて来るらしい。」

「ほんたう……？　私ね、あなたにお別れしてから、もしあなたが戦争にいらしてるのなら、子供を生んでおきたかつたと、時々思ひましたのよ。ですから、かうして生きてお会ひ出来て……いつでもいいことよ。」と富士子は肩を擦り寄せて来た。

「私生児といふことだつて、これからはなくなるんでせう。」

「えつ……？」

祐三は眉をひそめた。不意に一段踏み下りて、軽い眩暈《めまい》を感じたやうだつた。

富士子は真剣に言つてるのかもしれない。しかし、鎌倉で会つた時から、二人とも、荒い、乾いた、怪しい言葉ばかり交して来たと、今祐三は気がついたやうで心寒くなつた。

さつきも祐三が疑つたやうに、富士子の思ひ切つた言葉の裏にも打算がのぞいてゐないとは言へないが、まだなにかの麻痺が醒めないで無計算に身を投げかけて来るやうでもあつた。

祐三も富士子に対する、また富士子と会つてゐる自分に対する判断の足場がふらふら動いて定まらなかつた。

富士子を一目見た時から腐れ縁の蒸し返しをおそれる現実的な打算はありながら、

その打算が実際になる現実の地面には足がつかないやうだつた。

疎開の妻子を離れ秩序の毀れた都市にさまよつて、無拘束自由の時だから、無造作に富士子を拾つてみたやうでありながら、一方、どうにもならない本能の呪縛で富士子につながれてしまつたやうでもあつた。

自己と現実とを戦争に献納して陶酔してゐた後だからにちがひない。しかし、八幡宮で富士子を発見した時の、自己に再会したやうな驚きにも、ここまで富士子を連れて歩いてゐるうちに、なにか暗い毒によごれて来た重苦しさが加はつた。

さうなると却つて、戦争前の女に再会した宿縁、戦争前の過去を再び背負はされた刑罰が、富士子への哀憐ともなるのだつた。

電車通に突きあたつて、祐三は日比谷の方へ行かうか銀座へ出ようかと迷つた。公園が近くに見えるので入口まで行つた。しかし、この公園の変りやうに驚いて引き返した。銀座で暗くなつた。

富士子がゐどころも明さないので、祐三からそこへ行かうとは言ひ出しかねた。一人でゐないのかもしれなかつた。富士子の方でもなにか心後れがあるのか、行先きの催促もなしに、根比べのやうな形でついて来た。人通りの稀な焼跡の暗さを恐ろしいとも言はなかつた。祐三はじりじりした。

築地あたりには泊れる家も残つてゐさうだが、祐三は不案内だつた。あてはないながら歌舞伎座の方へ歩いた。

祐三は黙つて横町に折れると、物蔭に入つた。富士子があわてて追ひ縋るやうなので、

「ちよつと、そこで待つててくれ。」

「いや。こはいわ。」

祐三が肘で押し退けたいほど傍に富士子が立つてゐた。

煉瓦か瓦がごろごろと危い足場で祐三は壁に向つてゐたが、ふと気がついてみると、その壁は一枚の衝立のやうに立つてゐるのだつた。つまり、あたりの家は焼け崩れたなかに、この一方の壁だけが立つてゐるわけだ。

祐三はぎよつとした。鬼気迫る夜陰の牙のやうで、焦臭いやうで、祐三を吸ひつけさうで、斜に削ぎ落した頂の線には暗黒がのしかかつてゐた。

「私ね。一度、田舎へ逃げて帰らうと思つたことがあつたのよ。こんな晩に、上野駅に行列してゐて……あらと気がついて、うしろへ手をやると濡れてるの。」と富士子が息をつめた口調で、

「うしろの人に、着物をよごされたのよ。」

「ふん、こんな傍にくつついて立つてるからさ。」

「あら、ちがふのよ。さうぢやないのよ、……私、ぞうつと顫へて、列を離れちやつ

たの。男の人つて気味が悪いのねえ、あんな時によくまあ……。おお、こはい。」

富士子は肩をすくめて、そこにしやがんだ。

「そりや病人だ。」

「戦災者よ。家が焼けた証明書を持つて都落ちする人よ。」

祐三は向き直つたが富士子は立たうとしないで、

「駅からずつと外の真暗な道に行列してたんですけれど……。」

「さあ、行かうか。」

「ええ。くたびれたわ。かうやつてると暗い地のなかへ沈んでゆきさうよ。朝から出てるんですもの……。」

富士子は目をつぶつてゐるらしい。祐三は立つたまま見おろしてゐた。富士子は昼飯も食つてゐないのだらうと、祐三は思ひながら、

「そこにも家が建ちかかつてるね。」

「どこ……？　ほんたう……。こんなところ、こはくて住めないわね。」

「もう誰かゐるのかもしれんよ。」

「あら、こはい、こはいわ。」と富士子は叫ぶと祐三の手をつかんで立ち上つた。

「いやだわあ、おどかして……。」

「大丈夫さ。……地震の時は、かういふ建ちかけのバラックで、よくあひびきがあつ

たが、こんどはなんだか凄い感じだね。」

「さうよ。」

しかし祐三は富士子を放さなかつた。

温かく柔かいものはなんとも言へぬ親しさで、あまりに素直な安息に似て、むしろ神秘な驚きにしびれるやうでもあつた。

ながいあひだ女つ気から離れてゐたといふ荒立ちよりも、病後に会ふ女の甘い恢復があつた。

手にふれる富士子の肩は痩せ出た骨だし、胸にもたれかかつて来るのは深い疲労の重みなのに、祐三は異性そのものとの再会と感じるのだつた。

生き生きと復活して来るものがあつた。

祐三は瓦礫の上からバラックの方へ降りた。

窓の戸も床もまだないらしく、傍によると薄い板の踏み破れる音がした。

水月

二階のベッドにゐる夫に、京子は自分の菜園を手鏡に写して見せることを、ある日思ひついた。寝たきりの夫にとつては、これだけで、新しい生活がひらけたやうなものだつた。決して「これだけ」とは言へなかつた。

京子の嫁入道具の鏡台についてゐた手鏡である。鏡台はさう大きくないが桑で、手鏡も桑だつた。新婚のころ、うしろ髪を見るために、合はせ鏡をしてゐると、袖口がすべつて、肘まで出ることがあり、恥づかしかつたのをおぼえてゐる。その手鏡だつた。

湯あがりの時など、

「不器用だね。どれ、僕が持つてやる。」と手鏡を奪つて、京子のうなじをいろいろな角度から鏡台に写してみては、夫自身が楽しんでゐるかのやうなこともあつた。鏡に写して初めて発見するものもあるらしい。京子は不器用なわけではないが、うしろから夫に見られて、かたくなつたのだつた。

それから引出しのなかで、手鏡の桑の色が変るほど、まだ年月はたつてゐない。しかし、戦争だ、疎開だ、夫の重態だで、京子が菜園を写して見せることを、初めて思ひついた時には、手鏡の表は曇り、ふちは白粉のこぼれやほこりでよごれてゐた。勿論、ものを写すのにさしつかへるほどではなかつたから、京子は気にしないといふよりも気がつかぬくらゐだつたが、その時以来、手鏡を枕もとから放さない夫は、所在なさと病人の神経質とで、鏡も縁もきれいに磨き上げた。もう鏡に曇りはないのに、夫が息を吹きかけては拭いてゐるのを、京子はよく見かけたものだ。鏡をはめこんだふちの、目に見えぬほどの隙間に、結核菌がはいつてゐるだらうと、京子は思つたりした。京子が夫の髪に少し椿油をつけてくしけづつた後、夫は髪を掌でなでてから手鏡の桑をこすることもあつた。鏡台の桑はぼそつと濁つてゐるのに、手鏡の桑はつやつや光り出した。

京子は同じ鏡台を持つて再婚した。

しかし、手鏡は前の夫の棺に入れて焼いた。その代りに鎌倉彫りの手鏡が鏡台に添へてある。そのことは今の夫に話してない。

前の夫は死んですぐ、習はし通りに手を合はせ指を組ませられたので、棺に納めてからも、手鏡を持たせるわけにはゆかなかつた。胸に載せた。

「あなたは胸がお苦しかつたのに、これだけでも重いでせう。」

京子はそつとつぶやいて、腹の上におきかへた。手鏡は二人の結婚生活にだいじなものだつたと思ふので、京子ははじめ胸の上においたのだつた。手鏡を棺に入れるのは、夫の親きやうだいにもなるべく目に触れないやうにしたかつた。手鏡の上には白い菊の花を盛り重ねた。誰も気がつかなかつた。骨上げの時、火の熱で鏡のガラスがだいぶとろけてゆがみ、でこぼこ厚く固まり、煤けたり黄ばんだりしてゐるのを見て、

「ガラスですね。なんでせう。」と言ふ人があつた。

じつは手鏡の上に、もう一つ小さい鏡が重ねてあつた。洗面道具入れのなかの鏡である。小さい短冊型で、ガラスの裏表とも鏡になつてゐる。新婚旅行に使へるかと京子は夢見たものだ。しかし、戦争中で新婚旅行には出られなかつた。前の夫が生きてゐるうち、旅行に使へたことは一度もなかつた。

後の夫とは新婚旅行もした。前の洗面道具入れの皮はひどくかびてゐたので、これは新しいのを買つた。勿論、鏡もはいつてゐた。

新婚旅行の初めの日、夫は京子に手をふれてみて、

「娘さんのやうだね。可哀想に――。」と言つた。皮肉な調子ではなく、むしろ思ひがけないよろこびを含めてゐるやうだつた。二度目の夫にしてみれば、京子が娘に近い方がいいのかもしれない。しかし、京子はその短い言葉を聞くと、とつぜん烈しい

かなしみにおそはれた。言ひやうのないかなしさで涙があふれて身を縮めた。それも娘のやうだと夫は思つたかもしれない。

京子は自分のために泣いたのか、前の夫のために泣けたのかもわからないほどだつた。そのどちらかをはつきり分けられるものでもなかつた。さう感じると、新しい夫にひどく悪い気がして、媚びなければならないと思つた。

「ちがひますわ。こんなにちがふものでせうか。」と後で言つた。言つてしまつてから、これはまづいやうで、火の出るほど恥ぢたが、夫は満足らしく、

「子供も出来なかつたやうだね。」

これがまた京子の胸をゑぐつた。

前の夫とちがふ男の力に出会つて、むしろ京子は自分が玩弄されてゐるやうな屈辱を感じた。

「でも、子供をかかへてゐたやうなものでしたわ。」

京子は反抗のつもりで、それだけ言つた。

長い病人の夫は死んでからも、京子のなかにゐる子供のやうであつた。

しかし、いづれにしろ死ぬのだつたら、厳格な禁慾はなんの役に立つたのだらう。

「森は上越線の汽車の窓から見ただけだが……。」と新しい夫は京子の故郷の町の名を言つて、また抱き寄せた。

「その名のやうに森のなかの、きれいな町らしいね。いくつまでゐたの？」

「女学校を出るまでです。三条の軍需工場へ徴用で行つて……。」

「さう、三条の近くだつた。越後の三条美人といふが、それで京子もからだがきれいなんだね。」

「きれいぢやありません。」

京子は胸の襟に手をあてた。

「手足がきれいだから、からだもきれいだと思つた。」

「いいえ。」

京子はやはり胸の手がじやまになつて、そつと抜いた。

「京子に子供があつても、僕は結婚してゐただらうと思ふんだ。引き取つて可愛がれるな。女の子だとなほいい。」と夫は京子の耳もとで言つた。自分に男の子があるからだらうが、愛情の表現だとしても、京子には異様に聞えた。しかし、新婚旅行を十日間も長くつづけてくれるのは、家に子供がゐるからといふ思ひやりかもしれなかつた。

夫は上等の皮らしい、旅行用の洗面道具入れを持つてゐた。京子のとはくらべものにならなかつた。大きくて丈夫さうだつた。しかし新しくはなかつた。夫は旅が多いのか、手入れがよいのか、古びたつやが出てゐた。京子はたうとう一度も使はないで、ひどく黴びさせてしまつた、自分の古いのを思ひ出した。それでもなかの鏡だけは前の夫に使はせ、あの世へ道づれもさせた。

その小さいガラスは鏡の上で焼け流れて、手鏡のガラスにひつついて、京子のほかの誰一人、二つのものだつたとわかりやうもなかつた。ガラスの妙なかたまりが鏡だつたと、京子は言ひもしなかつたから、鏡だと感づいた縁者もあつたかどうか。

しかし、京子は二つの鏡に写つた多くの世界が、無慙《むざん》に焼けくづれてゐるやうに感じた。夫のからだが消えて灰になつてゐるのと同じやうな喪失を感じた。初め京子が菜園を写して見せたのは、鏡台に添へた手鏡で、夫はそれを枕もとから放さなかつたが、手鏡も病人には重過ぎるらしく、京子は夫の腕や肩をもまなければならなかつた。軽く小さい鏡をもう一つ渡した。

夫が命のあるかぎり、二つの鏡に写してながめたのは、京子の菜園ばかりではなかつた。空も雲も雪も、遠くの山も近くの林も写した。月も写した。野の花も渡り鳥も鏡のなかにながめた。鏡のなかの道を人が通り、鏡のなかの庭で子供たちが遊んだ。

小さい鏡のなかに見える世界の広さ、豊かさには、京子もおどろいた。鏡はただ化粧道具、みめかたちをつくらふためのもの、まして手鏡など、頭と首のうしろを写すに過ぎないものとしてゐたのに、病人には新しい自然と人生になつた。京子は夫の枕もとに腰かけて、いつしよに鏡をのぞきながら鏡に写る世界の話をし合つた。やがて京子も、肉眼でぢかに見る世界と鏡に写して見る世界との区別がつかないやうになり、別々の二つの世界があるやうになり、鏡のなかに新しい世界が創造されて、鏡のなかの方が真実の世界とさへ思へるやうになつた。

「鏡のなかは、空が銀色に光つてゐるのね。」と京子は言つた。そして窓の外を見上げて、

「灰色に曇つた空ですのに……。」

そのどんよりとした重苦しさは、鏡の空にはなかつた。ほんたうに光つてゐた。

「あなたが鏡をよくみがいてらつしやるからでせうか。」

寝たままの夫も首を動かして空は見られた。

「さうだね。鈍い灰色だ。しかし、人間の目と、たとへば犬や雀の目と、空の色が同じに見えるとはかぎらない。どの目の見たものがほんたうなのだかわからない。」

「鏡のなかのは、鏡といふ目……?」

それが二人の愛情の目と京子は言ひたい思ひがした。鏡のなかの木々の緑は実際よりもしたたるやうで、ゆりの花の白は実際よりもあざやかだつた。

「これが京子の親指の指紋だね、右の……。」と夫は鏡の端を見せた。京子はなにかはつとして、鏡に息を吹きかけると指あとを拭いた。

「いいよ。野菜畑を初めて見せてくれた時にも、京子の指紋が鏡に残つてゐたよ。」

「気がつかなかつたわ。」

「京子は気がつかないだらう。僕は京子の親指や人差指の指紋は、この鏡のおかげで、すつかりおぼえこんでしまつたね。女房の指紋をおぼえてゐたりするのは、まあ長わづらひの病人くらゐのものだらう。」

夫は京子と結婚してから、病気のほかはなにもしなかつたと言へないこともなかつた。あの戦時に戦争さへしなかつた。戦争の終りに近いころ、夫も応召のやうなことになつたが、飛行場の土工を幾日かしただけで倒れ、終戦と同時に帰つて来た。夫は歩けないので、京子は夫の兄と迎へに行つた。京子は夫が兵隊のやうなものに取られてから、実家の疎開先きに身を寄せた。夫と京子の荷物も前に大方そこへ運んであつた。新婚の家は焼け、京子の友だちの家の一間を借りて、夫は勤めに通つてゐた。新婚の家に一月あまり、そして友だちの家に二月ほど、つまりそれだけが病人でない夫と暮せた、京子の月日だつた。

夫は高原に小さい家を借りて、療養をすることになつた。その家にも疎開家族がはいつてゐたのだが、戦争が終つたので東京へ帰つて行つた。京子は疎開者の野菜畑も受けついだ。雑草の庭を三間四方ほど掘り起しただけのものだ。

田舎だから二人分の野菜ぐらゐ買へぬこともなかつたが、せつかくの畑は捨てにくい時で、京子は庭に出て立ち働いた。京子の手で育つて来る野菜に興味もわいた。病人のそばをはなれてゐたいといふのではない。しかし、縫ひものとか編みものとかは気が滅入つた。同じ夫を思ふにしても、畑仕事をしながらの方が心明るい希望が持てた。京子は無心で夫にたいする愛情にひたるために菜園へ出た。読書も夫の枕もとで読んで聞かせるだけでたくさんだつた。京子は看病づかれのせゐか、いろいろ失つてゆきさうな自分を、菜園で取りもどせさうな思ひもあつた。

高原に移つて来たのは九月の中ごろだつたが、避暑客もひきあげた後、秋口の長雨が薄寒くじめじめと降りつづいた、ある日の夕暮前、澄み通つた小鳥の声に空が晴れて来て、強い日光のさす菜園に出ると、青い菜がかがやいてゐた。山際の桃色の雲にも京子はうつとりした。夫の声にあわてて、土の手のまま二階に上ると、夫は苦しい息をしてゐた。

「あんなに呼んでも聞えないのか。」

「すみません。聞えなかつたの。」

「畑はやめてもらはう。こんな風に、五日も呼んだら、死んでしまふ。第一、京子がどこでなにをしてゐるか、見えやしない。」

「お庭よ。でも、畑はもうよします。」

夫は落ちついた。

「日雀《ひがら》が鳴いたの聞いたか。」

夫が呼んだのは、それだけのことだつた。さう言つてゐるうちにも、日雀はまた近くの林で鳴いた。その林は夕映のなかに浮き出てゐた。京子は日雀といふ鳥の鳴声をおぼえた。

「鈴のやうに鳴るものがあるとお楽ね。鈴を買ふまで、なにかお投げになるものを枕もとに置いたらどうでせう。」

「二階から茶碗でも投げるのか。それはおもしろさうだね。」

そして京子の畑仕事はつづけてもいいことになつたが、その菜園を鏡に写して夫に見せることを思ひついたのは、高原のきびしく長い冬が過ぎて、春が来てからだつた。

一つの鏡で病人にも若葉の世界がよみがへつたやうなよろこびだつた。京子が野菜の虫を取つてゐる、その虫はさすがに鏡に写らなくて、京子が持つて二階へ見せに行かなければならなかつたが、土を掘り起して、

「みみずは鏡でも見えるね。」と夫は言つた。

日の光りのななめの時間、菜園の京子はふつと明るくて二階を見上げると、夫が鏡で反射させてゐることもあつた。夫は学生時代の紺がすりを京子のもんぺに直せと言つて、それを着て畑で立ち働く京子が鏡のなかに見えるのも楽しみのやうだつた。

京子は鏡のなかで夫に見られてゐるのを知つて、半ばはそれを思ひながら、半ばはそれを忘れながら、菜園で働いてゐた。合はせ鏡の片肘が出るのをはにかんだ、新婚

のころとはなんといふちがひだらうと、京子は温い心になつた。

しかし、合はせ鏡をしての化粧と言つたところで、あの敗戦のさなかだから、満足に紅白粉をつけたこともなかつたやうだ。その後は看病、また夫の喪のはばかりで、京子が満足に化粧するやうになつたのは、再婚してからだつた。目に見えて美しくなるのが、京子は自分でもわかつた。今の夫との初めの日に、からだがきれいだと言はれたのも、ほんたうだと思へて来た。

湯あがりなど、京子は鏡台に肌を写してもう恥ぢなかつた。自分の美しさを見た。しかし、鏡のなかの美しさに、京子は人とちがふ感情を前の夫から植ゑつけられて、今も消えてはゐなかつた。鏡のなかの美しさを信じないわけではなかつた。むしろその逆で、鏡のなかに別の世界のあることを疑はなかつた。けれども、灰色の空が手鏡のなかでは銀色に光つたほどのちがひは、目でぢかに見る肌と鏡台の鏡に写して見る肌とのあひだにはなかつた。それは距離のちがひだけではないかもしれなかつた。ベツドに寝たきりの前の夫の渇望と憧憬とが働いてゐたかもしれなかつた。してみると、二階の夫の手鏡のなかに菜園の京子がどれほど美しく見えてゐたか、これこそ今はもう京子自身知りやうがなかつた。前の夫が生きてゐた時だつて、京子自身はわからなかつたのだ。

死ぬ前の夫が手にした鏡のなかの菜園に立ち働いてゐた自分の姿、その鏡のなかのたとへば蛍草の花の藍やゆりの花の白、野辺にたはむれる村の子供の群れ、遠い雪の山にのぼる朝日、つまり前の夫との別な世界に、京子は追懐といふよりも憧憬を感じた。なまなましい渇望になりさうなのを、京子は今の夫のためにおさへて、神の世界の遠望とでも思ふやうにつとめた。

京子は五月のある朝、野鳥の鳴き声をラヂオで聞いた。前の夫が死ぬまで暮した高原に近い山の放送だつた。今の夫が勤めに出るのを送つてから、京子は鏡台の手鏡を取り出して、よく晴れた空をうつしてみた。また、自分の顔を手鏡のなかにながめた。奇怪なことを発見した。自分の顔は鏡に写してでなければ見えない。自分の顔だけは自分に見えないのだ。鏡にうつる顔を、目でぢかに見る自分の顔であるかのやうに信じて、毎日いぢくつてゐる。神は人間を自分の顔が自分で見えないやうにつくつたのに、どういふ意味があるのだらうかと、京子はしばらく考へこんでゐた。

「自分の顔が見えたら、気でも狂ふのかしら。なんにも出来なくなるのかしら。」

しかし、おそらく人間自身が自分の顔の見えないやうな形に進化して来たのだらう。とんぼやかまきりなどは自分で自分の顔が見えるのかもしれないと京子は思つた。

最も自分のものである自分の顔は、どうやら他人に見せるためのものであるらしかつた。それは愛に似てゐるだらうか。

京子は手鏡を鏡台にしまひながら、鎌倉彫りと桑とちぐはぐになつてゐることが、今も目についた。手鏡は前の夫に殉じたので、鏡台の方が後家といふのかもしれなかつた。しかし、あの手鏡やもう一つの小さい鏡を、寝たきりの夫に渡したのは、たしかに一利一害だつた。夫は自分の顔も始終写して見てゐたのだ。鏡のなかの顔で病気の悪化におびえつづけてゐたのは、死神の顔と向ひ合つてゐるやうなものではなかつたらうか。もし鏡による心理的な自殺であつたなら、京子が心理的な殺人を犯したことになる。京子はその一害にも思ひあたつて、夫から鏡を取りあげようとした時もあつたが、夫はもう放すはずがなかつた。

「僕になにも見えなくするのか。生きてゐるあひだは、なにか見えるものを愛してゐたいよ。」と夫は言つた。鏡のなかの世界を存在させるためには、夫は命を犠牲にしたのかもしれなかつた。大雨の後、庭の水たまりにうつる月を鏡に写してながめたりもしたが、影のまた影とも言ひ去れないその月が、今も京子の心にありありと浮んで来る。

「健全な愛は健全な人にしか宿らないものだよ。」と後の夫が言ふと、当然京子は恥ぢらふやうにうなづくけれども、心底にうべなはないところもある。病気の夫との厳格な禁慾がなんの役に立つたかと、夫の死んだ時は思ひもしたが、しばらく後にはそれがせつない愛の思ひ出となり、その思ひ出の月日にも愛はうちに満ちてゐたと思はれて来て、悔いはなかつた。後の夫は女の愛を簡単に見過ぎてゐないだらうか。

「あなたはやさしい方なのに、どうして奥さんとお別れになつたの。」と京子は後の夫にたづねてみた。夫は話さなかつた。京子は前の夫の兄にしきりとすすめられて、後の夫と結婚したのだつた。四月あまりつきあつてゐた。年は十五ほどちがつた。

京子は姙娠すると、人相が変るほどおびえた。

「こはいわ。こはいわ。」と夫にすがりついたりした。ひどいつはりで、頭もをかしくなつた。庭へはだしで出て、松の葉をむしつたりした。義理の子供が学校へゆくのに、弁当箱を二つ渡したりした。二つとも飯がはいつてゐた。鏡台のなかの鎌倉彫の手鏡を、ふつと透視したと思つて、目をすゑてゐた。夜なかに起き上ると、ふとんの上に坐つて、夫の寝顔を見おろしてゐた。人間の命なんてたわいないものだといふやうな恐怖におそはれながら、寝間着の帯をほどいてゐた。夫の首をしめるしぐさらしい。不意に京子はああつと声を上げて泣きくづれた。夫が目をさまして、やさしく帯を結んでくれた。真夏の夜だつたが、京子は寒さうにふるへた。

「京子、腹のなかの子供を信じなさい。」と夫は京子の肩をゆすぶつた。

医者は入院をすすめた。京子はいやがつたが説き伏せられて、

「病院へはいりますから、その前に二三日だけ、さとへ行かせてちやうだい。」

夫が実家へ送つて来た。あくる日、京子は実家を抜け出して、前の夫と暮した高原へ行つた。九月のはじめで、前の夫と移つて来た日よりは十日ほど早かつた。京子は

汽車のなかでも吐き気がし、目まひがし、汽車から飛びおりさうな不安を感じてゐたが、高原の駅を出て清涼の空気に触れると、すうつと楽になつた。つきものがおりたやうに我にかへつた。京子は不思議な思ひで立ちどまつて、高原をかこむ山々を見ました。少し紺がかつた青い山の輪郭が空にあざやかで、京子は生きた世界を感じた。温くぬれて来る目をふきながら、もとの家の方へ歩いて行つた。あの日桃色の夕映に浮んだ林からは、今日も日雀の鳴き声が聞えた。

もとの家には誰かが住んでゐて、二階の窓に白いレエスのカアテンが見えた。京子はあまり近よらないでながめながら、

「子供があなたに似てゐたらどうしませう。」と、自分でもおどろくやうなことをふとつぶやいたが、温く安らかな気持で引きかへした。

眠れる美女

その一

たちの悪いいたづらはなさらないで下さいませよ、眠つてゐる女の子の口に指を入れようとなさつたりすることもいけませんよ、と宿の女は江口老人に念を押した。

二階は江口が女と話してゐる八畳と隣りの——おそらくは寝部屋の二間しかなく、見たところ狭い下にも客間などなささうで、宿とは言へまい。宿屋の看板は出してゐない。またこの家の秘密は、そんなものを出せぬだらう。家のなかは物音もしない。鍵のかかつた門に江口老人を出迎へてから今も話してる女しか、人を見かけなかつたが、それがこの家のあるじなのか、使はれてゐる女なのか、はじめての江口にはわかりかねた。とにかく客の方からはよけいなことを問ひかけないのがよささうである。

女は四十半ばぐらゐの小柄で、声が若く、わざとのやうにゆるやかなものいひだつた。薄い脣を開かぬほどに動かせ、相手の顔をあまり見ない。黒の濃いひとみに相手の警戒心をゆるめる色があるばかりでなく、女の方にも警戒心のなささうな、ものなれた落ちつきがあつた。桐の火鉢にかけた鉄瓶に湯がわいてゐる、その湯で女は茶を入れたが、煎茶の品質も加減も、かういふ場所、場合としては、じつに思ひがけなく上々なのも、江口老人をほぐれさせた。床には川合玉堂の――複製版にちがひないが、あたたかく紅葉した山里の絵がかかつてゐる。この八畳間は異常をひそめたけはひがない。

「女の子を起こさうとなさらないで下さいませよ。どんなに起こさうとなさつても、決して目をさましませんから……。女の子は深あく眠つてゐて、なんにも知らないんですわ。」と女はくりかへした。「眠り通しで、始めから終りまでわからないんでございますからね。どなたとおやすみいたしましたかも……。それはお気がねがありません。」

江口老人はいろんな疑ひがきざすのを、口には出さなかつた。

「きれいな娘でございますよ。こちらも安心の出来るお客さまばかりにいらしていただいてますし……。」

江口は顔をそむけるかはりに腕時計に目を落した。

「なん時でございますか。」

「十一時十五分前だね。」

「もうそんな時間でございませうね。お年寄りはみなさん、お早いおやすみで、朝はお早いやうですから、いつでもどうぞ……。」と女は立つて、隣室へ行く戸の鍵をあけた。左利きであるのか左手を使つた。江口は鍵をあける女につられて息をつめた。女は首だけ戸の向うに傾けて、なかをのぞいてゐた。女はかうして隣室をのぞくのにもなれてゐるのにちがひなくて、なんでもないうしろ姿なのだが、江口にはあやしいものに見えた。帯の太鼓の模様にあやしい鳥が大きかつた。なに鳥かわからない。これほど装飾化した鳥になぜ写実風な目と脚とをつけたのだらう。もちろん気味悪い鳥ではなく、模様として不出来といふだけだが、この場の女のうしろ姿に、気味の悪さを絞るとすると、この鳥である。帯の地色は白に近い薄黄だつた。隣室はほの暗いやうだ。

女は戸を元通りしめると、鍵をかけないで、その鍵を江口の前の机においた。隣室をしらべたといふ顔でもなく、ものいひも同じだつた。

「これが鍵でございますから、ごゆつくりおやすみ下さいませ。もし寝つきがお悪いやうでしたら、枕もとに眠り薬がおいてございます。」

「なにか洋酒はないの？」

「はい。お酒はお出しいたしません。」

「寝酒に少しでもいけないのかね。」

「はい。」

「娘さんは隣りの部屋にゐるの？」

「もうよく眠つて、お待ちしてをります。」

「さう？」江口は少しおどろいた。その娘はいつ隣室へはいつて来たのだらうか。いつから眠つてゐるのだらうか。女が戸を細目にあけてのぞき見したのは、娘の眠りをたしかめたのだらうか。しかし娘が寝入りこんで待つて、そして目覚めないなどといふことは、この家を知る老人仲間から聞いてはゐたものの、江口はここに来てみて、かへつて信じられぬやうだつた。

「こちらでお着かへなさいますか。」それなら女は手つだふつもりらしい。江口はだまつてゐた。

「波の音がいたしますね。風も……。」

「波の音か。」

「おやすみなさいませ。」と女は言つて引き取つた。

ひとり残されると、江口老人は種もしかけもない八畳間を見まはしてから、隣室へ行く戸に目をとどめた。半間《はんげん》の杉の板戸だつた。この家を建てた時からのものでなく、後でつけたらしい。さう気がついて見ると、隔ての壁ももとは襖だつたのを、「眠れる美女」の密室とするために、後で壁に変へたのかと思はれる。そこの壁の色はほかと合はせてあるが新しいやうだ。

女がおいて行つた鍵を江口は手に取つてみた。ごく簡単な鍵だ。鍵を持つのは隣室へ行く支度のはずだが、江口は立たなかつた。女も言つたが、波の音が荒い。高い崖を打つやうに聞える。この小さい家がその崖のはづれに立つてゐるやうに聞える。風は冬の近づく音である。冬の近づく音と感じるのは、この家のせゐ、江口老人の心のせゐかもしれなくて、火鉢だけで寒くはない。暖い土地でもある。風に木の葉の散るけはひはない。江口は夜おそくこの家に来たので、あたりの地形はわからないが、海の匂ひはしてゐた。門をくぐると、家のわりに庭が広くて、松ともみぢのかなりの大木が多かつた。小暗い空に黒松の葉が強かつた。前は別荘だつたのだらう。

江口は鍵を持つたままの手で煙草に火をつけると、一吸ひ二吸ひ、ほんのさきだけで灰皿に消してゐたが、つづけて二本目はゆつくりと吹かした。軽い胸騒ぎの自分をあざけるよりも、いやなむなしさが強まつた。ふだん江口は洋酒を少し使つて寝つくのだが、眠りは浅く、悪い夢を見がちだつた。若くて癌で死んだ女の歌読みの歌に、眠れぬ夜、その人に「夜が用意してくれるもの、蟇、黒犬、水死人のたぐひ」といふのがあつたのを、江口はおぼえると忘れられないほどだつた。今もその歌を思ひ出して、隣りの部屋に眠つてゐる、いや、眠らせられてゐるのは、「水死人のたぐひ」のやうな娘ではないのかと思ふと、立つて行くのにためらひもあるのだつた。娘がなにで眠らせられてゐるか聞いてはゐないが、とにかく不自然な前後不覚の昏睡におちいつてゐるらしいから、たとへば麻薬にをかされたやうな鉛色に濁つた肌で、目のふちはくろずみ、あばら骨が出てかさかさに瘦せ枯れてゐるかもしれない。ぶよぶよ冷めたくむくんだ娘かもしれない。いやな紫色によごれた歯ぐきを出して、軽いいびきをかいてゐるかもしれない。江口老人も六十七年の生涯のうちには、女とのみにくい夜はもちろんあつた。しかもさういふみにくいことの方がかへつて忘れられないものである。それはみめかたちのみにくさといふのではなく、女の生のふしあはせなゆがみから来たものであつた。江口はこの年になつて、女とのみにくい出合ひをまた一つ加へたくはない。この家に来ていざとなつて、さう思ふのだつた。しかし眠らされ通しで目覚めない娘のそばに一夜横たはらうとする老人ほどみにくいものがあらうか。江口はその老いのみにくさの極みをもとめて、この家に来たのではなかつたか。

女は「安心出来るお客さま」と言つたが、この家に来るのはみな「安心出来るお客さま」のやうだつた。江口にこの家を教へたのもさういふ老人だつた。もう男でなくなつてしまつた老人だつた。その老人は江口もすでにおなじ衰へにはいつてゐると思ひこんだらしい。家の女はおそらくさういふ老人たちばかりあつかひなれてゐるから、江口にあはれみの目を向けることはしなかつたし、さぐりの目色を見せることもなかつた。しかし江口老人は道楽をつづけてゐるおかげで、女の言ふ「安心出来るお客さま」ではまだないが、さうであることは自分で出来た。その時の自分の気持しだい、場所しだい、また相手によつた。これにはもはや老いのみにくさが迫り、この家の老人の客たちのやうなみじめさも遠くないと思つてゐる。ここへ来てみたのもそのしるしにほかならない。それだから江口はここでの老人たちのみにくい、あるひはあはれな禁制をやぶらうとはゆめゆめ考へてはゐなかつた。やぶるまいと思へば、やぶらないで通せる。秘密のくらぶとでもいふのだらうが、会員の老人はすくないらしく、江口はくらぶの罪をあばきにも、くらぶのしきたりをみだしにも来たのではなかつた。好奇心もさほど強くはたらかないのは、すでに老いのなさけなさである。

「眠つてゐるあひだに、いい夢を見たとおつしやるお客さまもございますよ。若い時を思ひ出したとおつしやるお客さまもございますよ。」と、さつきの女の言葉が浮かんで来ても、江口老人はにがい笑ひも出ない顔で、机に片手をついて立ちあがると、隣室へ通じる杉戸をあけた。

「ああ。」

江口の声が出たのは、深紅のびろうどのかあてんだつた。ほの明りなのでその色はなほ深く、そしてかあてんの前に薄い光りの層がある感じで、幻のなかに足を踏み入れたやうだつた。かあてんは部屋の四方に垂れめぐらせてあつた。江口がはいつた杉戸もかあてんにかくれるはずで、そこにかあてんのはしがしぼつてあつた。江口は戸に鍵をかけると、そのかあてんを引きながら、眠つてゐる娘を見おろした。眠つたふりではなくて、たしかに深い寝息にちがひないと聞えた。思ひがけなかつた娘の美しさに、老人は息をつめた。思ひがけないのは娘の美しさばかりではない。娘の若さもあつた。こちら向きに左を下に横寝してゐる顔しか出てゐなくて、からだは見えないのだが、二十前ではないだらうか。江口老人の胸のなかに別の心臓が羽ばたくやうだつた。

娘は右の手首をかけぶとんから出してゐて、左手はふとんのなかで斜めにのばしてゐるやうだつたが、その右の手を親指だけが半分ほど頰の下にかくれる形で、寝顔にそうて枕の上におき、指先きは眠りのやはらかさで、こころもち内にまがり、しかし指のつけ根に愛らしいくぼみのあるのがわからなくなるほどにはまげてゐなかつた。温い血の赤みが手の甲から指先きへゆくにつれて濃くなつてゐた。なめらかさうな白い手だつた。

「眠つてるの？　起きないの？」江口老人はその手にさはるためかのやうに言つたが、掌のなかに握つてしまつて、軽く振つてみたりした。娘が目をさまさないのはわかつてゐる。手を握つたまま、いつたいこれはどういふ娘なんだらうと、江口はその顔を見た。眉も化粧荒れはしてゐないし、閉ぢ合はせたまつげもそろつてゐた。娘の髪の匂ひがした。

しばらくして波の音が高く聞えたのは、江口が娘に心を奪はれてゐたからである。しかし思ひきつて着がへをした。部屋の光りが上から来てゐることにはじめて気づいて見あげると、天井に明取りが二つあいてゐて、そこの日本紙から電燈の光りがひろがつてゐるのだつた。深紅のびろうどの色にはこんな光りがいいのか、またびろうどの色に映えて娘の肌を幻のやうに美しく見せるのかと、心のゆとりのない江口はゆとりありげに考へてみたが、娘の顔色にびろうどの色がうつつてゐるほどではなかつた。目はこの部屋の明りになれて来て、いつも暗くして寝なれた江口には明る過ぎるが、天井の明りは消せないらしかつた。いい羽根ぶとんであることも見てわかつた。

江口は目をさますはずのない娘の目をさますのをおそれて、静かにはいつた。娘はなにひとつ身につけてゐないやうだつた。しかも娘は老人のはいつてきたけはひに胸をすくめるとか、腰をちぢめるとかのけぶりもなかつた。よく眠つてゐるにしても、若い女にはさとい反射が起きさうなものだが、世の常の眠りではないのだらうと、江口はかへつて娘の肌にふれることをさけるやうに身をのばした。娘は膝がしらを少し前へ折り出してゐるので、江口のあしは窮屈だつた。左下に寝た娘は右膝を左膝の上に前へ重ねるといふ、守る姿ではなく、右膝をうしろにひらいて、右あしはのばしきつてゐるらしいのが、江口は見ないでもわかつた。左寝の肩の角度と腰の角度とは胴の傾きでちがつて来てゐるやうである。娘の身のたけはさう長くないらしかつた。

さきほど江口老人が握つて振つてみた、娘の手のさきにも眠りは深くて、江口が放したままの形でそこに落ちてゐた。老人が自分の枕をひくと、娘の手はその枕のはしからまた落ちた。江口は枕に片肘突いて娘の手をながめながら、「まるで生きてゐるやうだ。」とつぶやいた。生きてゐることはもとより疑ひもなく、それはいかにも愛らしいといふ意味のつぶやきだつたのだが、口に出してしまつてから、その言葉が気味悪いひびきを残した。なにもわからなく眠らせられた娘はいのちの時間を停止してはゐないまでも喪失して、底のない底に沈められてゐるのではないか。生きた人形などといふものはないから、生きた人形になつてゐるのではないが、もう男でなくなつた老人に恥づかしい思ひをさせないための、生きたおもちやにつくられてゐる。いや、おもちやではなく、さういふ老人たちにとつては、いのちそのものなのかもしれない。こんなのが安心して触れられるいのちなのかもしれない。江口の老眼には目近の娘の手がなほやはらいで美しかつた。触れるとなめらかだが、そのこまかいきめは見えない。

指先きへゆくにつれて濃くなる温い血の赤みとおなじ色の娘の耳たぶにあるのが、老人の目についた。耳は髪のあひだからのぞいてゐた。耳たぶの赤みも娘のみづみづしさを老人の胸に刺すほど訴へた。江口はものずきにそそられて、この秘密の家にはじめて迷ひ着いたのだけれども、もつと老い衰へた年よりどもは、もつと強いよろこびとかなしみとでこの家に通ふのだらうかと思はれた。娘の髪は自然のまま長かつた。老人たちがまさぐるためにのばしてあるのかもしれない。江口は枕に首をつけながら、娘の髪をかきあげて耳を出した。耳のうしろの髪の蔭が白かつた。首も肩もうひうひしい。女の円いふくらみがついてゐない。老人は目をそらせて部屋のなかを見まはした。自分の脱いだものがみだれ箱にあるだけで、娘の脱いだものはどこにも見あたらなかつた。さきほどの女が持ち去つたのかもしれないが、もしかすると娘はなにもつけなくてこの部屋へはいつて来たのかもしれないと思ふと、江口はぎよつとした。娘がすつかりながめられる。いまさらぎよつとすることはなく、娘はそのためにも眠らせられてゐるとわかるのだが、江口は娘のあらはな肩をふとんにおほひかくして、目をつぶつた。娘の匂ひがただよふうちに、ふつと赤んぼの匂ひが鼻に来た。乳呑児のあの乳くさい匂ひである。娘の匂ひよりもあまく濃い。「まさかね……。」この娘が子を産んでゐて、乳が張つて来て、乳首から乳がにじみ出てゐるはずはあるまい。江口は娘の額や頬、そしてあごから首の娘らしい線を改めるやうに見た。それだけでもわかつてゐるのに、肩をかくしたものを少し持ちあげてのぞいた。乳をのませた形でないのは明らかだ。そつと指先きでふれても濡れてなぞゐない。また、この娘がもし二十前だとして、まだ乳くさいといふ形容があたらなくはないにしても、もはやからだに赤んぼのやうな乳くさい匂ひのあるはずはなかつた。じじつ女らしい匂ひがしてゐるだけである。しかし江口老人は今の今、乳呑児の匂ひをかいだことはたしかだ。つかの間の幻覚であつたのか。なぜそんな幻覚があつたのかといぶかつてもわからないが、自分の心のふとしたうつろのすきまから、乳呑児の匂ひが浮かび出たのだらう。さう思ふうちに、江口はかなしさを含んださびしさに落ちこんだ。かなしさとかさびしさとかいふよりも、老年の凍りつくやうななさけなさであつた。そしてそれは、若いあたたかみを匂ひ寄せてゐる娘にたいする、あはれみといとしさに移り変つた。急に寒い罪の思ひをまぎらはせたのかもしれないが、老人は娘のからだに音楽が鳴つてゐると感じた。音楽は愛に満ちたものだつた。江口は逃げ出したいやうでもあつて、四方の壁を見まはしたが、びろうどのかあてんに包まれて、出口といふものはまつたくないやうだつた。天井からの光りを受けた深紅のびろうどはやはらかいのに、そよとも動いてゐなかつた。眠らせられた娘と老人とをとぢこめてゐる。

「起きないの? 起きないの?」と、江口は娘の肩をつかんでゆすぶり、さらに頭を持ちあげて、「起きないの? 起きないの?」

江口のうちに突きあげて来た、娘への感情がさうさせたのだつた。娘が眠つてゐること、口をきかないこと、老人の顔や声さへ知らないこと、つまりかうしてゐることも、かうしてゐる相手の江口といふ人間も、娘にはまつたくわからないのが、老人には忍べなくなつた、ひと時が思ひがけなく来たわけだ。自分の存在がみぢんも娘に通じない。しかし娘は目をさますはずはなく、老人の手に眠つた首の重さだつたが、かすかに眉をひそめるやうにしたのは、たしかに娘の生きた答へと受け取れた。江口は手を静かにとめた。

これくらゐのゆり起こし方で娘が目をさましては、江口老人にここを紹介した木賀老人が、「秘仏と寝るやうだ。」などといふ、この家の秘密はなくなつてしまふわけだ。決して目ざめぬ女こそが、「安心の出来るお客さま」の老人どもにとつて、安心の出来る誘惑で、冒険で、逸楽なのにちがひない。木賀老人などは、眠らせられた女のそばにゐる時だけが、自分で生き生きしてゐられると、江口に言つてゐた。木賀は江口の家をたづねて来た時、座敷から庭の秋枯れた苔に落ちてゐる赤いものを見て、

「なんだらう。」と、さつそく拾ひにおりた。青木の赤い実だつた。いくつもぽつぽつ落ちてゐる。木賀は一つだけつまんで来て、それを指のあひだにいぢくりながら、この秘密の家の話をしたものだつた。老いの絶望にたへられなくなると木賀はその家へ行くのだと言つた。

「女といふ女に絶望してしまつたのは、もう遠い昔のやうなんだがね。君、眠り通して覚めぬ女をつくつてくれたやつがあるんだ。」

眠りこんでゐて、なんにも話さぬし、なんにも聞えぬ女は、もう男として女の相手

になれぬ老人に、なんでも話しかけてくれ、なんでも聞き入れてくれるやうなのだらうか。しかし江口老人はこんな女がはじめての経験である。娘はこんな老人をいくたびか経験してゐるのにちがひなかつた。いつさいをまかせて、いつさいを知らぬ、仮死のやうな昏睡に、あどけない顔で横たはり、安らかな寝息である。ある老人は娘をくまなく愛撫したかもしれないし、ある老人は自分をよよと号泣したかもしれない。どちらにしろ娘に知られはしない。さう思つてみても、江口はまだなにも出来なかつた。娘の首の下から手を抜くのにさへ、こはれものをあつかふやうにそつとしながら、娘を手荒く起こしてみたい気もちはしづまりきらなかつた。

江口老人の手が娘の首の下からはなれると、娘は顔をゆるやかにまはし肩もそれにしたがつて動き、上向きに寝直つた。娘が目をさますのかと、江口は身をひいてゐた。上に向いた娘の鼻や脣が天井からの明りを受けて若く光つた。娘は左手を持ちあげて口のところへ持つていつた。その人差指をくはへさうに見えて、さういふ寝癖があるのかと思へたが、軽く脣にあてただけだつた。しかし脣がゆるんで歯がのぞいた。鼻で息をしてゐたのが、口で息をすることに変つて、その呼吸は少し早くなつたやうだ。娘が苦しいのかと江口は思つた。さうでもなささうで、娘の脣がゆるんだために頬は微笑が浮かぶかと見えた。高い崖を打つ波の音がまた江口の耳に近づいた。波のひいてゆく音では、その崖の下に大きい岩があるらしかつた。岩かげにおくれた海水があとを追つてゆくらしかつた。娘の鼻でしてゐた息よりも、口でする息は匂ひがあつた。しかし乳臭くはない。どうして乳の匂ひがふつとしたのか老人はふしぎだと考へてゐると、この娘にやはり女を感じた匂ひかと思へた。

江口老人には、今も乳呑児の匂ひのする孫がある。その孫の姿が浮かんで来た。三人の娘たちはそれぞれかたづいて、それぞれ孫を産んでゐるが、孫たちの乳臭かつた時ばかりではなく、乳呑児だつた娘たちを抱いたことも忘れてゐはしない。それらの肉親の赤んぼの乳臭い匂ひが、江口自身を責めるやうに、ふつとよみがへつて来たのだらうか。いや、眠つた娘をあはれむ江口の心の匂ひであらう。江口は自分も上向きになつて娘のどこにもふれぬやうにして目をつぶつた。枕もとにある眠り薬を飲んだ方がいい。娘が飲まされてゐるものほど強くはないにきまつてゐる。娘より早く目がさめるのにちがひない。さうでなければこの家の秘密も魅惑もくづれてしまふ。江口は枕もとの紙包みをひらくと、白い錠剤が二つはいつてゐた。その一個を飲めば、夢うつつに酔ひ、二個を飲めば、死の眠りに落ちてしまふ。そんなことがあればいいぢやないかと、江口は錠剤をながめてゐるうちに、乳についてのいやな思ひ出と狂はしい思ひ出とが浮かんで来た。

「乳臭いわ。お乳の匂ひがするわ。赤ちやんの匂ひだわ。」江口の脱いだ上着をたたみかけてゐた女は、血相変へて江口をにらみつけたものだつた。「お宅の赤ちやんでせう。あなた、うちを出がけに、赤ちやんを抱いてらしたんでせう。さうでせう。」女は手をぶるぶるふるはせると、「ああ、いやだ、いやだ。」と立ちあがつて、江口の洋服を投げつけた。「いやだわよ。出しなに赤ちやんを抱いて来たりして。」その声もすさまじかつたが、目顔はさらに恐ろしかつた。女はなじみの芸者である。江口に妻のあることも子のあることも、万々承知してゐながら、乳呑児の移り香が女のはげしい嫌悪となり、嫉妬を燃やしたのだ。江口とその芸者とのなかは、それから気まづくなつてしまつた。

芸者がきらつた匂ひは、江口の末つ子の乳呑児の移り香だつたが、江口は結婚の前にも愛人があつた。娘の親の目がきびしくなつて、たまの忍びあひははげしかつた。ある時、江口が顔をはなすと、乳首のまはりが薄い血にぬれてゐた。江口はおどろいて、しかしなにげなく、こんどはやはらかに顔を寄せると、それをのみこんでしまつた。うつつない娘は、そんなことをまつたく知らないでゐた。もの狂はしさを通り過ごした後でのことで、江口が話しても、娘はいたくなかつたやうである。

二つの思ひ出が今浮かんで来るのもふしぎなほど、それはもう年月の向うに遠い。そんな思ひ出がひそんでゐるから、ここに眠る娘にふと乳臭い匂ひを感じることなどありさうにはない。それはもう年月の向うに遠いとは言つても、しかし考へてみると、人間のおぼえや思ひ出はそのことの古い新しいでほんたうの遠い近いはきめられぬかもしれないだらう。昨日のことよりも六十年前の幼い日のことを、あざやかに、なまなましく、おぼえてゐて思ひ出すことはあるだらう。老いては殊にさうではないのか。また幼い日のことの方がその人の性格をつくり、一生をみちびく場合があるのではないか。つまらないことかもしれないが、女のからだのほとんどどこからでも男のくちびるは血をださせることが出来るとはじめて教へたのは、乳首のまはりを血にぬらせたその娘であつて、その娘のあとにはかへつて江口は女の血をにじませるまでは避けたけれども、その娘から男の一生を強めるおくりものをされた思ひは、満で六十七の今も消えてゐない。

もつとつまらないことかもしれないが、江口は若い時に、ある大きい会社の重役の夫人、中年の夫人、賢夫人といふうはさの夫人、そして社交の広い夫人から、

「わたしは夜眠る前に目をつぶつて、接吻してもいやでないと思へる男の人を数へてみるのよ。指を折つて数へてみるのよ。楽しいわ。十人より少くなると、さびしいわ。」

と言はれたことがあつた。その時、夫人は江口とワルツを踊つてゐた。夫人がとつぜんそんな告白をしたのは、接吻してもいやでない一人と江口を感じたのかと聞き取ると、若い江口は夫人の手を取つてゐた指をふとゆるめた。

「ただ数へてみるだけのことですから……。」と、夫人はさりげなく言ひ捨てて、「お若い江口さんには寝つきがさびしいなんていふことはないでせうし、もしあつたら奥

さんを引き寄せればすむことでせうけれど、たまにはやつてごらんなさい。わたしにはいいお薬になる時があるのよ。」むしろ乾いた夫人の声なので、江口はなにも答へなかつた。夫人はただ「数へてみる」と言つただけだけれども、数へながら、男の顔やからだを思ひ描くのだらうと疑はれ、十人を数へるのにかなりの時間をかけ、妄想も動くのだらうと、江口は女盛りをやや過ぎた夫人の媚薬じみた香水の匂ひがにはかに強く鼻に来たものだつた。夫人が眠る前に、接吻してもいやでない男として、江口をどのやうに思ひ描かうと、それはまつたく夫人の秘密の自由で、江口にはかかはりもないし、ふせぎやうもないし、苦情のつけやうもないが、自分の知らぬまに自分が中年女の心にもてあそばれてゐるやうで、きたなく感じたものだつた。しかし夫人の言葉は今も忘れてゐない。夫人は若い江口をそれとなくそそつてみるか、いたづらにからかつてみるために、つくりごとを言つたのかと、後で疑はないではなかつたが、それからもつと後には、夫人の言葉だけが残つた。今はとうにその夫人は死に去つてゐる。そして江口老人は夫人の言葉を疑はない。あの賢夫人は生きてゐるあひだになん百人の男との接吻を妄想して死んで行つたのだらうか。

江口も老いの近づくにつれて、寝つきの悪い夜には、たまに夫人の言葉を思ひ出して、女の数を指折りかぞへることもあつたが、接吻してもいやでないなどといふなまやさしさにはとどまらないで、まじはりのあつた女たちの思ひ出をたどることになりがちだつた。今夜も眠つた娘から誘はれた幻覚の乳の匂ひで、むかしの愛人が浮かんで来た。あるひはそのむかしの愛人の乳首の血が、この娘にありもしない匂ひをふとかがせたのかもしれないし、深い眠りからさめない美女をまさぐりながら、返らぬむかしの女たちの思ひ出にふけるのは老人のあはれなぐさめかもしれないのだが、江口はむしろさびしいやうにあたたかい心静かさだつた。娘の乳が濡れてゐないかとそつとふれただけで、そのあとは、江口よりおくれて娘が目ざめた時に、乳首に血のにじんでゐるのにおどろかせてやらうなどといふもの狂はしさはわきおこらなかつた。娘の乳房の形は美しいやうである。しかし老人は人間の女の乳房の形だけがあらゆる動物のうちで、長い歴史を経るうちに、なぜ美しい形になつて来たのだらうかと、あらぬことを考へたりした。女の乳房を美しくして来たことは、人間の歴史のかがやかしい栄光ではないのだらうか。

女の脣もさうかもしれない。江口老人は寝化粧をする女や眠る前に化粧を落す女を思ひ出したが、口紅をぬぐひ取ると脣の色がさめてしまつたり、衰へた濁りをあらはしてしまつたりした女もあつたものだ。今そばに眠つてゐる娘の顔は天井からのやはらかい光りと四方のびろうどの映えとで、薄化粧をしてゐるのかどうかもさだかでないが、まつ毛をそらせるほどのこともしてゐないのはたしかだつた。脣も脣からのぞく歯もうひうひしく光つてゐる。口に香料をふくんでおくやうな技巧などあるはずはなくて、若い女が口でする息の匂ひがしてゐる。色の濃くて広い盛んな乳かさを江口は好まないが、肩をかくしたものをそつと持ちあげてみたところでは、まだ小さい桃色であるらしかつた。娘は上向きになつてゐるので、それに胸をあてて接吻することもできる。接吻してもいやでない女どころではない。江口ほどの老年がこのやうに若い娘にさうできるのなら、いかなるつぐなひを払つてもよいし、いつさいを賭けてもよいと、この家に来る老人たちが歓喜におぼれただらうとも江口には思はれた。老人のうちにはむさぼつた者もありさうで、そのさまが江口の頭に浮かんで来ないでもない。しかし娘は眠つてゐてなにごとも知らないので、娘の顔かたちはここに見る通り、よごれもくづれもしないのだらうか。この悪魔じみたみにくい遊びに江口が落ちこまないのは、娘が美しく眠りきつてゐるからであつた。さういふ江口のほかの老人たちとのちがひは、江口がまだ男としてふるまへるものを残してゐるからであらうか。ほかの老人たちのためには娘は底なく眠り通してゐなければならないのだ。江口老人は軽くではあるがすでに二度娘を起こさうとした。もしまちがつて娘が目をさましてくれたら、老人はなにをするつもりだつたか自分にもわからないけれども、娘にたいする愛情からだらう。いや、老人自身のむなしさとおそれからかもしれなかつた。

「眠るかな。」老人はつぶやかなくてもいいことをつぶやいたと気がついてつけ加へた。「永遠の眠りといふのぢやないさ。この娘だつて、おれだつて……。」日毎の夜がさうであるやうに、この変つた夜もまた、明日の朝は生きて目ざめるものとして目をつぶつた。人差指を脣にあてた娘の曲げた肱がじやまになつた。江口は娘の手首をにぎつて脇腹にのばした。ちやうど娘の手首の脈がふれたので、そのまま人差指と中指とで娘の脈をおさへてゐた。脈は愛らしく、そして規則正しく打つてゐた。安らかな寝息は、江口のそれよりもややゆつくりしてゐた。風が間《ま》をおいて屋根の上を通つたが、さつきほど冬の近づく音とは聞えなかつた。崖を打つ波の音はなほ高く聞えるのにやはらいで、その音の名残りは娘のからだに鳴る音楽として海からのぼつて来るやうで、それには娘の手首の脈につづく胸の鼓動も加はつてゐさうだつた。老人の目ぶたの裏を、音楽に合はせて真白い蝶が舞ひ飛んだ。江口は娘の脈をはなした。これで娘ののどこにもふれてゐない。娘の口の匂ひ、からだの匂ひ、髪の匂ひは、強い方ではなかつた。

　江口老人は乳首のまはりが血にぬれたことのあつた愛人と、北陸路をまはつて京都へかけおちした幾日かが思ひ出されて来た。今ごろこんなにありありと思ひ出せるのは、うひうひしい娘のからだのあたたかみがほのかに伝はつてゐるからかもしれなかつた。北陸から京都へ行く鉄道には小さいトンネルが多かつた。汽車がトンネルにはいるたびに娘はおそれが目ざめるのか、江口に膝を寄せて手を握つた。小さいトンネルを出ると、小さい山か小さい入海に虹がかかつてゐた。「まあ可愛い。」とか、「まあ、きれい。」とか小さい虹にいちいち声をあげてゐた娘も、トンネルを出るたびと言つていいほど、右か左を目でさがすと虹が見つかるので、そしてあるかないかほど虹の色があはかつたりするので、ふしぎなほど多い虹を不吉のしるしと思ふやうになつた。

「あたしたち、追つかけられてゐるんぢやないの？　京都へ行つたらつかまりさうだわ。つれもどされてしまふと、こんどはうちから出してもらへないわ。」大学を出て職についたばかりの江口は京都で暮らしてゆけさうにないので、心中でもしないかぎり、いづれは東京に帰らねばならないとわかつてゐたが、小さい虹を見ることから、娘のきれいなひそかなところが目に浮かんで来て追ひ払へなかつた。それを江口は金沢の川ぞひの宿で見た。粉雪の降る夜だつた。若い江口はきれいさに息をのみ涙が出るほど打たれたものだつた。その後の幾十年の女たちにそのやうなきれいさを見たことはなくて、いつそうきれいさがわかり、ひそかなところのきれいさがその娘の心のきれいさと思はれるやうになつて、「そんなばかなことが。」と笑はうとしても、あこがれの流れる真実となつて、老年の今なほ動かせない強い思ひ出だ。京都で娘の家からよこした者につれもどされると、娘はまもなく嫁にやられてしまつた。

ゆくりなく上野の不忍の池の岸で出合つた時、娘は赤ん坊を負ぶつて歩いてゐた。赤ん坊は白い毛糸の帽子をかぶつてゐた。不忍の池の蓮が枯れてゐた季節だつた。今夜、眠つてゐる娘のそばで、江口の目ぶたの裏に白い蝶が舞つたりしたのも、その赤ん坊の白い帽子のせゐかと思はれたりする。

不忍の池の岸で会つた時、「しあはせかい。」といふやうな言葉しか江口は出なかつた。「ええ、しあはせですわ。」と娘はとつさに答へた。さうとより答へやうもあるまい。「なぜこんなところをひとりで、赤ん坊を負ぶつて歩いてるの？」をかしな問ひに、娘はだまつて江口の顔を見た。

「男の子、女の子？」

「いやだわ、女の子よ。見てわからないの？」

「その赤ちやん、僕の子ぢやないのか。」

「まあ。ちがひますわ、ちがひますわ。」娘は目の色を怒らせて首を振つた。

「さうか。もし僕の子だつたら、今でなくていい、何十年先きでもいい、あんたが言ひたいと思ふ時に、僕にさう言つてくれよな。」

「ちがひますよ。ほんたうにちがひますよ。あなたを愛してゐたことは忘れないけれど、この子にまでそんな疑ひをかけないでちやうだい。この子が迷惑するわ。」

「さうか。」江口は強ひて赤子の顔をのぞきこむやうなことはしなかつたが、長く女のうしろ姿を見送つてゐた。女はしばらく行つてから一度振りかへつた。江口が見送つてゐるのを知ると、にはかに足をいそがせて行つた。それきり会はない。その女は今から十年あまりも前に死んだと江口は聞いた。六十七歳の江口には、縁者や知己の死もすでに多いけれども、その娘の思ひ出は若々しい。赤ん坊の白い帽子とひそかなところのきれいさと乳首の血とにしぼられて、今もあざやかである。そのきれいさがたぐひなかつたのは、おそらく江口のほかに知る者はこの世になく、江口老人の遠くはない死によつて、この世からまつたく消え去つてしまふのを思つてゐる。娘ははにかんだけれども素直に江口の目をゆるしたのは、娘のさがであつたかもしれないが、娘はそのきれいさを自分では知らなかつたにちがひないだらう。娘には見えないのだ。

京都に着いた江口とその娘とは朝早く竹林の道を歩いた。竹の葉は朝日を受けて銀色にかがやきそよいでゐた。老年になつて思ひ出すと、竹の葉は薄くやはらかい、まつたくの銀の葉で、竹の幹も銀づくりであつたやうである。竹林の片側のあぜには、あざみと露草とが咲いてゐた。季節としてまちがつてゐさうなのに、さういふ道が浮かんで来る。竹林の道を過ぎて、清い流れをさかのぼつてゆくと、瀧がたうたうと落ちてゐて、日の光りにきらめくしぶきをあげ、しぶきのなかに裸身の娘が立つてゐる。そんなことはありはしなかつたのだが、江口老人にはいつからかあつたものと思はれる。年取つてからは京都あたりの小山のやさしい赤松の幹の群れを見て、その娘の心おぼえがよみがへる時もある。しかし今夜のやうにあざやかに思ひ出すことはめつたにない。眠つた娘の若さの誘ひなのであらうか。

江口老人は目がさえて寝つけさうになくなつた。小さい虹をながめた娘のほかの女を思ひ出したくもなかつた。眠つてゐる娘にふれたり、あらはにくまなく見たりもしたくなかつた。腹ばひになつて、また枕もとの紙包みをひらいた。この家の女は眠り薬だと言つたけれども、どんな薬なのか、娘が飲まされたのとおなじものなのか、江口はためらつて一錠だけを口に入れると、水を多くして飲んだ。寝酒をつかふことはあつても、眠り薬はふだん用ゐないせゐか、早く眠りにひきこまれた。そして老人は夢を見た。女にだきつかれてゐるのだが、その女にはあしが四本あつて、四本のあしでからみついてゐた。腕は別にあつた。江口は薄ぼんやり目ざめたけれども、四本のあしをあやしいと思ひながら不気味とは思はないで、二本よりもはるかに強いまどはしが身に残つてゐた。こんな夢を見させる薬かなとぼんやり考へた。娘はうしろ向きに寝返つてゐて、腰をこちらに押しつけてゐた。江口はそこよりも頭を向うへはなしてしまつてゐることにあはれみをおぼえるやうで、夢うつつのあまさのうちに、娘の長い髪のひろがつたのを梳くやうに指を入れながら寝入つてしまつた。

さうして二度目の夢はなんともいやなものだつた。病院の産室で江口の娘が畸形児を産んだ。どんな風に畸形であつたか、目がさめた老人はよくおぼえてゐない。おぼえてゐないのは、おぼえてゐたくないためだつたらう。とにかくひどい畸形だつた。産児はすぐ産婦からかくされた。しかし産室のなかの白いかあてんのかげで、しかも産婦が立つて来て、産児を切りきざんでゐた。捨てるためにである。江口の友人の医者が白衣でそばに立つてゐた。江口も立つて見てゐた。そこでうなされるやうに、こんどははつきりと目がさめた。四方をかこむ深紅のびろうどのかあてんにぎよつとした。顔を両手でおさへて額をもんだ。なんといふ悪夢だ。この家の眠り薬に魔がひそんでゐるわけではないだらう。畸形の逸楽をもとめて来て、畸形の逸楽の夢を見たりしたせゐだらうか。江口老人の三人の娘のうちで、夢に見たのはどの娘かわからなかつたが、どの娘だつたかと考へようともしなかつた。三人とも五体満足な子を産んでゐる。

江口はここから起き出て帰れるものならさうしたかつた。しかしもつと深く眠りこんでしまふために、枕もとに残つたもう一錠の眠り薬を飲んだ。冷めたい水が食道を通つた。眠つた娘はさつきと変らないで背を向けてゐた。この娘もどんなにおろかな子や、どんなにみにくい子を、やがては産まないともかぎらないのだと思ふと、江口老人は娘のぷつくりした肩に手をかけて、

「こつちを向いてくれよ。」娘は聞えたやうに向き直つた。思ひがけなく片手を江口の胸にのせ、寒さにふるへるかのやうにあしを寄せた。このあたたかい娘が寒いはずはなかつた。娘は口からか鼻からかわからぬ、小さい声を出した。

「君も悪い夢を見てゐるのぢやないの？」

しかし江口老人が眠りの底に沈んでゆくのは早かつた。

その二

江口老人は二度とふたたび「眠れる美女」の家へ来ることがあらうとは思はなかつた。少くとも、前にはじめて来て泊つた時には、また来てみようとは考へてゐなかつた。朝になつて起きて帰る時にもさうであつた。

その家へ今夜行つてもいいかと、江口が電話をかけたのは、あれから半月ほどのちだつた。向うの声はあの四十半ばの女らしいが、電話ではなほひつそりした場所から冷めたくささやかれるやうに聞えた。

「今からお越し下さいますとおつしやいますと、こちらへなん時ごろお着きなさいますでせうか。」

「さうね、九時少し過ぎだらう。」

「そんなにお早いのは困ります。お相手が来てをりませんし、来てをりましてもまだ眠つてをりませんから……。」

「………。」老人がはつとしてゐるうちに、

「十一時までには眠らせておきますから、そのころどうぞ、お待ちしてをります。」

女のものいひはゆつくりしてゐるのに、老人の胸は逆に早まつて、「ぢや、そのころ。」

と声が乾いた。

女の子が起きてゐたつていいぢやないか、眠る前に会はせてもらひたいものだねと、江口はさう本気でなくとも、半ばはからかひにでも、それぐらゐのことは言へさうなものなのに、のどの奥につかへて出なかつた。あの家の秘密のおきてに突きあたつたのであつた。あやしいおきてであるだけにきびしく守られねばならない。このおきてが一度でもやぶられたら、ありふれた娼家になつてしまふのだ。老人どものあはれなねがひも、まどはしの夢も消えてしまふわけだ。午後九時では早過ぎて娘が眠つてゐない、十一時までに眠らせておくと、電話で言はれた時、江口の胸がとつぜん熱い魅惑にふるへたのは、自分でもまつたく思ひがけぬことであつた。常日ごろの現実の人生のそとへ不意に誘はれるおどろきといふやうなものであらうか。それは娘が眠つてゐて決して目ざめないからのものだ。

二度とは来ないだらうと思つた家へ半月ほどのちに行くことになつたのは、江口老人にとつて早過ぎるのか、おそ過ぎるのか、とにかく強ひて誘惑をおさへつづけたのではなかつた。むしろ老いのみにくいたはむれをくりかへす気はなかつたし、このやうな家をもとめる老人たちほどに江口は老い衰へてはゐないのだつた。しかしこの家で初めてのあの夜がみにくい思ひを残したのではなかつた。罪であつたのは明らかにしても、江口の六十七年の過去で、女とあのやうに清らかな夜を過ごしたことはないと感じたほどだつた。朝目をさましてからもさうだつた。眠り薬がきいてゐたらしく、目ざめはふだんよりもおそい八時だつた。老人のからだは娘のどこにもふれてゐなかつた。娘の若いあたたかみとやさしい匂ひのなかに、幼いやうにあまい目ざめであつた。

娘はこちらを向いてくれて寝てゐた。こころもち頭を前に出して胸をひいてゐるので、うひうひしく長めな首のあごのかげにあるかないかの筋が出来てゐた。長い髪は枕のうしろまでひろがつてゐた。きれいに合はせた娘の脣から江口老人は目をそらせて、娘のまつ毛と眉をながめながら、きむすめであらうと信じると疑はなかつた。江口の老眼には、娘のまつ毛も眉もひとすぢひとすぢは見えない近さにあつた。うぶ毛も老眼には見えない娘の肌はやはらかく光つてゐた。顔から首にかけてほくろ一つなかつた。老人は夜半の悪夢なども忘れて、娘が可愛くてしかたがないやうになると、自分がこの娘から可愛がられてゐるやうな幼ささへ心に流れた。娘の胸をさぐつて、そつと掌のなかにいれた。それは江口をみごもる前の江口の母の乳房であるかのやうな、ふしぎな触感がひらめいた。老人は手をひつこめたが、その触感は腕から肩までつらぬいた。

隣りの部屋の襖のあく音がした。

「お目ざめでございますか。」と家の女が呼んだ。「朝御飯の御支度が出来てをりますなかつた。

「ああ。」江口は釣られて答へた。雨戸のすきまからもれる朝日がびろうどのかあてんに明るくさしてゐた。しかし部屋は天井からのほの明りに朝の光りが加はつてはゐなかつた。

「御支度をしてよろしいですね。」と女がうながした。

「ああ。」

江口は片肱を立てて抜け出しながら、片方の手で娘の髪を軽くなでた。娘が目をさまさないうちに客を起こすのだと、老人はわかつてゐたが、女は落ちついて朝飯の給仕をした。娘はいつまで眠らされてゐるのだらう。しかしよけいなことを聞いてはならないと、江口はさりげなく、

「可愛い子だね。」

「はい。いい夢をごらんなさいましたか。」

「いい夢を見せてもらつた。」

「風も波も今朝はをさまりまして、小春日和といひますのでせう。」と女は話をそらせてしまつた。

そして半月ほど後にふたたびこの家へ来る江口老人は、はじめて来た時の好奇心よりは、うしろめたいもの、恥づかしいもの、しかし心そそられるものが強まつてゐる。

九時を十一時まで待たされたあせりが、さらにまどはしの誘ひとなつてゐる。

門の鍵をあけて迎へ入れてくれたのは、この前の女だつた。床にも同じ複製の絵をかけたままだ。煎茶の味も前の通りによかつた。江口ははじめての夜よりもときめいてゐるのだが、なじみの客らしく坐つてゐる。紅葉した山里の絵を振り向いて見て、

「ここらは暖いから、もみぢの葉がきれいに赤くならないで縮かんでしまふんだね。庭が暗くてよくわからなかつたが……。」などとあらぬことを言つた。

「さうでせうか。」と女は気のない答へで、「お寒くなりましたですね。電気毛布を入れてございますが、ダブル用で、スイッチが二つついてをりますから、お客さまはお客さまのお好きな温かさに合はせていただきます。」

「電気毛布なぞ使つたことがないね。」

「おいやでしたら、お客さまの方のは消していただいてよろしいんですけれど、女の子の方のはつけておいてやっていただかないと……。」なにも身につけてゐないからといふのも老人にわかつた。

「一枚の毛布で、二人が好き好きの温度に出来るといふのは、おもしろいしかけだね。」

「アメリカのものですから……。でも、意地悪をなさつて、女の子の方のスイッチを切つたりなさらないで下さいませ。いくら冷めたくなつても目がさめないことは、おわかりでいらつしやいませう。」

「………。」

「今夜の子はこの前の子よりなれてをりますわ。」

「えつ？」

「これもきれいな娘です。悪いことはなさらないんですから、それはもうきれいな娘でございませんと……。」

「この前の子とちがふのか。」

「はい、今晩の子は……。ちがつた子もよろしいぢやございませんか。」

「僕はそんな浮気ぢやないね。」

「浮気……？　浮気つておつしやるやうなこと、なにもなさらないぢやございませんか。」女のゆるやかなものいひはあなどりの薄笑ひをふくんでゐるやうだつた。「ここのお客さまはどなたもなさいませんわ。安心の出来るお客さまばかりにいらしていただいてをります。」薄い脣の女は老人の顔を見ない。江口ははづかしめにふるへさうだが、なんと言つていいかわからない。相手は血の冷えた、そしてものなれた、やりてばばあに過ぎないではないか。

「それに、浮気とお思ひになりましても、女の子は眠つてゐて、どなたとおやすみしたか、わからないんでございますよ。この前の子も今夜の子も、だんなさまのことはまるで知らないで通すんですから、浮気つていふのとは少うし……。」

「なるほどね。人間のつきあひぢやないね。」

「どうしてでございますか。」

もう男でなくなつてしまつた老人が眠らせられてゐる若い娘とつきあふのは、「人間のつきあひ」ではないなど、この家へあがつてしまつてから言つてみたところでをかしい。

「浮気なさつてもよろしいぢやございませんか。」と女は妙に若い声で老人をやはらげるやうに笑つた。「前の子がそれほどお気にめしたのでしたら、こんどおこし下さる時に眠らせておきますけれど、今夜の子の方がいいと後でおつしやいますよ。」

「さう？　なれてゐるつて、どんな風になれてゐるの？　眠りつきりでさ。」

「さあ……。」

女は立つて、隣室の戸の鍵をあけると、なかをのぞいてみてから、その鍵を江口老人の前において、「どうぞ、おやすみなさいませ。」

ひとり残された江口は鉄瓶の湯を急須にそそいで、ゆつくり煎茶を飲んだ。ゆつくりのつもりなのだが、その茶碗はふるへた。年のせゐぢやない、ふん、おれはまだ必ずしも安心出来るお客さまぢやないぞと、自分につぶやいた。この家に来て侮蔑され屈辱を受けてゐる老人どもに代つて復讐してやるために、この家の禁制をやぶつてやつたらどうだらう。その方が娘にとつてもよほど人間らしいつきあひではないのだらうか。娘がどれほどに強い眠り薬をのませられてゐるかわからぬが、それを目ざめさせる男のあらくれはまだ自分にあるだらう。などと思つてみてもしかし江口老人の心はさうきほひ立たなかつた。

この家をもとめて来るあはれな老人どものみにくいおとろへが、やがてもう江口にも幾年先きかに迫つてゐる。計り知れぬ性の広さ、底知れぬ性の深みに、江口は六十七年の過去にはたしてどれほど触れたといふのだらう。しかも老人どものまはりには女の新しいはだ、若いはだ、美しい娘たちが限りなく生まれて来る。あはれな老人どもの見はてぬ夢のあこがれ、つかめないで失つた日々の悔いが、この秘密の家の罪にこもつてゐるのではないか。眠り通して目ざめぬ娘こそは、老人どもに年のない自由であらうとは、江口は前にも思つたことであつた。眠つてもの言はぬ娘は老人どもの好むままに話しかけるのだらう。

江口は立つて隣室の戸をあけると、そこでもうあたたかい匂ひにあたつた。ほほゑんだ。なにをくよくよしてゐたのか。娘は両方の手先きを出してふとんにのせてゐた。爪を桃色に染めてゐた。口紅が濃かつた。娘はあふむいてゐた。

「なれてゐるのかな。」と江口はつぶやいて近づくと、頰紅だけではなく、毛布のぬくみで顔に血の色がのぼつてゐた。匂ひがこかつた。上まぶたがふくらみ、頰もゆたかだつた。びろうどのかあてんの紅の色がうつるほど首は白かつた。目のつぶりやうからして、若い妖婦が眠つてゐると見えた。江口が離れてうしろ向きになつて着かへるあひだも、娘のあたたかいにほひがつつんで来た。部屋にこもつてゐた。

江口老人は前の娘にしたやうにひかへめにしてゐられさうにはなかつた。起きてゐようが眠つてゐようが、この娘はおのづから男を誘つてゐた。江口がこの家の禁制をやぶつたところで、娘のせゐだとしか思へないほどだ。江口はあとのよろこびをたのしむためかのやうに、目をつぶつてじつとしてゐると、それだけでもうからだの底から若やいで来るあたたかさだつた。今夜の子の方がいいと宿の女が言つたはずだが、よくもこのやうな娘をさがしあてて来たものだと、老人はこの宿がなほあやしいものに思へた。娘にふれるのがほんたうに惜しくて匂ひのなかにうつとりしてゐた。江口は香水になどくはしくはないが、この娘そのものの匂ひにちがひないやうだつた。このままあまい眠りにはいれば、こんなしあはせはなかつた。さうしたくなつたほどだ。もつとよりそつてと老人は静かに身をちかづけた。娘はそれにこたへるのかしなやかにむきなほりながら手をなかにいれ、江口を抱くやうにのばした。

「えつ、君、起きてゐるの？　起きてゐるのかい。」と江口は身をひいて、娘のあごをゆさぶつた。あごをゆさぶるうちに江口老人の手先きに力が加はつたのか、娘はそれをのがれるやうに枕へ顔を伏せてゆくと、脣のはしが少し開いて、江口の人差指の爪先きが娘の歯のひとつふたつにふれた。江口は指をひかないでじつとしてゐた。娘も脣を動かさなかつた。娘はもちろん空寝してゐるわけでなく深い眠りに落ちてゐる。

江口はこの前の娘と今夜の娘とちがふことが思ひがけなくて、つい宿の女に文句を言つたものの、考へてみるまでもなく、このやうに薬で眠らせられる夜がつづいては、娘はからだをそこなはないではゐぬだらう。江口らの老人どもが「浮気」をさせられるのは娘たちの健康のためとも思はれる。しかしこの家は二階に一人しか客が取れないのではないか。下はどうなつてゐるか江口はわからぬが、客に使ふ部屋があつたとしても、せいぜい一間だらう。そのことからもここで老人のために眠る娘はさう多くゐると思はれぬ。その幾人かはみな、江口の第一夜の娘、今夜の娘、このやうにそれぞれに美しさがある娘たちなのだらうか。

江口の指にふれた娘の歯は、指にほんの少しねばりつくものにぬれてゐるやうだつた。老人の人差指は娘の歯ならびをさぐつて、脣のあひだをたどつていつた。二度三度行きつもどりつした。脣のそとがはのかわき気味だつたのに、なかのしめりが出てきてなめらかになつた。右の方に一本八重歯があつた。江口は親指を加へてその八重歯をつまんでみた。それから歯のおくに指を入れてみようとしたが、娘のうへしたの歯は眠りながらもかたく合はさつてゐてひらかなかつた。江口は指をはなすと赤いにじみがついてゐた。その口紅をなにで拭き取つたものか。枕おほひにこすつておけば娘がうつ向きになつたあとといふことですみさうだが、こする前に指をなめないと取れさうにない。妙なもので、江口は赤い指先きが口をつけるにはきたなく感じられた。老人はその指を娘の前髪にこすりつけた。人差指と親指との先きを娘の髪で拭きつづけてゐるうちに、江口老人の五本の指は娘の髪をまさぐり、髪のあひだに指を入れ、やがて髪をかきまはし、少しづつあらあらしくなつた。娘の毛先きはぱちぱちと電気を放つて老人の指に伝はつた。髪の匂ひが強くなつて来た。電気毛布のぬくみのせゐもあつて、娘の匂ひはしたからも強くなつて来た。江口は娘の髪をさまざまにもてあそびながら、生えぎは、ことに長い襟足の生えぎはが描いたやうにあざやかできれいなのを見た。娘はうしろの髪を短くして、上向けに撫でそろへてゐた。額のところどころで長い短いの毛を自然なやうな形に垂らしてゐた。その額の髪を、老人は持ちあげて、娘の眉やまつ毛をながめた。片方の手の指で娘の頭のはだにふれるまで深く髪をさぐつた。

「やはり起きてゐないんだ。」と江口老人は言つて、娘の頭のまんなかをつかんでゆすぶると、娘は眉を苦痛で動かすやうに見えて、からだをうつ伏せに半ば寝がへりした。それは老人の方へなほ身を寄せることになつた。娘は両腕を出して、右腕を枕において、その手の甲の上に右の頬をのせた。指だけが江口に見える、のせ方だつた。まつ毛の下に小指があつて、人差指が脣の下から出てゐるほどに、指は少しづつひらいてゐた。親指はあごの下にかくれてゐた。やや下向きの脣の紅と四つの長い爪の紅とが枕の白いおほひのひとところに集まつた。娘の左腕も肘から曲げて、手の甲はほとんど江口の目の下にあつた。ゆたかな頬のふくらみのわりに手の指は細い長さで、そのやうな脚の伸びまで思はせた。老人はあしのうらで娘の脚をさぐつてみた。娘の左手の指も少しひらいて楽におかれてゐた。その娘の手の甲に江口老人は片頬をのせた。娘はその重みに肩まで動かせたが、手を引き抜く力はなかつた。そのまま老人はしばらくじつとしてゐた。娘は両方の腕を出したために肩もやや持ちあがつて、腕のつけ根に若い円みがふくらんでゐた。江口は毛布を肩へ引きあげてやりながら、その円みをやはらかく手のひらに入れた。脣を手の甲から腕へ移していつた。娘の肩の匂ひ、うなじの匂ひが誘つた。娘の肩や背の下まで縮まつたが、すぐにゆるんで老人に吸ひつくはだだつた。

この家に来て侮蔑や屈辱を受けた老人どもの復讐を、江口は今、この眠らせられてゐる女奴隷の上に行ふのだ。この家の禁制をやぶるのだ。二度とこの家に来られないのはわかつてゐる。むしろ娘の目をさまさせるために江口はあらくあつかつた。ところがしかし、たちまち、江口は明らかなきむすめのしるしにさへぎられた。

「あつ。」とさけんではなれた。息がみだれ動悸が高まつた。とつさにやめたことよりも、おどろきの方が大きいやうだつた。老人は目をつぶつて自分をしづめた。若い男とちがつてしづめるのはむづかしくなかつた。江口は娘の髪をそつとなでてやりながら目をひらいた。娘はうつ伏せのおなじ姿でゐた。このいい年になつて、娼婦のきむすめであることがなんだ、これだつて娼婦にはちがひないぢやないか、と思つてみても、嵐の過ぎたあと、老人の娘にたいする感情、自分にたいする感情は変つてしまつてゐて、前にもどらなかつた。惜しくはない。眠つてゐてわからぬ女になにをしたところでつまらぬことに過ぎない。しかしあのとつぜんのおどろきはなんであつたのだらうか。

娘の妖婦じみた顔形にまどはされて、江口はあらぬふるまひにおよびかけたのだが、この家の客の老人どもは、江口の思つてゐたよりもはるかにあはれなよろこび、強い飢ゑ、深いかなしみを持つて来るのではないかと、新に考へられた。老後の気楽な遊び、手軽な若返りとしてゐるにしても、その底にはもはや悔いてももどらぬもの、あがいても癒されぬものがひそんでゐるのであらう。「なれてゐる」といふ今夜の妖婦がきむすめのまま残されてゐるのなども、老人どもの尊重や誓約が守られたよりも、凄惨な衰亡のしるしにちがひなかつた。娘の純潔がかへつて老人どものみにくさのやうである。

娘は右頬の下に敷いてゐた手がつかれでしびれて来たのか、頭の上にあげて二三度ゆつくり指を折つたりのばしたりした。髪をまさぐつてゐる江口の手にふれた。その手を江口はつかまへた。やや冷めたくしなやかな指だつた。老人は握りつぶしたいやうに力をこめた。娘は左肩をあげて半ば寝がへると、左腕を浮き泳がせて、江口の首を抱くやうに投げ出した。しかしその腕は力のないやはらかさのままで、江口の首に巻きついてくるといふのではなかつた。こちらに真向きの娘の寝顔があまりに近くて、江口の老眼には白くぼやけたが、眉も多過ぎ黒過ぎるかげをつくるまつ毛、目ぶたと頬のふくらみ、長めの首は、やはりはじめのひと目の印象の通りに妖婦であつた。乳房はやや垂れてゐるがじつに豊かで、日本の娘としては乳かさが大きくふくらんでゐた。老人は娘の背骨にそうて脚までさぐつてみた。腰から張りつめて伸びてゐた。からだの上と下との不調和なやうなのはきむすめのせゐかもしれなかつた。

江口老人はもう心静かに娘の顔と首をながめてゐた。びろうどのかあてんの紅がほのかにうつるのにふさはしい肌だ。この家の女に「なれてゐる」と言はれるほど娘の身は老人どもにもてあそばれながらも、きむすめでゐる。それは老人どもが衰へてゐるからでもあるし、娘が深く眠らせられてゐるからでもあるが、この妖婦じみた娘はこの後どのやうな一生の転変をたどつてゆくのだらうかと、江口には親心に似た思ひが湧いて来た。江口もすでに老いたしるしだ。娘はただ金がほしさで眠つてゐるだけにちがひない。しかし金を払ふ老人どもにとつては、このやうな娘のそばに横たはることは、この世ならぬよろこびなのにちがひない。娘が決して目をさまさないために、年寄りの客は老衰の劣等感に恥ぢることがなく、女についての妄想や追憶も限りなく自由にゆるされることなのだらう。目をさましてゐる女によりも高く払つて惜しまぬのもそのためなのだらうか。眠らせられた娘がどんな老人であつたかいつさい知らぬのも老人の心安さなのだらう。老人の方でも娘の暮らしの事情や人柄などはなにもわからない。それらを感じる手がかりの、どんなものを着てゐるのかさへわからぬやうになつてゐる。老人どもにとつてあとのわづらはしさがないといふ、そんなながやさしい理由だけではあるまい。深い闇の底のあやしい明りであらう。

しかし江口老人はものを言はぬ娘、目をあけて見ない娘、つまり江口といふ人間をまつたく認めてくれぬ娘とのつきあひにはなれてゐないし、むなしいもの足りなさを消せなかつた。この妖婦じみた娘の目が見たい。声を聞いて話がしてみたい。眠つたままの娘を手さぐりするだけの誘ひは江口にさう強くなくて、むしろなさけなさの思ひがともなふのだつた。でも江口は思ひがけなくきむすめにおどろいて、禁制をやぶることをやめたのだから、老人どものしきたりにしたがふつもりになつてゐた。この前の娘よりも今夜の娘の方が眠りながらも生きてゐることはたしかだつた。娘の匂ひにも、手ざはりにも、身の動きにも、それはたしかだつた。

枕もとにはこの前とおなじやうに、江口のための眠り薬が二錠おいてあつた。しかし今夜は早くのんで眠らないで、もつと娘を見てゐようかと思つた。娘は眠つてゐてもよく動いた。一夜のうちに二十度も三十度も寝がへりをするのかもしれなかつた。

娘は向う向きになつたが、すぐこちらへ向き直つた。そして腕で江口をさぐつた。江口は娘の片膝に手をかけてひきよせた。

「ううん、いや。」と娘は声にならぬ声で言つたやうだつた。

「起きたの。」老人は娘が目をさますかと、なほ強く膝をひいた。娘の膝は力が抜けてこちらへ折れまがつて来た。江口は娘の首の下に腕を入れて、少し持ちあげるやうにゆさぶつてみた。

「ああ、あたしどこへゆくの。」と娘は言つた。

「目がさめたんだね。目をさませよ。」

「いや、いや。」と娘は江口の肩の方へ顔をすべらせて来た。ゆすぶられるのを避けるかのやうであつた。娘の額は老人の首にふれ、前髪は鼻を刺した。こはい毛であつた。痛いほどだつた。匂ひにもむせて、江口は顔をそむけた。

「なにすんのさ。いやだわ。」と娘は言つた。

「なにもしてやしないよ。」と老人は答へたが、娘のは寝ごとであつた。江口の動きを娘は眠つてゐてなにか強く感じちがひしたのか、またはほかの夜の老人客の悪いいたづらを夢に見たのか。とにかく寝ごとのちぐはぐな切れ切れにしても、江口は娘と会話らしいもののできるのに心がときめいた。朝方には娘の目をさまさせることもできるかもしれない。しかし今は老人がただ話しかけたところで、おそらくは娘の寝耳にはいるかどうか。老人のことばよりもからだの刺戟にたいしての方が娘はなにか寝ごとを言ふのではないか。江口は娘をはげしくなぐつてみるか、ひねつてみるかとも考へたが、じりじりと抱きよせた。娘はさからひもしなかつたし、声も立てなかつた。娘の胸は息苦しいはずだつた。娘のあまい息が老人の顔にかかつた。そして息のみだれてくるのは老人の方だつた。されるままになる娘がふたたび江口をさそつた。きむすめでなくすれば、明日からこの娘をどんなかなしみが襲ひかかるのだらう。この娘の生がどんな風に傾き変つてゆくのだらう。それがどんなであらうと、とにかく朝まで娘はいつさい気がつかないでゐるだらう。

「お母さん。」と娘は低い叫びのやうに呼んだ。

「あれ、あれ、行つてしまふの？　ゆるして、ゆるして……。」

「なんの夢を見てるんだ。夢だよ、夢だよ。」と江口老人は娘の寝ごとになほ強く抱きしめて、夢をさませてやらうとした。母を呼んだ娘の声にふくまれたかなしみが江口の胸にしみた。老人の胸には娘の乳房がひろがるほど押しつけられてゐた。娘は腕を動かせて来た。娘は夢のなかで江口を母とまちがへて抱かうとするのか。いや、眠らせられてゐながらも、きむすめでありながらも、まぎれもなく妖婦なのだ。江口老人はこのやうな若い妖婦にはだいつぱいにふれたことは、六十七年のあひだになかつたやうだ。なまめかしい神話があるとすれば、これは神話の娘であらう。

妖婦ではなくて、妖術をかけられてゐる娘のやうにも思はれて来る。それで、「眠りながらも生きてゐる」、つまり、心は深く眠らせられてゐるのに、かへつてからだは女として目ざめてゐる。人の心はなくて、女のからだだけになつてゐる。この家の女が「なれてゐる」と言ふほど、老人たちの相手によくならされてゐるのだらうか。

江口は娘を強く抱いてゐた腕をゆるめてやはらかく抱き、娘のはだかの腕も改めて江口を抱く形におくと、娘はほんたうに江口をやさしく抱いた。老人はそのまま静かにしてゐた。目をつぶつた。あたたかくうつとりして来た。ほとんど無心の恍惚であつた。この家へ来る老人どものたのしみ、しあはせの思ひもさとれたやうだ。老人どもも自身にとつては、老いのあはれさ、みにくさ、あさましさばかりが、ここにあるのではなく、若い生のめぐみに満ちてゐるのではないか。まつたく老い果てた男には若い娘のはだいつぱいにつつまれるほどわれを忘れる時はないだらう。しかしそのために眠らせられたいけにへの娘を、老人どもは罪もなく買つたものと思つてゐるのか、あるひはひそかな罪の思ひのために、かへつてよろこびが加はるのか。われを忘れた江口老人は娘がいけにへなのも忘れたやうに、足で娘の足さきをさぐつた。そこだけがふれてゐないからだつた。娘の足の指は長くてしなやかに動いた。指のふしぶしが折り縮まつたり反つたりするのは、手の指の動きにも似て、そこだけにもこの娘のあやしい女としての強いそそのかしが江口につたはつた。眠りながらの足指で、この娘はむつごとを交はすことができる。けれども老人は娘の指の動きを幼くたどたどしいがなまめかしい音楽として聞くにとどめて、しばらくそれを追つてゐた。

娘は夢を見てゐたらしかつたが、その夢は終つたのだらうか。もしかすると夢を見てゐたのではなく、老人がどぎつくふれてくるにつれて、ただの寝言で会話をし、抗議をする習はしが生まれた、それだつたのだらうかと、江口は思つてみた。ものを言はなくても、この娘は眠りながら老人とからだで会話のできるなまめかしさにあふれてゐるけれども、ちぐはぐな寝言でもいいから声の会話が聞きたいといふ望みが、江口につきまとふのは、この家の秘密にまだよくなじまないからであらう。江口老人はなんと言へば、またどこを押せば、娘が寝言で答へてくれるのかと迷ひながら、

「もう夢は見ないの？　お母さんがどこかへ行つた夢？」と言つて、娘の背骨にそつてくぼみをさすつた。娘は肩を振つて、またうつ伏せになつた。この娘の好きな寝姿とみえる。顔はやはり江口の方に向け、右手で枕のはしを軽く抱いて、左腕は老人の顔の上においた。しかし娘はなにも言はなかつた。やさしい寝息があたたかくふれて来た。ただ江口の顔の上の腕が安定をもとめるらしく動いてゐるので、老人は両手をそへて娘の腕を自分の目の上にのせた。娘の長い爪の先きが江口の耳たぶを軽く刺した。娘の手のひらのつけ根が江口の右の目ぶたの上でまがり、右の目ぶたを娘の細まつて来る腕がおほつてゐた。そのままとどめておきたくて、老人は自分の右左の目の

上のところで、娘の手をおさへた。目玉にしみ通る娘のはだの匂ひは、また江口に新しく、ゆたかな幻が浮かんで来るほどだつた。ちやうど今ごろの季節、大和の古寺の高い石垣の裾に小春日を受けて咲いてゐた二三輪の寒牡丹の花、詩仙堂の縁近く庭に咲きひろがる白い山茶花、さうしてこれは春だが、奈良のあしびの花、藤の花、椿寺に咲き満ちる、散り椿の花、

「さうだ。」これらの花には、江口が結婚させた三人の娘の思ひ出があるのだつた。三人の娘、あるひはそのうちの一人の娘を旅につれて見た花であつた。妻となり母となつた娘たちはよくおぼえてゐないかもしれないが、江口はよくおぼえてゐて、ときどきに思ひ出しては妻にも花の話をする。母親は娘を嫁にやつてからも父親ほどには娘を離したとは感じないらしいし、事実母親としての親しい交はりをつづけてゐるので、結婚前の娘と旅で花を見たことなどはさう心にとめてゐない。また母親がついて行かなかつた旅の花もある。

江口は娘の手をあてた目の奥に、いくつかの花の幻が浮かんでは消え、消えては浮かぶのにまかせながら、娘を嫁にやつたあとしばらく、よその娘までが可愛くなつて気にかかつた日々の感情がよみがへつてゐた。この娘もそんな時のよその娘の一人であるかのやうに思へて来る。老人は手をはなしたが、娘の手はじつと江口の目の上にのつてゐた。江口の三人の娘のうちで、椿寺の散り椿を見たのは末の娘だけであるし、

末つ子をうちから出す半月ほど前の別れの旅であつたし、この椿の花の幻がもつとも強かつた。殊に末娘は結婚するのに苦しい痛みもあつた。二人の若者が末娘をあらそつたばかりでなく、そのあらそひのなかで末娘はきむすめでなくなつてゐた。江口は末娘の気もちを新しくするために旅へ誘ひ出したのでもあつた。

椿は花が首からぽとりと落ちて縁起が悪いともされてゐるが、椿寺のは樹齢が四百年といふ一本の大木から五色の花が咲きまじり、その八重の花は一輪がいちどきに落ちないで、花びらを散らすから散り椿とも名づけられてゐるらしかつた。

「散りざかりには、一日で箕《み》に五六ぱいも散ります。」と寺の若い奥さんは江口に話した。

日表《ひおもて》からながめるよりも、日裏から見る方が、大椿の花のむれはかへつて美しいのだといふ。つまり逆光線なのだが、江口と末娘とが坐つてゐる縁は西向きで、日は傾いてゐた。日裏のわけである。つまり大椿のしげつた葉と咲き満ちた花との厚い層は、春の日の光りをとほさない。日の光りは椿のなかにこもつてしまつて、椿のかげの縁には夕映えがただよふやうだつた。椿寺はやかましく俗な町なかにあるし、庭にも一本の大椿のほかには見るべきものがなささうだ。また、江口の目には大椿がいつぱいでほかのなにも見えなかつたし、花に心をうばはれてゐて町の音も聞えなかつた。

「よく咲いたものだねえ。」と江口は娘に言つた。

寺の若い奥さんが、「朝起きてみますと、地面が見えないほど花の落ちてゐることがあります。」と答へると、江口と娘とをそこに残して立つて行つた。一本の大木から、五色の花が咲いてゐるのかどうか、たしかに紅い花もあれば、白い花もあるし、しぼりの花もあつたが、江口はそんなことをしらべるよりも、椿ぜんたいに気を取られてゐた。樹齢四百年といふ椿が、よくもみごとに豊かに花を咲かせたものだ。西日の光りはすべて椿のなかに吸ひこまれて、その花木のなかはこんもりと温いやうであつた。風はあると思へないのに、端の方の花枝はときどき少しゆれてゐた。

しかし末娘は江口ほどにはこの名木の散り椿に心をひかれてゐるやうではなかつた。目ぶたに力がなくて、椿をながめてゐるよりも、自分のうちを見てゐるのかもしれなかつた。江口は三人の娘のうちでこの娘をもつとも可愛がつてゐた。娘も末つ子らしくあまえてゐた。上の二人の娘を嫁に出してからはなほさらだつた。上の二人の娘は江口が末娘を家に残して婿養子を迎へるのではないかと、母にねたみごとをもらし、江口も妻からそれを聞かせられたりしたものだ。末娘は陽気なたちに育つてゐた。男友だちの多いのは親の目に軽はずみとも思へたが、娘は男友だちにかこまれると生き生きと見えた。しかし、その男友だちのなかに娘の好きなのが二人ゐることは親、殊に家で男友だちをもてなす母親にはよくわかつてゐた。その一人に娘はきむすめをうばはれた。娘はしばらく家でも無口になつて、たとへば着がへの手つきなどもいらいらしてするやうになつた。母親は娘になにかあつたとすぐに気がついた。母親が軽く問ひただすと、娘はさうためらはないで告白した。その若者は百貨店につとめて、アパアトメントに住んでゐた。娘は誘はれるままアパアトメントに行つたらしい。

「その方と結婚するのね？」と母親は言つた。

「いやよ。ぜつたいにいやです。」と娘は答へて、母親をとまどはせた。母親はその若者に無理があつたのだらうと思つた。江口に打ちあけて相談をした。江口は手のなかの玉を傷つけられたやうだつたが、末娘がもう一人の別の若者といそいで婚約してしまつたと聞いてさらにおどろいた。

「どうお思ひになります。よろしいんでせうか。」と妻は一膝乗り出して来た。

「娘はそのことを婚約の相手に話したのか。打ちあけたのか。」と江口は声が鋭くなつた。

「さあ。それは聞いてゐません。私もびつくりしたものですから……。娘にたづねてみませうか。」

「いや。」

「さういふまちがひは結婚の相手に打ちあけない方がいい、だまつてゐる方が無難だといふのが、世間の大人たちの考へのやうですね。でも、娘の性質や気持ちにもよりますわ。かくしておいたために、娘がひとりでひどく苦しみ通すことだつてありますでせう。」

「第一、娘の婚約を、親が認めるかどうか、まだきまつてやしないぢやないか。」

一人の若者にをかされて、にはかに別の若者と婚約するといふのは、自然の落ちつきと、江口にはもちろん思へなかつた。その二人ともが娘を好いてゐたのは、親にもわかつてゐた。江口は二人とも知つてゐたし、そのどちらと末娘が結婚してもよささうだとさへ考へてゐたほどだつた。しかし、娘の急な婚約は衝撃の反動ではないのか。一人にたいする怒り、憎み、恨み、くやしさのよろめきから、ほかの一人に傾いたのか。あるひは一人に幻滅し、自分の惑乱から、もう一人にすがらうとしたのか。をかされたためにその若者からまつたく心がそむき去り、もう一人の若者にかへつて強くひかれてゆくことも、末つ子のやうな娘にはないともかぎらなかつた。それはあながち意趣がへしや半ば自棄の、不純とばかりは言へないかもしれぬ。

しかし自分の末娘にこんなことが起こらうとは、江口は考へてもみもしなかつたのだつた。どこの親もさうなのかもしれない。としても、末娘は男友だちにとりかこまれて、陽気で自由でゐた、勝気な娘だけに、江口は安心してゐたやうだ。でもことが起こつてみると、むしろなんのふしぎもない。末娘だつて、世の女たちとからだのつくりがちがつてゐはしない。男の無理を通されるのだ。そしてさういふ場合の娘の姿恰好のみにくさが、ふと江口の頭に浮かぶと、はげしい屈辱と羞恥におそはれた。上の二人の娘を新婚旅行に出してやつた時など、そんなものを感じたことはなかつた。末娘のことがよしんば男の愛情の火事だつたにしても、それをこばみきれない娘のからだのつくりに、江口はいまさら思ひあたつた。父親としてはなみはづれた心理だらうか。

江口は末娘の婚約をすぐに認めるでもなく、頭からしりぞけるでもなかつた。二人の若者が娘をかなりはげしくあらそつてゐたのを、親たちが知つたのは、それからだいぶん後だつた。そして、江口が娘を京都につれて来て、満開の散り椿を見てゐる時は、もう娘の結婚も近いのだつた。大椿のなかにかすかなうなりがこもつてゐた。蜜蜂のむれなのだらう。

その末娘も結婚して二年後に男の子を産んだ。娘の夫は子煩悩のやうだつた。日曜日など若夫婦で江口の家に来ると、妻がさと親と台所に出てなにかつくつてゐれば、夫が上手に牛乳をのませたりした。江口はそれを見て、夫婦のあひだも落ちついてゐるのだと思つたものだつた。おなじ東京に住みながら、結婚してからの娘はめつたにさとへ顔を見せなかつたが、一人で来た時には、

「どう?」と江口は聞いた。

「どうつて、まあ、しあはせですわ。」と娘は答へた。夫婦のあひだのことは親にもさう言はないのかもしれないが、末娘のやうな性格では、夫のことをもつとさと親に

話しさうなものなのにと、江口はなんだかもの足りなかつたし、いくらか気にもかかつた。しかし末娘は若妻の花が咲いたやうに美しくなつて来てゐた。これをただ娘から若妻への生理的な移りとしても、そこに心理的な暗いかげがあれば、このやうな花の明るさはないだらう。子供を産んだあとの末娘はからだのなかまで洗つたやうに肌が澄み、そして人にも落ちつきができてゐた。

だからであらうか。「眠れる美女」の家で、江口は両の目ぶたに娘の腕をのせながら、浮かんで来る幻は咲き満ちた散り椿などなのか。もちろん、江口の末娘にも、ここに眠る娘にも、あの椿のやうなゆたかさはない。しかし人間の娘のからだのゆたかさは見ただけでは、おとなしくそひねしただけでは、わかるものではなかつた。椿の花などとくらべられるものではなかつた。娘の腕から江口の目ぶたの奥に伝はつて来るのは、生の交流、生の旋律、生の誘惑、そして老人には生の回復である。江口は娘の腕をしばらく上においた目玉が重いので、手に取つておろした。

娘のその左腕はおき場がなく、江口の胸にそうてかたくのばす窮屈さのためか、娘は江口の方へ向くやうに半ば寝がへりした。両手を胸の前に折りまげて指を組みあはせた。それが江口老人の胸にふれた。合掌の形ではないが、祈りの形のやうだつた。やはらかい祈りのやうだつた。老人は娘が指を組んだ手を自分の両の手のひらのなかにつつんだ。さうするうちに老人自身もなにかを祈るやうな思ひになつて目をつぶつた。しかしそれは老人が眠つた若い娘の手にふれてゐる、かなしさにほかならないだらう。

静かな海に夜の雨が降りはじめた音が、江口老人の耳にはいつて来た。遠くのひびきは車の音ではなくて、冬の雷のやうだつたが、とらへがたかつた。江口は娘の指の組み合はせを解くと、親指をのぞく四本の指を一本づつのばしてながめた。細く長い指を口に入れてかみたいやうになつた。小指に歯がたがついて血がにじんでゐたら、この娘は明日めざめてからどう思ふだらうか。江口は娘の腕を胴の方にのばさせた。そして乳かさが大きくふくらんで色も濃い、娘の豊かな乳房を見た。やや垂れぎみなのを持ちあげてみた。電気毛布であたたまつた娘のからだほどではなく、それはなまぬるかつた。江口老人は二つのあひだのくぼみに額をおしつけようとしたが、顔を近づけただけで、娘の匂ひにためらつた。腹ばひになつて、枕もとの眠り薬を、今夜は二錠いちどきにのんでしまつた。この前、はじめてこの家へ来た夜は、一錠を先きにのみ、悪夢で目がさめてからまた一錠のみ足したが、ただの眠り薬であることはわかつてゐた。江口老人が眠りに沈んだのは早かつた。

娘がしやくりあげてはげしく泣く声に、老人は目をさました。その泣くと聞える声は笑ひに変つた。笑ひ声は長くつづいた。江口は娘の胸に手をまはしてゆすぶつた。

「夢だよ、夢だよ。なんの夢をみてるんだ。」

娘の長い笑ひ声のやんだあとの静かさは気味が悪かつた。しかし江口老人も眠り薬がきいてゐて、枕もとにおいた腕時計を拾つて見るのがやつとだつた。三時半だつた。老人は娘に胸を合はせ、腰を引き寄せて、あたたかく眠つた。

朝はまた家の女に呼び起こされた。

「お目ざめでございますか。」

江口は答へなかつた。家の女は密室の扉に近づいて、杉戸に耳を寄せてゐるのではないか。そのけはひに老人はぞつとした。娘は電気毛布で熱いのか、あらはな肩を乗り出して、片腕を頭の上にのばしてゐた。江口はふとんを引きあげてやつた。

「お目ざめでございますか。」

江口はやはり答へないで、ふとんのなかに頭をすくめた。あごに娘の乳首がふれた。江口はにはかに燃えるやうで、娘の背を抱き、足でも娘をかき寄せた。

家の女が軽く杉戸を三四度たたいた。

「お客さま、お客さま。」

「起きてるよ。今、着かへるから。」と江口老人が答へなければ、女は扉をあけてなかにはいつて来さうだつた。

隣りの部屋には洗面器や歯みがきなどが運んで来てあつた。女は朝飯の給仕をしながら、

「いかがでした。いい子でございませう。」

「いい子だね、じつに……。」と江口はうなづいてから、「あの子はなん時に目がさめるの。」

「さあ、なん時でございませう。」と女はしらつぱくれた。

「あの子が起きるまで、ここにおいてもらへないの。」

「それは、そんなことはここにはございませんのですよ。」と女は少しあわてて、「どんなになじみのお客さまでも、そんなことはなさいません。」

「しかし、あんまりいい子だからね。」

「つまらない人情をお出しにならないで、眠つてゐる子とだけおつきあひなさつておいた方がよろしいぢやございませんか。あの子はだんなさまとおやすみしたことを、まるで知らないんですから、なんの面倒も起きやうがありませんし。」

「しかし、僕の方はおぼえてゐるよ。もし道ででも出会つたら……。」

「まあ。声でもおかけになるおつもりですか。それはおやめになつて下さい。罪なことぢやありませんか。」

「罪なこと……？」江口老人は女の言葉をくりかへした。

「さうでございますよ。」

「罪なことか。」

「そんなむほん心をお起こしにならないで、眠つた娘を眠つた娘として、おひいきにしてやつていただきたうございます。」

おれはまだそれほどみじめな老人ぢやないと言つてみたくもあるのを、江口老人はひかへて、

「昨夜、雨が降つたやうだな。」

「さうでございますか。ちつともぞんじませんでした。」

「たしかに雨の音だつた。」

窓からながめる海は岸近い小波が朝日にきらめいてゐた。

その三

江口老人が「眠れる美女」の家へ三度目に行つたのは、二度目から八日後のことだつた。はじめと二度目とのあひだは半月ほどあつたから、こんどはその半分ほどに縮まつてゐる。

眠らせられた娘の魔力に、江口もしだいに魅入られて来たのか。

「今晩は、見習ひの子で、お気にめさないかもしれませんが、御辛抱なさつて下さい。」

と家の女は煎茶を入れながら言つた。

「またちがふ子か。」

「だんなさまはお越しのまぎはにお電話を下さいますから、どうしても間に合はせの子になつてしまつて……。お望みの子がおありでしたら、二三日前からおしらせをいただいておきませんと。」

「さうね。しかし、見習ひの子つて、どういふの。」

「新しい、小さい子です。」

江口老人はおどろいた。

「なれてゐないものですから、こはがりまして、二人いつしよならどうでせうと言つてゐたんですけれど、お客さまがおいやだといけませんし。」

「二人か。二人だつてかまはないやうなものだがね。それに死んだやうに眠つてゐたら、こはいもなにもわからないぢやないの？」

「さうですけれど、なれない子ですから、お手やはらかに、どうぞ。」

「なにもしやしないさ。」

「それはわかつてをります。」

「見習ひか。」と江口老人はつぶやいた。あやしいことがあるものだ。

女はいつものやうに杉戸を細目にあけて、なかをうかがつてから、

「眠つてをりますから、どうぞ。」と部屋を出て行つた。老人は自分で煎茶をもう一服ついで、肱枕に横たはつた。薄寒いむなしさが来た。おくくふなしぐさで立ちあが

ると、杉戸をそつとあけて、びろうどの密室をのぞいてみた。

「小さい子」は顔の小さい子だつた。おさげにして結んでゐたのをほどいたやうな髪がみだれて片頰にかかり、もう一方の頰から脣にかけて手の甲をあててゐるので、なほ顔が小さく見えるらしかつた。あどけない少女が眠つてゐた。手の甲と言つても、楽に指をのばしてゐるので、甲のはしの軽くふれてゐるのは目の下のあたり、そこでまげた指が鼻の横から脣をおほつてゐた。長い中指は少しあまつて、あごの下までのびてゐた。それは左手だつた。右手はかけぶとんの襟にのせて、指はやはらかく握つてゐた。なにも寝化粧はしてゐない。寝る前に化粧を落したらしくもない。

江口老人はそつと横にはいつた。娘のどこもふれぬやうに気をつけた。娘は身じろぎもしなかつた。しかし娘の温かさは、電気毛布の温かさとは別に、老人をつつんで来た。未熟の野生の温かさのやうだつた。髪や肌の匂ひで、さう感じるのかもしれなかつたが、さうばかりではない。

「十六ぐらゐかな。」と江口はつぶやいた。この家には、もう女を女としてあつかへぬ老人どもが来るのだが、こんな娘と静かに眠るのも、過ぎ去つた生のよろこびのあとを追ふ、はかないなぐさめであらうことは、この家に三晩目の江口にはわかつてゐた。眠らせられた娘のそばで自分も永久に眠つてしまふことを、ひそかにねがつた老人もあつただらうか。娘の若いからだには老人の死の心を誘ふ、かなしいものがあるやうだ。いや、江口はこの家へ来る老人どものうちでは感じやすい方で、ただ、眠らせられた娘から若さを吸はうとし、目ざめぬ女をたのしまうとする老人が多いのかもしれなかつた。

枕もとにはやはり白い眠り薬が二粒あつた。江口老人はつまみあげてみたが、錠剤には文字もしるしもないから、なんといふ名の薬であるかはわからない。娘が飲まされるか注射されるかの薬とは、もちろんちがふにきまつてゐる。江口はこの次ぎ来たら、娘とおなじ薬をこの家の女にもらつてみようかと思つた。くれさうもないが、もしもらへて自分も死んだやうに眠つてしまつたらどうであらう。死んだやうに眠らされた娘とともに死んだやうに眠ることに、老人は誘惑を感じた。

「死んだやうに眠る。」といふ言葉に、江口は女の思ひ出があつた。三年前の春、老人は神戸のホテルに女をつれて帰つた。ナイト・クラブからなので夜半を過ぎてゐた。部屋にあつたウイスキイを飲み、女にもすすめた。女は江口とおなじほど飲んだ。老人はホテルのゆかたの寝間着に着かへたが、女の分はなくて、下着のまま抱き入れられた。江口が女の首に腕を巻き背をやはらかくなでて迷つてゐるうちに、女は半身を起こすと、

「こんなもの着てゐると、寝られないわ。」と身につけてゐたものをみな取つて、鏡の前のいすの上へはふり投げた。老人はちよつとおどろいたが、白人との習はしなの

だらうと思つた。ところが女は意外におとなしかつた。江口は女をはなすと言つた。

「まだね……?」

「ずるい。江口さん、ずるい。」と女は二度くりかへしたが、やはりおとなしくしてゐた。老人は酒がまはつてゐて、すぐに寝ついた。あくる朝、江口は女が動くけはひで目がさめた。女は鏡に向つて髪を直してゐた。

「えらく早いんだな。」

「子供がゐますから。」

「子供……?」

「ええ、二人。小さいの。」

女はいそいで、老人が起きあがらぬうちに出て行つた。

ひきしまつた細身の女が子供を二人産んでゐるといふのは、江口老人には意外だつた。さういふからだではなかつた。授乳したこともなささうな乳房だつた。

江口は出かけるのに新しいワイシヤツを出さうとして旅行かばんをあけると、なかがきれいに片づけてあつた。十日ほどの滞在のあひだに、着かへたものはまるめこみ、なにかを出すのに底からかきまはし、神戸で買つたり、もらつたりした、みやげものなどを投げこみ、ごたごたにふくれあがつて、ふたもしまらなくなつてゐた。ふたがあがつてゐるのでのぞけるし、また老人が煙草を取り出した時に、女はなかの乱雑を見たのだらう。それにしても、どうして整理してくれる気になつたのか。またいつ整理してくれたのか。着すてた下着類などもきちんとたたんであつたりして、いくら女の手でも少し時間がかかつたにちがひない。ゆうべ江口が寝入つたあとで、女は眠れなくて起き出して、かばんのなかを片づけてくれたのだらうか。

「ふうん？」と老人は上手に整理されたかばんのなかをながめた。「なんのつもりだつたのかな。」

あくる日夕方、女は約束の日本料理屋にきもので来た。

「きものを着ることがあるの？」

「ええ、ときどきは……。似合はないでせう。」と女ははにかみ笑ひをして、「おひるごろに友だちから電話がかかつてきて、びつくり仰天してましたわ。あなた、いいのつて言つてたわ。」

「しやべつちやつたの？」

「ええ、なんでもつつみかくししないんですから。」

町を歩いて、江口老人は女のために着尺地と帯地とを買ひ、ホテルにもどつた。港にはいつてゐる船の燈が窓から見えた。江口は窓に女と立つてくちづけしながら、よろひ戸とかあてんをしめた。前の夜のウイスキイのびんを見せたが女は首を振つた。女は取りみだすまいとこらへた。沈みこむやうに寝入つた。次ぎの朝、江口が起きるのにつられて、女は目をさました。

「ああ、死んだやうに眠つてしまつたわ。ほんたうに死んだやうに眠つてしまつたわ。」

女は目を見ひらいて、じつとしてゐた。さつぱり洗つて、そしてうるんだ目だつた。

江口が今日東京に帰ることを、女は知つてゐる。女の夫は外国商社から神戸に駐在中に結婚をしたが、ここ二年ほどシンガポオルに帰つてゐる。そして来月はまた神戸の妻子のもとに来る。そんなことも女はゆうべ話した。江口はさう聞くまで、この若い女が人妻、外国人の妻とは知らなかつた。ナイト・クラブからたやすくおびきだした女なのだつた。江口老人はゆうべ気まぐれにナイト・クラブへはいつて行くと、隣りの席に西洋人の男二人と日本の女四人の客がゐた。そのなかの中年の女は江口の顔見知りだつたのであいさつをした。この女が案内をして来てゐるらしかつた。外人が二人とも踊りに立つたあとで、女は江口に若い女と踊らないかとすすめた。江口は二曲目の踊り半ばに、ここを抜け出さうと誘つてみた。若い女はいたづらをおもしろがるやうだつた。女が屈託もなくホテルに来てしまつたので、江口老人の方が部屋にはいつて少しぎごちなかつたものだつた。

江口は人妻と、しかも外国人の日本人妻と不倫をはたらいたことになつてしまつた。女は小さい子をうばか子守にまかせて泊つてゆくやうなたちだし、人妻らしいうしろめたさは見せなかつたので、江口にも不倫の実感は強く迫つて来なかつたが、やはり呵責は内心に尾をひいた。しかし女に死んだやうに眠つたと言はれた、そのよろこびの方が、若々しい楽音のやうに残つた。その時、江口は六十四歳、女は二十四五から七八までのあひだだつたらうか。老人はこれがもう若い女とのまじはりの最後かとも思つたほどだつた。わづかに二夜、ほんたうは一夜きりであつたにしてもいい、死んだやうに眠つたのが、江口の忘れられぬ女となつたのだつた。女は手紙をよこして、関西へいらつしやればまた会ひたいと書いて来た。それから一月ほど後の手紙には、夫が神戸へもどつたことをしらせて、それでもかまはないから会ひたいとあつた。おなじやうな手紙がまた一月あまりのちに来た。それつきりたよりはとだえた。

「ははあ、あの女は嫉妬をしたんだな、三度目の……。きつとさうだつたんだらう。」と江口老人がつぶやいたのは、三年のち、死んだやうに眠らせられた小娘のそばで女を思ひ出してゐた時だつた。今までそんなことは考へてみもしなかつたのだ。それがなぜ今不意に考へついたのか、江口は自分でふしぎだつたが、考へ出してみると、さうにちがひなかつたといふ気がする。たよりをよこさなくなつたのは、女が嫉妬をしたからだつたのか。さうだつたかと江口老人は微笑が浮かんで来さうだ。シンガポオルからもどつた夫を迎へて、女が嫉妬をしたといふことは、江口との不倫が女から洗ひ落されたかのやうで、老人を安らかにした。さうすると女のからだがなつかしく浮かんで来る。それは色情をともなはない。ひきしまつて、なめらかで、よくのびたからだが、若い女の象徴のやうに思はれて来る。姙娠は江口の不意の想像なのだけれども、たしかな事実として疑へない。

「江口さん、わたしが好き？」と女はホテルで聞いたものだつた。

「好きだよ。」と江口は答へて、「女のひとのありふれた問ひだね。」

「でも、やつぱり……。」と女は口ごもつて、あとはつづけなかつた。

「わたしのどこが好きかつて聞かないの？」と老人がからかふと、

「いいわ。もうよします。」

しかし女に好きかと聞かれると、好きだとはつきりする。そして女がさう聞いたのを、江口老人は三年のちの今も忘れてはゐない。女は三人目の子供を産んで、やはり子供など産んだことのないやうなからだでゐるだらうか。女のなつかしさが江口に迫つて来た。

老人はそばに眠らせられてゐる小娘をほとんど忘れてゐたやうだが、神戸の女を思ひ出させてくれたのはこの小娘だ。頰に手の甲をあてた娘の肘が横に張つてゐてじやまになるので、老人はその手首を握つてふとんのなかにのばさせた。娘は電気毛布のぬくみで肩胛骨まで乗り出してゐる。小さい肩のうひうひしい円みが江口老人の目にさはりさうな近くにある。その円みは老人の手のひらにはいりさうなので握つてみたいやうだがやめた。肩胛骨も肉にかくれないで見えてゐる。江口はその骨にそうてなでてみたいのもやめた。ただ、右頰にかかつた長い髪をそつとかきのけた。四方の深紅のかあてんにうつる、天井からのほの明りを受けて、娘の寝顔はやはらかだつた。眉も手入れはしてない。長いまつ毛がそろつて、指先きでつまめさうである。下脣のまんなかが少し厚い。歯はのぞいてゐなかつた。

若い女の無心な寝顔ほど美しいものはないと、江口老人はこの家で思ふのだつた。それはこの世のしあはせなぐさめであらうか。どんな美人でも寝顔の年はかくせない。美人でなくても若い寝顔はいい。あるひはこの家では、寝顔のきれいな娘をえらんでゐるのかもしれなかつた。江口は娘の小さい寝顔を真近にながめてゐるだけで、自分の生涯も日ごろの塵労もやはらかく消えるやうだつた。この思ひで眠り薬を飲んで寝入つてしまふだけでも、めぐまれた一夜のさいはひにはちがひないが、老人は静かに目をつぶつてじつとしてゐた。この娘は神戸の女を思ひ出させてくれたのだから、まだなにかを思ひ出させてくれさうで、眠るのが惜しまれるやうだつた。

神戸の若い人妻が二年ぶりに夫の帰りを迎へて、すぐ姙娠したのだらうといふ、不意の想像、その想像はたしかに事実にちがひないといふ、必然のやうな実感は、江口老人を急にははなれなかつた。江口とのことは女に宿つて生まれて来る子供をはづかしめも、けがしもしてゐないと思へる。老人はその姙娠と出産をほんたうとして祝福を感じた。あの女には若い生命が生きて動いてゐる。江口はいまさらながら自分の老いを知らせられたやうなものだ。しかしながら女はどうしてわだかまりもうしろめたさもみせないで、おとなしく身をまかせたのだらう。江口老人の七十年近い生涯にもなかつたことのやうだ。女に娼婦じみたところ、浮気じみたところはなかつた。江口はこの家であやしく眠らせられた少女のそばに横たはるよりも、むしろ罪を感じなかつたほどであつた。朝になつて、さつぱりといそいで小さい子供のゐるうちへ帰つてゆき方も、老人の江口には好ましく見送れたものだつた。江口はこれがもう若い女との最後かもしれないと思つて、寝台から見送れたものだつた。江口はこれがもう若い女との最後かもしれないと思つて、忘れられぬ女となつたのだが、女もおそらく江口老人を忘れはしないだらう。二人を深く傷つけないで、生涯秘められてゆくにしても、二人は忘れはしないだらう。

しかし、今、神戸の女をまざまざと、老人に思ひ出させてくれたのが、「眠れる美女」の、見習ひの小娘なのはふしぎだ。江口はつぶつた目をあいた。小娘のまつ毛をやはらかく指でなでてみた。娘は眉をひそめて顔をよけると脣を開いた。舌が下あごにつき、小さく沈むやうにちぢまつてゐる。その幼なじみた舌のまんなかに可愛い窪みがとほつてゐる。江口老人は誘惑を感じた。娘のあいた口をのぞいてゐた。もし娘の首をしめたら、この小さい舌はけいれんするだらうか。老人はむかしこの娘より幼い娼婦に会つたのを思ひ出した。江口にそんな趣味はなかつたが、客として人に招かれてあてがはれたのであつた。その小娘は薄くて細長い舌をつかつたりした。水つぽかつた。江口は味気なかつた。町から太鼓や笛が心をはずますやうに聞えてゐた。祭の夜らしい。小娘は切れ長の目で勝気な顔つきだつたが、心は客の江口にはないくせにいそいでゐた。

「お祭りだね。」と江口は言つた。「お祭りに早く行きたいんだね。」

「あら、よくわかるわね。さうなのよ。お友だちと約束しておいたのに、ここへ呼ばれたんです。」

「いいよ。」と江口は小娘の水つぽく冷めたい舌を避けた。「いいから、早くいつといで……。太鼓の鳴つてる神社だね。」

「でも、ここのおかみさんに叱られるわ。」

「いいよ。僕がうまく取りつくろつておいてやるよ。」

「さうですか。ほんたう？」

「君はいくつなの。」

「十四です。」

娘は男にたいしてなんの羞恥もなかつた。自分にたいして屈辱も自棄もなかつた。あつけらかんとしたものだつた。身づくろひもそこそこに、町の祭へいそいで出て行くだけだつた。江口は煙草をふかしながら、太鼓や笛や露店の売り声をしばらく聞いてゐたものだつた。

あの時、江口はいくつだつたか、よくは思ひ出せないが、小娘にみれんもなく祭に行かせる年にはなつてゐたにしても、今のやうな老人ではなかつた。あの娘より今夜の娘は年も二つ三つ上だらうし、あの娘にくらべたら女らしく肉づいてゐる。だいいち、決して覚めることなく眠らせられてゐるのが大きいちがひだ。祭の太鼓が鳴りひびいたところで聞えはしない。

耳をすませると、裏山に弱い木がらしが渡つてゐるやうだつた。そして娘の小さくひらいた脣から、なまあたたかい息が江口老人の顔にかかつて来る。深紅のびろうどに映えた薄明りは娘の口のなかにまではいつてゐる。この娘の舌はあの娘の舌のやうに水つぽく冷めたくはないやうに思へる。老人の誘惑はまた強まつた。この「眠れる美女」の家で、口のなかの舌を見せて眠つてゐるのは、この小娘がはじめてだつた。老人は指を入れて舌にふれてみたいといふよりも、もつと血のさわぐ悪が胸にゆらめくやうだつた。

でもその悪は激しい恐怖をともなふ残虐なものが、明らかな形を取つて、今、江口に浮かんで来はしなかつた。男が女に犯す極悪とは、いつたいどういふものであらうか。たとへば神戸の人妻や十四の娼婦のことなどは、長い人生のつかのまのことで、つかのまに流れ去つてしまつた。妻との結婚、娘たちの養育などは、表向き善とされてゐるけれども、時の長さ、その長いあひだを江口がしばつて、女たちの人生をつかさどり、あるひは性格までもゆがめてしまつたといふかどで、むしろ悪かもしれないのであつた。世の習慣、秩序にまぎれて、悪の思ひが麻痺してゐるのかもしれないのであつた。

眠らせられた娘のそばに横たはつてゐるのも、たしかに悪にはちがひないだらう。もし娘を殺せばそれはなほ明らかである。娘の首をしめることも、口と鼻をおさへて息をとめることも、多分やさしさうである。しかし小さい娘は口をあけ、幼なじみた舌をのぞかせて眠つてゐる。江口老人がその上に指をおいたら、赤子が乳を吸ふやうに円めるかと思へる舌である。江口は娘の鼻の下やあごに手をかけて口をふさがせた。手をはなすと娘の脣はまたひらいた。眠りながら脣を少しひらいてゐても愛らしいところに、老人は娘の若さを見た。

娘があまりに若いので、かへつて江口は悪などが胸にゆらめいたりしたのであらうが、この「眠れる美女」の家へひそかにおとづれる老人どもには、ただ過ぎ去つた若さをさびしく悔いるばかりではなく、生涯にをかした悪を忘れるための者もあるのではないかと思はれた。江口にここを紹介してくれた木賀老人は、ほかの客たちの秘密をもらさなかつたのはもちろんである。おそらく会員客は多くはないのであらう。そしてその老人たちは、世俗的には、成功者であつて落伍者でないことも察しがつく。しかし、その成功は悪ををかしてかち得、悪を重ねてまもりつづけられてゐるものもあらう。それは心の安泰者でなく、むしろ恐怖者、敗残者である。眠らせられてゐる若い女の素肌にふれて横たはる時、胸の底から突きあがつて来るのは、近づく死の恐怖、失つた青春の哀絶ばかりではないかもしれぬ。おのれがをかして来た背徳の悔恨、成功者にありがちな家庭の不幸もあるかもしれぬ。老人どもはひざまづいて拝む仏をおそらくは持つてゐない。はだかの美女にひしと抱きついて、冷めたい涙を流し、よよと泣きくづれ、わめいたところで、娘は知りもしないし、決して目ざめはしないのである。老人どもは羞恥を感じることもなく、自尊心を傷つけられることもない。まつたく自由に悔い、自由にかなしめる。してみれば「眠れる美女」は仏のやうなものではないか。そして生き身である。娘の若いはだやにほひは、さういふあはれな老人どもをゆるしなぐさめるやうなのであらう。

さういふ思ひがわくと、江口老人は静かに目をつぶつた。これまでの三人の「眠れる美女」のうちで、もつとも幼く小さい、少しもみがかれてゐない、今夜の娘が江口にふとこんな思ひを誘ひ出したのはややふしぎであつた。老人は娘を抱きすくめた。それまでは娘のどこにふれることも避けてゐたのであつた。娘は老人のからだにつつみこまれてしまひさうであつた。娘には力がうばはれてゐてさからはなかつた。いたいたしいほど細身だ。娘は深く眠りながらも江口を感じたのか、ひらいた脣をとぢた。突き出た腰骨が老人にごつごつあたつた。

「この小さい娘は、どんな人生をたどつてゆくだらうか。いはゆる成功や出世はないにしても、はたして平穏な一生にはいつてゆくだらうか。」などと江口は思つた。この家でこれから老人どもをなぐさめ救ふ功徳によつて、のちのしあはせがのぞましいが、あるひは昔の説話のやうに、この娘がなんとかの仏の化身ではないかとまで考へられたりした。遊女や妖婦が仏の化身だつたといふ話もあるではないか。

江口老人は娘の下げ髪をやはらかくつかみながら、自分の過去の罪業、背徳を自分にざんげしようと気をしづめた。ところが心に浮かんで来るのは過去の女たちだつた。そして老人にありがたく思ひ出されるのは、交はりの月日の長さ短かさ、顔形の美しさみにくさ、かしこさおろかさ、品のよさわるさ、そんなものではなかつた。たとへば神戸の人妻が、

「ああ、死んだやうに眠つてしまつたわ。ほんたうに死んだやうに眠つてしまつたわ。」

と言つたやうな、さういふ女たちであつた。江口の愛撫にわれを忘れて敏感にこたへ、不覚の喜悦に狂つた女たちであつた。それは女の愛の深い浅いよりも、生まれつきのからだのせゐなのであらうか。この小さい娘はやがて熟したらどうなのだらうかと、老人は娘の背を抱いてゐる手のひらでさすりおろした。しかしそんなことでわかるはずはない。前にこの家で、妖婦じみて見える娘のそばで、江口は六十七年の過去に、人間の性の広さ、性の深さに、はたしてどれほど触れて来たのだらうと思つてみたり

したものだつたが、そしてそんな思ひを自分の老い衰へと感じたものだつたが、今夜の小さい娘の方がかへつて江口老人の性の過去を生き生きとよみがへらせてくれるのはふしぎであつた。老人は娘のつぼんだ脣にそつと脣をつけた。なんの味もない。かわいてゐる。なんの味もないのがかへつていいやうである。江口はこの娘と二度と会ふことはないかもしれない。この小さい娘の脣が性の味はひにぬれて動くころには、江口はもう死んでしまつてゐるかもしれない。それもさびしくはない。老人は娘の脣からはなした脣を娘の眉からまつ毛にふれた。娘はくすぐつたいのか顔をかすかに動かせて、額を老人の目のあたりに押しつけた。目をつぶり通してゐた江口はなほかたく目をとぢることになつた。

そのまぶたの裏にとりとめない幻のやうなものが浮かびさうで消えた。やがて幻がやや形を取つた。黄金色の矢がいく筋も近くを飛んでゆく。矢のさきに濃いむらさきのヒヤシンスの花がつけてある。そして矢のうしろにさまざまな色のカトレアの花がついてゐる。きれいだつた。しかし矢がこんなに早く飛んでは花が落ちはしないか、落ちないのがふしぎだとあやぶむ思ひで、江口老人は目をひらいた。うたたねしかかつてゐたのだつた。

枕もとの眠り薬はまだのんでゐなかつた。薬の横の腕時計を見ると、十二時半をまはつてゐた。老人は二粒の眠り薬を手のひらにのせたが、今夜は老いの厭世と寂寞におそはれないので、寝てしまふのが惜しまれた。娘は安らかな寝息だつた。なにを服用させられてゐるのか、注射されてゐるのか、少しも苦しげではない。眠り薬の量が多いか、あるひは軽い毒薬かもしれないが、江口も一度はこのやうな深い眠りに沈みこんでみたくなつた。寝床を静かに抜けると、深紅のびろうどの部屋を、隣りの部屋へ出て行つた。この家の女に娘とおなじ薬を無心するつもりで呼鈴を押してみたが、鳴りつづけてゐるだけで、家のうちそとの寒気を知らせられた。秘密の家の呼鈴を夜ふけに長く鳴らせることも江口ははばかつた。あたたかい土地なので、冬に落ちる葉も枝にちぢまり残つてゐたりするが、それでもあるかないかの風に落葉の庭を動く音があつた。崖に打ちよせる波も今夜はおだやかだつた。無人の静かさが、この家を幽霊屋敷のやうに感じさせて、江口老人は肩が冷えふるへた。老人はゆかたの寝間着のまま出て来てゐたのだつた。

密室にもどると、小さい娘の頰は上気してゐた。電気毛布は温度を低くしてあるが、娘の若さであらう。老人は娘によりそつて、自分の冷めたさをあたためた。娘はぬくみで胸をせりあげ、足の先きをたたみに出してゐた。

「かぜをひくよ。」と江口老人は言つたが、年の大きいへだたりを感じた。小さくあたたかい娘は江口のなかに抱きこんでしまふにはよかつた。

あくる朝、江口は家の女に飯の給仕をしてもらひながら、

「ゆうべ、呼鈴を鳴らしたのを気がついた？　娘とおなじ薬を僕もほしかつたんだ。あんなに眠つてみたいもの。」

「それは禁制です。だいいち、御老人にはあぶなうございますよ。」

「僕は心臓が強いから心配はないよ。もし永久に目がさめなかつたところで、僕はくやまないね。」

「たつた三度いらつしていただきますと、もうそんなわがままをおつしやるやうにおなりですのね。」

「この家で言つて通してもらへる、いちばんのわがままはなんなの？」

女はいやな目で江口老人を見て、薄ら笑ひを浮かべた。

その四

朝からの暗い冬空が夕暮れ前には冷めたい小雨になつてゐた。それがさらにみぞれになつてゐるのを江口老人が気づいたのは、「眠れる美女」の家の門をはいつてからだつた。いつもの女は門の戸をひそかにしめて鍵をかけた。女が足もとを照らす手持ち電燈の薄明りで、雨にまじる白いものが見えた。白いものはほんのまばらで、やはらかさうだつた。玄関に行く踏み石に落ちるととけた。

「石がぬれてをりますから、お気をつけなさつて。」と女は傘をさしかけながら、一方の手で老人の手を取らうとした。老人の手袋の上から中年女の手の気味悪いぬくみが通つて来さうだつた。

「大丈夫だよ、僕は。」と江口は振りはなした。「まだ手をひいてもらふほどの年寄りぢやないよ。」

「石はすべりますから。」と女は言つた。石のまはりにもみぢの落葉などが掃いてない。ちぢれて色あせたのもあるが、雨にぬれた、つやがついてゐた。

「あんたに手をひいてもらつたり、抱へてもらつたりしなければならんやうな、片足や片手の不随のやうな、老いぼれも来るのか。」と江口老人は女に言つた。

「ほかのお客さまのことはお聞きになるものぢやありません。」

「しかし、さういふ老人は、これから冬、あぶないね。脳出血か心臓で、ここでまゐつてしまつたらどうなる。」

「さういふことがもしありましたら、ここはおしまひですね。お客さまには極楽往生かもしれませんけれど。」と女は冷淡に答へた。

「君だつてただではすまないよ。」

「はあ。」女はどういふ前身なのか、顔色を動かしもしない。

二階の部屋に通ると、いつもの通りであつた。床の紅葉した山里の絵はさすがに雪景の絵とかけかはつてゐる。これもやはり複製版にちがひない。

女はいい煎茶を上手に入れながら、

「やはりお客さまは急なお電話でいらつしやるんでございますね。前の娘は三人ともお気に入りませんでしたんでせうか。」

「いや、三人とも気に入り過ぎるほどだつた。ほんたうだよ。」

「それでしたら、せめて二三日前に、どの子かお約束しておいて下さるとおよろしいのに……。浮気なお方ですねえ。」

「浮気つて言へるかねえ。眠つてゐる娘にも？　相手はまつたくなにも知らないんぢやないか。だれでもおなじことだらう。」

「眠つてをりましても、やはり生き身の女ですから。」

「ゆうべのお客はどんな老人だつたかつて聞く子もあるの？」

「それはぜつたいに言はないことになつてゐます。この家のかたい禁制ですから、どうぞ御安心なさつて。」

「それに一人の娘にあまり情をうつすのは迷惑のやうな口振りが、君にはあつたと思ふがね。この家での（浮気）について、前に君は、僕が今夜君に言つたのとおなじやうなことを僕に言つたのを、おぼえてゐるだらう。今夜はそれがまるであべこべになつてしまつた。妙だな。君も女の本性をあらはして来たつてわけ……？」

女は薄い脣のはしに皮肉な笑ひを浮かべて、

「お若い時から、たくさんの女を泣かせて来たお方なんでせうねえ。」

江口老人は女のとつぴな飛躍におどろきながら、「とんでもない。じやうだんぢやない。」

「向きにおなりになつて、それがあやしいわ。」

「もし君の言ふやうな男だつたら、かういふうちへは来ないよ。ここへ来るのは、まあ女にみれんたつぷりの御老人たちなんだらう。くやんでも、あがいても、いまさら取りかへしのつかない御老人たちなんだらう。」

「さあ、どうでございませうか。」と女は顔色を動かさなかつた。

「この前来た時も、ちよつと言つてみたが、ここで老人にゆるされるいちばんのわがままは、どういふことなの。」

「さあ。娘が眠つてゐることですわ。」

「娘とおなじ眠り薬はもらへないの?」

「この前、おことわりいたしましたでせう。」

「それぢや、年寄りに出来る、いちばんの悪事はなんだらう。」

「この家には、悪はありません。」と女は若い声を低めながら江口を気押すやうに言つた。

「悪はないか。」と老人はつぶやいた。女の黒いひとみは落ちついてゐた。

「もし娘の首を絞め殺さうとなさるのも、赤子の手をねぢるやうなものですけれど……。」

江口老人はいやな気がして、「絞め殺されても、目をさまさないの？」

「と思ひます。」

「無理心中にはあつらへ向きだね。」

「おひとりで自殺なさるのがおさびしい時にはどうぞ。」

「自殺するよりももつとさびしい時には……？」

「御老人にはございませうね。」と女はやはり落ちついて、「今晩はお酒でもめしあがつていらしたんですか。をかしなことをおつしやつて。」

「酒よりも悪いものを飲んで来た。」

さすがに女は江口老人の顔をちらとぬすみ見たが、たかをくくつたやうに、

「今夜の子はあたたかい子ですわ。こんなお寒い晩ですし、ちやうどよかつたですわ。おあたたまりになつて。」と下へおりて行つてしまつた。

江口が密室の戸をあけると、いつもよりも女のあまい匂ひが濃かつた。娘は向う向きに眠つてゐた。いびきといふほどではないが、深い寝息である。大柄のやうである。深紅のびろうどの映りでさだかではないが、たつぷりした髪が少し赤茶けてゐるやうである。厚めの耳から太い首の肌がじつに白いやうである。女が言つた通りに、あた

たかさうだ。そのくせ顔は上気してゐない。老人は娘のうしろにすべりこむと、「ああ。」と声がひとりでに出た。あたたかいこともあたたかいが、娘のはだはすひつくやうになめらかだつた。匂ひ出るしめりけをおびてゐた。江口老人はしばらく目をつむつてじつとしてゐた。娘も動かなかつた。その腰からしたがゆたかだつた。あたたかさが老人にしみるよりも老人をつつんで来た。娘の胸もふくらみ、ちぶさはむしろ低くひろがつて、ふしぎなほどちひさいちくびだつた。さつき家の女が「絞め殺す」と言つたが、それを思ひ出して、そんな誘惑にをののくやうなのは、娘のはだのせゐだつた。もし絞めたらこの娘のからだはどんな匂ひを放つだらうか。江口はこの娘が昼間立つて歩く不恰好さを無理に思ひ描いてみて、悪心からのがれようとつとめた。少ししづまりはした。しかし娘の歩く姿のみつともなさなどなんだらう。いい姿のきれいな足などなんだらう。もう六十七歳の老人には、まして一夜きりであらう娘では、その女のかしこさおろかさ、教養の高さ低さなどといふものは、なんであらう。今はただこの娘にふれてゐるだけのことではないか。しかも娘は眠らせられてゐて、老醜の江口がふれてゐることなど知らないではないか。明日になつても知らない。まつたくの玩弄物なのか、犠牲なのか。江口老人はこの家にまだ四度目に過ぎないが、度重ねるにつれて、自分の内心のものも麻痺して来るのを今夜は特に感じるやうであつた。

今夜の娘もこの家になれさせられてゐるのだらうか。あはれな老人どもをなんとも思はぬやうになつてしまつてゐるのか、江口のふれるのに身動きするけはひもなかつた。どのやうに非人間の世界も習はしによつて人間の世界となる。もろもろの背徳は世の闇にかくれてゐる。ただ江口はこの家へ来る老人どもと少しちがつてゐる。まつたくちがつてゐるとも言へる。この家を紹介した木賀老人が江口老人を自分たちとおなじだらうと思つたのがみこみちがひで、江口はまだ男でなくなつてはゐない。したがつて、この家へ来る老人たちのほんたうのかなしみもよろこびも、あるひは悔いもさびしさも、痛切にはわからないとも考へられる。江口にとつては、娘がぜつたいに目ざめぬやうに眠らせられてゐることが必ずしも必要ではないのである。

たとへば、この家をおとづれた第二夜の妖婦じみた娘に、江口はあやふく禁をやぶらうとして、きむすめであつたことにおどろいて自分をおさへたものであつた。それからはこの家の禁制、あるひは「眠れる美女」たちの安心を守らうと誓つた。老人どもの秘密をこはすまいと誓つた。それにしてもきむすめばかりを呼んであるらしいのは、この家のどういふ心づかひなのだらうか。あるひは老人たちのあはれともいへるのぞみなのだらうか。江口はわかるやうにも思へるし、おろかなやうにも思へる。

しかし今夜の娘はあやしい。江口老人は信じかねた。老人は胸を起こして、その胸を娘の肩にのせて、娘の顔をながめてみた。からだのかたちのやうに娘の顔もととのつてはゐない。けれども思ひのほかにあどけなかつた。鼻の下の方がややひろがつてゐて、上の方は低い。頬は円く広い。生えぎははさがつて富士額である。みじかい眉毛が多くて尋常である。

「可愛いんだな。」と老人はつぶやいて、娘の頬に頬を重ねた。ここもなめらかであつた。娘は肩が重いのだらうか、あふむけになつた。江口は身をひいた。

老人はしばらくそのまま目をつぶつてゐた。娘のにほひがことにこいからでもあつた。この世ににほひほど、過ぎ去つた記憶を呼びさますものはないともいはれるが、それにはあまくこ過ぎるにほひなのだらうか。赤子の乳くささが思ひ出されただけだ。二つのにほひはまるでちがふのに、人間のなにか根原のにほひなのだらうか。少女のはなつ香気を不老長生のくすりとしようとした老人がむかしからあつた。この娘のにほひはそんなにかぐはしいものではないかのやうである。江口老人がこの娘にたいしてこの家の禁制ををかしてしまへば、いまはしくなまぐさいにほひがする。しかしそんなに思ふのは江口もすでに老いたしるしであらうか。この娘のやうなこいにほひ、またなまぐさいにほひこそ、人間誕生のもとではないのか。みごもりやすさうな娘である。深く眠らせられてゐるにはしても、生理はとまつてゐなくて、明日ぢゆうに目ざめることにはなつてゐるのだらう。もしたとひみごもつたとしても、娘はまつたくなんにもわからぬうちである。江口老人も六十七歳で、さういふ子どもをこの世に一人残しておくのはどうであらうか。男を「魔界」にいざなひゆくのは女体のやうである。

しかし娘はあらゆるふせぎをまつたく失はせられてゐる。老人客のために、あはれな老人のためにだ。一糸もつけてゐないで、決して目ざめもしない。江口は自分もなさけなく、心病めるやうに思へて来て、老人には死、若者には恋、死は一度、恋はいくたびかと、思ひもかけないことをつぶやいた。思ひもかけないことであつたが、それは江口をしづめた。もともとさう高ぶつてゐたわけではない。家のそとにかすかなみぞれの音がする。海の音も消えてゐるらしい。海の水にみぞれが落ちてとける、その暗く広い海が老人に見えて来た。一羽の大きいわしのやうな荒鳥《あらどり》が血のしたたるものをくはへて、黒い波すれすれに飛びまはつてゐる。それは人間の赤んぼではないか。そんなことのあらうはずはない。してみると、それは人間の背徳の幻か。江口はまくらの上で軽く頭を振つて幻を消した。

「ああ、あたたかい。」と江口老人は言つた。電気毛布のせゐばかりではない。娘はかけぶとんを引きさげて、ひろくゆたかだけれども、高い低いのややとぼしい胸を半分出した。その白い肌に深紅のびろうどの色がほのかにうつつてゐた。老人はきれいな胸をながめながら、富士額の生えぎはの線を一本の指先きでたどつてみたりした。娘はあふむけになつてから、静かに長いいきをつづけてゐた。ちひさい唇のなかに、どんな歯があるのだらう。江口は下脣のまんなかをつまんで少し開いてみた。脣のちひさいわりにこまかくはないが、まあこまかい、きれいにそろつた歯であつた。老人が指をはなすと、娘はもとのやうには脣をとぢきつてしまはなかつた。歯を少しのぞかせたままにした。江口老人はくちべにで赤くなつた指先きを、娘の厚めの耳たぶをつまんでこすり、残りを娘の太い首にこすりつけた。じつに白い首にあるかないかの赤い線がついて可愛かつた。

やはり、きむすめなのかなと江口は思つた。この家での第二夜のむすめに、疑ひをおこして、自分のさもしさにおどろき、悔いたので、しらべてみようとする気はなかつた。どちらにしろ、江口老人にとつてそれがなんであらう。いや、必ずしもさうでないと思ひかけると、老人は自分のうちに自分をあざける声が聞えさうであつた。

「おれを笑はうとするのは、悪魔かい。」

「悪魔つて、そんななまやさしいものぢやないよ。死にぞこなひのお前の感傷か憧憬を、お前がおほげさに考へてゐるだけぢやないか。」

「いや、おれはおれよりもあはれな老人どもの身方として、考へようとしてゐるだけだ。」

「ふん。なにを背徳者め。人のせゐにするやつなどは背徳者の風かみにもおけない。」

「背徳者だつて？　さうしておかう。しかし、きむすめが純潔で、さうでない娘がどうしてさうでないんだ？　おれはこの家で、きむすめなんかをのぞんではゐない。」

「お前はまだほんたうの老いぼれのあこがれを知らないからね。二度と来るな。万々一、万々一だよ、娘が夜なかに目をさましても、老人の恥ぢることが少いと思はないか。」などと江口に自問自答のやうなものが浮かんだが、もちろん、そんなことでいつもきむすめを眠らせてゐるわけではあるまい。江口老人はまだこの家に四度目だけれども、きむすめばかりなのをあやしんでゐた。ほんたうに老人どものねがひであり、のぞみであるのか。

ところが、「もし目をさましたら」といふ、今の考へは江口をはなはだしく誘つた。眠らせられた娘はどれほどの刺戟で、またどのやうな刺戟で、たとひもうろうとにもしろ目をさますのだらうか。たとへば片腕が落ちるほど切られたり、胸か腹を深く刺されたりしては、おそらく眠りつづけてはゐられないのではあるまいか。

「だいぶん悪になつて来たぞ。」と江口老人は自分につぶやいた。この家に来る老人どものやうな無力は江口にもさう長年先きのことではないだらう。悪虐の思ひがわいてくる。こんな家を破壊し、自分の人生も破滅させてしまへ。しかしそれは、今夜の眠らせられた娘がいはゆる整つた美女ではなくて、可愛い美人で白く広い胸を出してゐる親しみのせゐのやうである。むしろ、ざんげの心の逆のあらはれのやうである。怯懦に終つてゆくらしい生涯にもざんげはある。椿寺の散り椿をともに見た末娘ほどの勇気もなかつたかもしれない。江口老人は目をつぶつた。

――庭の飛び石づたひの横の低い刈りこみに二羽の蝶がたはむれてゐた。刈りこみのなかにかくれたり、刈りこみにすれすれだつたり、楽しげだつた。二羽が刈りこみの少し上にあがつて軽やかに舞ひ交はすと、刈りこみの葉のなかから一つあらはれ、また一つあらはれた。二組のめをとだなと思ふうちに、五羽となつて入りみだれた。これは争ひかと見るまに、刈りこみのなかから続々と舞ひあがつて来て、庭は白い胡蝶の群れ舞ひとなつた。蝶はみな高くへはあがらない。そして垂れひろがつたもみぢの枝さきは、ないやうな風にゆれ動いてゐる。もみぢの枝さきは繊細なのに大きい葉をつけてゐるから風にさとい。白い蝶のむれは白い花畑のやうに数を増して来た。もみぢの木ばかりのところを見ると、この幻はこの「眠れる美女」の家にかかはりがあるのだらうか。幻のもみぢ葉は黄ばんだり、赤くなつたりしてゐて、蝶のむれの白をあざやかにしてゐる。しかしこの家のもみぢ葉はすでに落ちつくして――ちぢれて枝についてゐるのも少しはあらうけれども、みぞれが降つてゐる。

江口はそとのみぞれの冷めたさなどまるで忘れてしまつてゐた。してみると白い胡蝶の群れ舞ひの幻は娘がそばにゆたかに白い胸をひろげてゐてくれるからであらうか。この娘には老人の悪念を追ひやつてくれるなにかがあるのだらうか。江口老人は目をひらいた。広い胸の桃色のちひさいちくびをながめた。善良の象徴のやうである。むねに片ほほをのせた。まぶたの裏があたたまつてきさうである。老人はこの娘に自分のしるしを残したくなつた。この家の禁をやぶれば娘は目ざめてから必ずなやむにちがひない。江口老人は娘の胸にいくつか血のいろのにじむあとかたをつけて、をののいた。

「寒くなるよ。」と夜のものをひきあげた。枕もとのいつもの眠り薬を二粒素直に飲んで、「重いんだな、したぶとりで。」と江口は手をさげてかかへて向きなほさせた。

あくる朝、江口老人はこの家の女に二度起こされた。一度目に女は杉戸をほとほと叩いて、

「だんなさま、もう九時でございますよ。」

「うん、目をさましてゐる。起きるよ。そつちの部屋は寒いんだらう。」

「早くからストオブであたためてあります。」

「みぞれは？」

「やみました。曇りですけれど。」

「さうか。」

「朝のお支度がさつきから出来てをります。」

「ううん。」となま返事をしておいて、老人はまたうつとりと目をつぶつた。娘のたぐひまれな肌に寄りそひながら、「地獄の鬼めが呼びに来る。」

女が二度目に来たのは、それから十分もたつてゐなかった。

「お客さま。」と杉戸をきつくたたいて、「またおやすみになつたんですか。」と声もとがつてゐる。

「鍵はかけてないよ、その戸。」と江口は言つた。女がはいつて来た。老人はものうげに起きあがつた。女はぼんやりしてゐる江口の着がへの世話をして、靴下まではかせてくれたが、いやな手つきだ。隣りの部屋へ出ると、煎茶はいつもの通り上手に汲んでくれた。しかし、江口老人が味はひながらゆつくり飲むのに、女は冷めたく疑ふやうな白い目を向けて、

「ゆうべの子が、よほどお気にめしたんですか。」

「ああ。まあね。」

「よかつたですわ。いい夢をごらんになれましたか。」

「夢？　夢なんかなんにも見なかつた。ぐつすり寝た。こんなによく眠れたことは近ごろなかつたね。」と江口はなまあくびをして見せて、「まだよく覚めない。」

「昨日はおつかれになつてゐたんでせうね。」

「あの子のせゐだらう。あの子は、よくはやるの？」

女はうつ向いて固い顔になつた。

「君に折り入つて頼みがあるんだが。」と江口老人は改まつて言つた。「朝飯の後で、

もう一度、あの眠り薬をくれないか。お願ひだ。君にお礼はする。あの子はいつ目がさめるのか知らないが……。」

「とんでもない。」と女は青黒い顔が土気色になり、肩までかたくなつて、「なにをおつしやるんです。ものには限度がありますよ。」

「限度？」老人は笑はうとしたが笑ひが出なかつた。

女は江口が娘になにかしたかと疑つたのか、あわてて立つと、隣室へはいつて行つた。

その五

正月が過ぎて、海荒れが真冬の音だつた。陸はそれほどの風もない。

「まあ、こんなお寒い夜にようこそ……。」と「眠れる美女」の家の女は門の鍵をあけて迎へた。

「冷えるから来たんぢやないか。」と江口老人は言つた。「こんな寒い夜に若い肌であたたまりながら頓死したら、老人の極楽ぢやないか。」

「いやなことおつしやいますね。」

「老人は死の隣人さ。」

二階のいつもの座敷は、ストオブであたたまつてゐた。女がいい煎茶を入れるのも変りはなかつた。

「なんだか、すきま風のやうだね。」と江口が言ふと、

「はあ？」と女は四方を見まはして、「すきまはございません。」

「死霊が部屋のなかにゐるんぢやないの？」

女は肩をぴくつとして老人を見た。顔色が失はれていつた。

「もう一杯、たつぷりお茶をくれないか。湯をさまさなくていい。熱いままぶつかけてくれよ。」と老人は言つた。

女はその通りにしながら冷めたい声で、「なにかお聞きになつたんですか。」

「うん、まあね。」

「さうでございますか。お聞きになつたのに、いらして下さいましたの？」女は江口が知つてゐると感づいたのだらうか、強ひてかくさうともしないことにしたらしいが、じつにいやな顔になつた。

「せつかくいらして下さいましたけれど、お帰りになつていただけますか。」

「知つて来たんだから、いいぢやないか。」

「ふふふ……。」悪魔の笑ひと聞けば聞ける。

「どうせ、あんなことは起こるだらうね。冬は老人にあぶないんだから……。寒中だけ、この家も休むことにしたらどうなの。」

「………。」

「どんなお年寄りが来るのか知らんが、もし第二、第三の死がつづくと、君だつてただではすまないよ。」

「そんなことは主人に言つてやつて下さい。わたしになんの罪があります？」と女はなほ土気色の顔になつた。

「罪はあるよ。老人の死骸を近くの温泉宿に運んだぢやないか、夜陰にまぎれてこつそり……。君も手つだつたにちがひない。」

女は膝頭を両手でつかむやうな固い姿になつて、

「そのお年寄りの名誉のためですわ。」

「名誉か？　死人にも名誉があるのかね。それはまあ世間体もあるんだらうな。死んだ老人よりも遺族のためかもしれないがね。つまらんやうなことだけれど……。その温泉宿とこの家と、おなじ持主なの？」

女は答へなかつた。

「ここでその老人がはだかの娘のそばで死んでゐたつて、多分新聞はそこまでは暴露しやしなかつたと思ふがね。もし僕がその老人だつたら、運び出すことなどしないで、そのままにしておいてもらつた方が、しあはせな気がするな。」

「検死やなにか面倒な調べがあるでせうし、部屋も少し変つてゐますから、よくいらして下さるほかのお客さまに御迷惑のおよぶことだつてございますでせう。お相手の女の子たちにも……。」

「娘は老人の死んだことを知らないで眠つてゐるんだらう。死人が少々もがいたところで目をさまさないだらう。」

「はい、それは……。でも、お年寄りがここでおなくなりになつたことにすると、娘の方を運び出して、どこかにかくさなければなりませんでせう。さうしても、そばに女のゐたことはなにかでわかりさうでございますね。」

「なんだ、娘をはなしてしまふのか。」

「だつてそれは、明らかな犯罪になるぢやございませんか。」

「娘は老人が死んで冷めたくなつたくらゐでは、目をさまさないんだらう。」

「はい。」

「そばで老人が死んだのを、娘はまつたくわからなかつたんだな。」と江口はおなじやうなことをもう一度言つた。その老人が死んでから、どれほどの時間だつたか、深く眠らせられた娘は冷めたいむくろにあたたかくよりそつてゐたのである。死骸が運び出されたのも娘は知らなかつたのだ。

「僕は血圧も心臓も大丈夫で心配はないんだが、もしも万一のことがあれば、温泉宿などに運び出さないで、娘さんのそばにそのままおいてもらへないか。」

「とんでもない。」と女はあわてて、「お帰りになつていただきますわ。そんなことおつしやるんでしたら。」

「じやうだんだよ。」と江口老人は笑つた。女にも言つたやうに、頓死は自分の身に迫つてゐるとは思へない。

それにしても、この家で死んだ老人の葬式の新聞広告は、ただ「急死」と書いてあつた。江口は葬儀場で木賀老人に会ひ、耳もとにささやかれて仔細を知つた。狭心症で死んだのだが、

「その温泉宿がね、あの人の泊るやうな宿ぢやないんだよ。定宿は別にあつた。」と木賀老人は江口老人に話した。「だから、福良専務は安楽死ぢやなかつたのかと、そこそ言ふやつもあつた。もちろん、そいつらも事情はなんにも知らないんだよ。」

「ふん。」

「擬似安楽死かもしれないが、ほんとの安楽死ぢやなからうし、安楽死よりは苦しかつたらうね。僕は福良専務とはぢつこんだつたし、ぴんと頭に来るものがあつたから、さつそく調べに行つてみたんだ。しかし、だれにもしやべつてゐない。遺族も知らないよ。あの新聞広告はおもしろいぢやないか。」

新聞広告は二つならべて出てゐた。はじめのは福良の嗣子と妻の名だつた。つぎのは会社が出してゐた。

「福良はこれだつたからね。」と木賀は太い首、大きい胸、ことにふくらんだ腹の恰好をして、江口に見せた。「君も気をつけたがいいぜ。」

「僕はさういふ心配はないがね。」

「とにかくしかし、福良のあの大きい死体を、夜なかに温泉宿まで運んだんだからね。」だれが運んだのか。むろん車にちがひないが、江口老人にはかなりぶきみなことであつた。

「こんどのことはわからないですんだやうだけれども、かういふことがあると、あの家もさう長くないんぢやないかと、僕には思へるんだ。」と木賀老人は葬式場でささやいた。

「さうだらうね。」と江口老人は答へたものだつた。

今夜も、江口が福良老人のことを知つてゐると思つて、女はかくさうとはしないが、こまかに警戒はしてゐる。

「その娘さんはほんたうに知らなかつたの?」と江口老人は意地の悪い問ひを女に持ちかけた。

「それは知るはずがありませんけれど、御老人がちよつとお苦しみになつたとみえて、娘の首から胸に、引つ掻き傷がございました。娘にはなんのことかわかりませんから、次ぎの日に目をさまして、いやなぢぢいとは言つてをりました。」

「いやなぢぢいか。断末魔の苦しみでもね。」

「傷といふほどのことぢやございませんでした。ところどころに血の色がにじんで、赤くはれてゐるくらゐで……。」

女は江口老人にもうなんでも話しさうである。さうなると江口はかへつて聞く気も失つた。いづれはどこかで頓死する老人に過ぎなかつたらう。しあはせな頓死を遂げたのかもしれなかつた。ただやはり、木賀の言ふ大きい図体の死人を温泉宿に運び出して行つたことだけが、江口の想像を刺戟したが、「老いぼれの死はみにくいね。まあ、幸福な往生に近いかもしれんが……。いやいや、きつとその老人は魔界に落ちてゐるよ。」

「………。」

「相手の娘は僕も知つてゐる娘さん?」

「それは申しあげられません。」

「ふうん。」

「首から胸に赤いみみずばれが残りましたから、すつかりひくまで休ませてございますけれど……。」

「お茶をもう一杯いただきたいね。のどがかわく。」

「はい。葉を入れかへませう。」

「さういふ事件があると、闇から闇に葬られたにしろ、このうちも長くはないんぢやないの。さうは思はないか。」

「さうでございませうか。」と女はゆるやかに言つて、顔をあげないで、煎茶を入れた。

「だんなさま、今夜あたり幽霊が出ますよ。」

「僕は幽霊としみじみ話したいね。」

「なにをでございますか。」

「男のあはれな老年についてさ。」

「今のはじやうだんでございますよ。」

老人はうまい煎茶をすすつた。

「じやうだんとはわかつてゐるが、幽霊は僕のなかにもゐるな。その君のなかにもゐるな。」と江口老人は右手を突き出して女を指さした。

「しかし、その老人が死んだつて、どうしてわかつたの？」と江口は聞いた。

「妙なうめき声が聞えたやうな気がして、二階へあがつて来てみたんでございます。脈も息もとまつてをりました。」

「娘は知らなかつたんだね。」と老人はまた言つた。

「娘はそれぐらゐのことでは目をさまさないやうにしてございますから。」

「それぐらゐのことか……？　老人の死体が運び出されたのもわからないわけだね。」

「はい。」

「それぢや娘がいちばんすごいね。」

「なにもすごいことはございませんよ。お客さまも、よけいなことをおつしやつてないで、お隣りへ早くお引き取り下さいませ。眠つてゐる女の子をすごいと、これまでにお思ひになつたことはございましたか。」

「娘の若いといふことが、老人にはすごいことなのかもしれないいな。」

「なにをおつしやつてますことやら……。」と女は薄ら笑ひして立ちあがると、隣りの部屋へ行く杉戸を少しあけて、「よく寝入つてお待ちしてをりますから、どうぞ……。はい鍵。」と帯のあひだから出した鍵を渡した。

「さう、さう、言ひおくれましたが、今夜は二人をりますから。」

「二人？」

江口老人はびつくりしたが、福良老人の頓死があるひは娘たちにも知れてゐるせゐかと思つた。

「どうぞ。」と女は立つて行つてしまつた。

杉戸をあける江口に、もう初回ほどの好奇も羞恥も鈍つてゐるのだが、おやと思つた。

「これも見習ひか。」

しかし前の見習ひの「小さい子」とはちがつて、これはまつたく野蛮のやうだつた。その野蛮のすがたは江口に福良老人の死などほとんど忘れさせてしまつた。二つ寄せたとこの入口に近い方にその娘は眠らせられてゐた。電気毛布などといふ年寄りくさいものになれないのか、身うちに冬の寒夜をものともせぬ温気がこもるのか、娘はみづおちまでふとんをはねのけてゐた。大の字にねてゐるといふのだらう。あふむけで両の腕を存分にひろげてゐた。ちちかさが大きく紫ずんで黒い。天井からの光りが深紅のびろうどの色に映えて、ちちかさの色は美しくなかつたが、首から胸の色も美しいなどといふものではなかつた。しかし黒光りがしてゐた。かるいわきがであるらしかつた。

「いのちそのものかな。」と江口はつぶやいた。六十七歳の老人には、かういふ娘が生気をふきこんでくれる。江口はこの娘が日本人であるのかちよつと疑つた。まだ十代のしるしには、広いちちであるのにちくびがふくらみ出てゐない。ふとつてはゐなくて、張りきつた形のからだである。

「ふうん。」と老人は手を取つてみると、長い指、そして長い爪だつた。からだもきつと今様に長いであらう。いつたいどんな声を出して、どんなものいひをするのだらうか。江口はラヂオやテレビに声の好きな女がいくたりかゐて、その女優の出る時には目をつぶつて、声だけを聞いてゐることがある。老人はこの眠らせられた娘の声を聞きたい誘惑が強くなつた。決して目ざめない娘はまともにものを言ふはずがない。どうすれば寝言を言つてくれるだらうか。もつとも寝言の声はちがふ。また、女はたいていいくいく通りもの声を出すものだけれども、この女はおそらく一通りの声しか出さないだらう。ねざまから見ても不作法で気取りなどはない。

江口老人は坐つて、娘の長い爪をいぢつてゐた。爪つてこんなにかたいものか。これが健かに若い爪なのか。爪の下の血の色が生き生きとしてゐる。今まで気がつかなかつたが、娘は糸のやうに細い金の首輪をつけてゐる。老人はほほゑましくなつた。またこの寒い夜に胸の下まで出してゐるのに、額の生え際が少し汗ばんでゐるやうだ。江口はポケツトからハンカチを出して拭いてやつた。ハンカチに濃い匂ひが移つた。娘のわきのしたもふいた。こんなハンカチを持つて帰れないので、まるめて部屋の隅に投げた。

「おや、口紅をつけてゐる。」と江口はつぶやいた。あたりまへのことなのだらうが、この娘ではこれもほほゑましく、江口老人はちよつとながめてゐて、

「三つ口を手術したのかな。」

老人は投げたハンカチを拾つて来て、娘の脣を拭いてみた。三つ口の手術のあとではない。上脣のまんなかだけが高くあがつてゐて、その富士形の線はくつきりとしてきれいだつた。そこが思ひがけなく可憐だつた。

江口老人は四十年あまり前の接吻を、ふと思ひ出した。娘の前に立つてごく軽く肩に手をかけてゐた江口は、不意に脣を近づけた。娘は顔を右に避け、左に避けた。

「いや、いや、あたしはしないわ。」と言つた。

「いいや、した。」

「あたしはしないわよ。」

江口は自分の脣を拭いて、薄赤くついたハンカチを見せた。

「したぢやないか。これ……。」

娘はハンカチを取つてながめると、だまつて自分のハンド・バッグにつつこんでしまつた。

「あたしはしないわ。」と娘はうつ向いて、涙ぐんで、ものを言はなかつた。それつきり会はなくなつた。——娘はあのハンカチをどうしたらうか。いや、ハンカチなどよりも、四十幾年の後の今日、あの娘は生きてゐるだらうか。

江口老人は眠らせられた娘の上脣のきれいな山形を見るまで、そのむかしの娘を幾年忘れてゐたことか。眠らせられた娘のまくらもとにハンカチをおいておけば、紅がついてゐるし、自分の口紅ははげてゐるし、目をさました時には、やはり接吻を盗まれたと思ふだらうか。もちろんこの家では、接吻ぐらゐは客の自由にちがひない。禁制ではあるまい。どれほどの老いぼれも接吻は出来る。ただ娘が決して避けはしないし、決して知りはしないだけのことだ。眠つた脣は冷めたくて、水つぽいかもしれぬ。愛してゐた女の死屍の脣の方が情感の戦慄をつたへないか。江口はここへ来る老人どものみじめな老いを思ふと、なほそんな欲望は起きない。

しかし、今夜の娘のめづらしい脣の形は江口老人をややそそつた。こんな脣もあるのかと、老人は娘の上脣のまんなかを小指のさきで軽くさはつてみた。かわいてゐた。かはもあついやうだ。ところが娘は脣をなめはじめて、よくうるほふまでやめなかつた。江口は指をひつこめた。

「この子は眠りながらも接吻するのか。」

しかし老人は娘の耳のあたりの髪をちよつとなでただけだつた。太くてかたかつた。老人は立ちあがつて着かへた。

「いくら元気でも、これではかぜをひくよ。」と江口は娘の腕をなかに入れてやつて、かけるものを胸の上まで引きあげた。そして寄りそつた。娘は向き直ると、

「ううん。」と両腕を突つ張つた。老人はたわいなく押し出されてしまつた。それがをかしくて笑ひがとまらなかつた。

「なるほど、いさましい見習ひかな。」

娘は決して目ざめない眠りに落されてゐて、からだはしびれてゐるやうなものだらうから、どうにでもなりさうだが、かういふ娘に力づくで向つてゆくいきほひは、す

でに江口老人からも失はれてゐた。あるひはながいこと忘れてゐた。やさしい色気とおとなしいうべなひからはいるのだつた。女の親しみからはいるのだつた。冒険や闘争に息をはずませることはなくなつてゐた。今、眠らせられた娘から不意に押し出されて、老人は笑ひながらも、それらのことを思ひうかべて、

「やはり年なんだな。」とつぶやいた。この家へ来る老人どものやうに、ほんたうは来る資格はまだないのだ。しかしその自分の男の残りのいのちももういくばくもないのではあるまいかと、常になく切実に考へさせられたのは、黒光りした肌の娘のせゐであらう。

かういふ娘に暴力をふるつてこそ、若さをゆりさましてくれさうである。「眠れる美女」の家にも江口はややあきてゐる。あきてゐながら来るたびは逆に多くなる。この娘に暴力をふるひ、この家の禁制をやぶり、老人どものみにくい秘楽をやぶり、それをここからの訣別としたい、血のゆらめきが江口をそそり立てた。しかし暴力や強制はいらないのだ。眠らせられた娘のからだにおそらくさからひはないだらう。娘をしめ殺してしまふことだつてやさしいだらう。江口老人の張りあひは抜けて、底暗い虚無がひろがつた。近くの高波の音が遠くのやうに聞える。陸に風のないせゐもある。老人は暗い海の夜の暗い底を思つた。江口は片肘を立てて、娘の顔に顔を近づけた。娘はふとい息をしてゐた。老人は接吻もやめて肘を倒した。

江口老人は肌の黒い娘の腕に押し出されたままなので、胸は出てゐた。隣りの娘のところへはいつた。背を向けてゐた娘はこちらに身をよぢつた。眠りながらも迎へるやはらかさはやさしい色気の娘であつた。片手を老人の腰のあたりにおいて来た。

「いい取りあはせだ。」と娘の指をもてあそびながら老人は目をつぶつた。娘の骨細の指はよくしなつて、ほんたうにどこまでしなつても折れないやうにしなつた。江口はくちにいれたいほどだつた。ちぶさも小さいがまるくたかく、江口老人のたなごころにはいつた。腰のまるみもそのやうな形であつた。女は無限だと、老人は少ししくなつて来て目をあいた。娘は長い首だつた。これも細くてきれいだつた。細身といつてもさう日本風に古い感じではない。つぶつた目は二皮目だが、その線が浅くて、目をあけば一皮目なのかもしれなかつた。あるひは時によつて、一皮目になつたり二皮目になつたりするのかもしれなかつた。片目が二皮目で片目が一皮目なのかもしれなかつた。部屋の四方のびろうどの映えで、肌の色はただしくはわからなかつたけれども、顔の色はやや小麦色、そして首は白く、首のつけ根はまたこころもち小麦色をおび、胸は抜けるやうに白かつた。

黒光りの娘の長身なのはわかつてゐるが、この娘もさうちがはないだらう。江口は足さきでさぐつてみた。先づふれたのは黒い娘の皮の厚いかたい足のうらだつた。しかもあぶら足だつた。老人はあわてて足をひいたが、かへつてそれが誘ひとなる。福良老人が狭心症の発作をおこして死んだといふ、その相手はこの黒い娘ではなかつたのか、それで今夜は二人の娘にしたのではなからうかと、とつぜん思ひ閃めいた。

しかしそのはずはない。福良老人の断末魔のあがきで、相手の娘は首から胸にみみずばれをつくられて、それが消えるまで休ませてあると、この家の女に聞いたばかりではないか。江口老人は足さきでふたたび娘の皮の厚い足のうらにふれ、黒いはだをさぐりあげていつた。

「生の魔力をさづけろよ。」といふやうな戦慄がつたはつて来さうだつた。娘はかけぶとん――よりもその下の電気毛布をはねのけた。片方の足をそとに出してひろげた。老人は娘のからだを真冬のたたみへ押し出してみたくなりながら胸から腹をながめた。心臓の上に耳をあてて娘の鼓動を聞いた。大きく強いだらうと思つたそれは、意外に小さく可愛かつた。しかも少しみだれてゐるのではないだらうか。老人のあやしい耳のせゐかもしれなかつた。

「かぜをひくよ。」江口は娘のからだをおほひ、娘のがはの毛布のスイッチを切つた。女の生命の魔力などはなにほどのものでもないやうな気がして来た。娘の首をしめたらどうであらうか。もろいものだ。老人にもたやすいしわざだ。江口は娘の胸に耳をあててゐた方の頬をハンカチで拭いた。娘のあぶら肌が移つてゐるやうだ。娘の心臓の音も耳の奥に残つてゐる。老人は自分の心臓の上に手をおいた。自分でさはるせゐか、この方がしつかり打つてゐるやうである。

江口老人は黒い娘に背を向けると、やさしい娘の方へねがへつた。ほどよく美しい形の鼻が老眼になほみやびやかにうつる。細くて美しくて長い、横たはつた首は、その下に腕をさしいれて巻いてひきよせないではゐられない。首がやはらかく動くにつれてあまい匂ひが動いた。それがうしろの黒い娘の野性のきつい匂ひとまざりあふ。老人は白い娘に密着した。娘のいきは早く短くなつた。しかし目ざめる気づかひはない。江口はしばらくそのままでゐた。

「ゆるしてもらふかな。自分の一生の最後の女として……。」うしろの黒い娘があふるやうだ。老人の手はのびてさぐつた。そこも娘のちぶさとおなじであつた。

「しづまれ。冬の波を聞いてしづまれ。」と江口老人は心をおさへるのにつとめた。

「娘は麻痺したやうに眠らせられてゐる。毒物か劇薬のたぐひを飲ませられてゐる。」なんのために？　「金銭のためぢやないか。」と思つてみても老人はためらはれる。女はひとりひとりちがふのがわかつてはゐても、この娘の一生のいたましいかなしみ、いやされぬ傷となるのをあへてをかすほどに、この娘はかはつてゐるだらうか。六十七歳の江口にはもう女のからだはすべて似たものと思へば思へる。しかもこの娘はうべなひもこばみもこたへもないのだ。屍とちがふのはあたたかい血が、息がかよつてゐるだけだ。いや、明日になれば生きた娘は目ざめる、屍とこれほど大きいちがひがあらうか。しかし娘には愛も恥らひもをののきもない。目ざめたあとに恨みと悔いが残るだけだ。純潔をうばつた男がだれかもわからない。老人の一人とさつしがつくだけだらう。娘はおそらくこの家の女にもそれは言ふまい。この老人どもの家の禁制をやぶつたところで、娘がかくしとほすにちがひないから、娘のほかのだれにも知られずにすんでしまふだらう。やさしい娘のはだは江口にすひついてゐた。毛布の自分の側の半分の電気を消されてさすがに冷えだしたのか、黒い娘のはだかがうしろから老人をおしまくつてきた。かたあしで白い娘のあしまでいつしよにかきよせた。江口はむしろをかしくなつて力がぬけてしまつた。枕もとの眠り薬をさぐり取つた。ふたりにはさまれて手の自由もきかないほどだつた。手のひらを白い娘の額にのせて、いつも通りの白い錠剤をながめてゐた。

「今夜は飲まないでおいてみようか。」とつぶやいた。少しは強い薬なのにちがひなかつた。まもなくたわいなく眠つてしまふ。この家の客の老人どもはみなこの家の女のいひつけ通り果して素直にこの薬を飲むのだらうかと、江口老人にはじめて疑ひが起きた。しかし、眠り薬を飲まないで眠り惜しむ者があるなら、老醜の上になほ老醜ではないか。江口はさういふ老醜のなかまにまだはいつてゐないと自分では思つてゐる。今夜も薬は飲んだ。娘を眠らせるのとおなじ薬をほしいと言つたのを思ひ出した。「御老人にはあぶない。」と女は答へたものだつた。それだけで強ひてはもとめずにしまつた。

しかし、「あぶない」とは寝入つたまま死ぬことであらうか。江口は平俗な境涯の老人に過ぎないけれども、人間であるからには、時には孤独の空虚、寂寞の厭世におちこむ。この家などは得がたい死場所ではないだらうか。人の好奇心をそそり、世の爪はじきを受けるのも、むしろ死花を咲かせることではないのか。さぞ知り人たちはおどろくであらう。どのやうに遺族を傷つけるか計りしれないけれども、たとへば今夜のやうに二人の若い女のなかに眠り死んでゐれば、老残の身の本望ではないのか。いや、さうはゆかない。あの福良老人のやうに死骸をこの家から見すぼらしい温泉宿に運び出されて、そこで睡眠薬自殺をしたといふことにされてしまふだらう。遺書がなくて原因もわからないから、老いさきをはかなんでといふことにかたづけられてしまふだらう。この家の女があの薄笑ひを浮かべるのが見える。

「なにを、ばかげた妄想。えんぎでもない。」

江口老人は笑つたが、明るい笑ひではなかつたやうだ。すでに眠り薬が少しきいて来てゐた。

「よし、あの女をたたき起こして、娘とおなじ薬をもらつて来てやらう。」とつぶやいた。しかし女がよこすはずもなかつた。また江口は起きあがるのもおくくふだつたし、その気もないのだつた。老人はあふむいて両の腕に二人の娘の首を抱いた。素直にやはらかくかぐはしい首とかたいあぶら肌の首とだつた。老人のうちからあふれわき出るものがあつた。老人は右と左の深紅のかあてんをながめた。

「ああ。」

「ああつ。」と答へるやうに言つたのは黒い娘だつた。黒い娘は手を江口の胸につつぱつた。苦しいのか。江口は片腕をゆるめて、黒い娘に背を向けた。片腕も白い娘にのばして、こしのくぼみをだいた。そして目ぶたをつぶつた。

「一生の最後の女か。なぜ、最後の女、などと、かりそめにしても……。」と江口老人は思つた。

「それぢや、自分の最初の女は、だれだつたんだらうか。」老人の頭はだるいよりも、うつとりしてゐた。

最初の女は「母だ。」と江口老人にひらめいた。「母よりほかにないぢやないか。」まつたく思ひもかけない答へが浮かび出た。「母が自分の女だつて?」しかも六十七歳にもなつた今、二人のはだかの娘のあひだに横たはつて、はじめてその真実が不意に胸の底のどこかから湧いて来た。冒瀆か憧憬か。江口老人は悪夢を払ふ時のやうに目をあいて、目ぶたをしばたたいた。しかし眠り薬はもうだいぶんまはつてゐて、はつきりとは目覚めにくく、鈍く頭が痛んでくるやうだつた。うつらうつら母のおもかげを追はうとしたが、ため息をついて、右と左との娘のちぶさにたなごころをおいた。

なめらかなのと、あぶらはだのと、老人はそのまま目をつぶつた。

母は江口が十七の冬の夜に死んだ。父と江口とは母の右左の手を握つてゐた。結核で長わづらひの母の腕は骨だけだつたが、握る力は江口の指が痛いほど強かつた。その指の冷めたさが江口の肩までしみて来る。足をさすつてゐた看護婦がそつと立つて行つた。医者に電話をかけるためだらう。

「由夫、由夫……。」と母が切れ切れに呼んだ。江口はすぐに察して母のあへぐ胸をやはらかくなでたとたんに、母は多量の血を吐いた。血は鼻からもぶくぶくあふれた。息が絶えた。血は枕もとのガアゼや手拭でふききれなかつた。

「由夫、お前の襦袢の袖で拭け。」と父は言つて、「看護婦さん、看護婦さん、洗面器と水……。うん、さうだ、新しい枕と、寝間着と、それから敷布も……。」

江口老人が「最初の女は母だ。」などと思へば、あのやうな母の死にざまが浮かんで来るのは当然だつた。

「ああつ。」江口には密室をかこむ深紅のかあてんが血の色のやうに思へた。まぶたをかたく閉ぢても、目の奥に赤い色は消えないやうだつた。しかも眠り薬で頭はもうろうとしてゐた。そして両のたなごころは二人の娘のうひうひしいちぶさの上にあつた。老人は良心や理性の抵抗も半ばしびれてゐて、目じりに涙がたまるやうであつた。

「こんなところで、なぜ母を最初の女などと思つたのだらう。」と江口老人はあやしんだ。しかし、母を最初の女としたからには、そののちのいたづら遊びの女などは思ひ浮かべられもしなかつた。そして事実の上の最初の女は妻であらう。これならばいいが、すでに三人の娘を嫁に出してしまつた老妻はこの冬の夜にひとりで眠つてゐる。いや、まだ眠れないでゐるだらうか。ここのやうに波の音はないが、夜寒はここよりきびしいかもしれない。老人は自分のたなごころのしたにある二つのちぶさはなんだらうと思つた。自分が死んだあとにも温い血をかよはせて生きてゆくものだ。しかしそれがなんだらう。老人の手にだるい力がはいつてつかんだ。娘たちは乳房も深く眠らせられてゐてこたへてこない。江口が母のいまはに胸をなでた時ももちろん母の衰へた乳房にふれた。乳房とも感じなかつたものだ。今からは思ひ出せない。思ひ出せるのは、若い母の乳房をまさぐつて眠つた幼い日である。

江口老人はいよいよ眠気に吸ひこまれさうで、寝いい姿となるために二人の娘の胸から手をひいた。黒い娘の方にからだを向けた。その娘の匂ひが強かつたからである。娘の息はあらくて江口の顔にかかつた。娘は少し脣をひらいてゐた。

「おや、可愛い八重歯だ。」老人は指でその八重歯をつまんでみた。大粒の歯なのにその八重歯は小さい。娘の息がかかつて来なければ、江口はその八重歯のあたりに接吻したかもしれなかつた。しかし娘の濃い息は老人の眠りをさまたげるので寝返りした。それでも娘の息は江口の首筋にあたつた。いびきではないけれども、声のあるやうな寝息だつた。江口は首をすくめかげんに、白い娘の頰に額を寄せた。白い娘は顔をしかめたのかもしれないのだが、ほほゑんだやうに見えた。うしろにふれてゐる脂性の肌の方が気にかかつた。冷めたくぬめつてゐる。江口老人は眠りに落ちた。

二人の娘にはさまれて寝苦しいのか、江口老人は悪夢におそはれつづけた。つながりはなかつたが、いやな色情の夢であつた。そしてその終りは、江口が新婚旅行から家に帰ると、赤いダリアのやうな花が家をうづめるほどに咲いてゆれてゐた。江口は自分の家かと疑つてはいるのをためらつた。

「あら、お帰りなさい。そんなところでなに立つてゐるのよ。」と死んだはずの母が出迎へた。「花嫁さんが恥づかしいの？」

「お母さん、この花はどうしたんです。」

「さうね。」と母は落ちついてゐた。「早くおあがりなさいよ。」

「ええ。うちをまちがへたかと思つた。まちがへるはずはないんだが、たいへんな花だから……。」

座敷には新夫婦を迎へる祝ひの料理がならんでゐた。母は花嫁のあいさつを受けてから、吸ひものなどをあたために台所へ立つて行つた。鯛を焼く匂ひもした。江口は廊下へ出て花をながめた。新妻もついて来た。

「まあ、きれいな花ですわね。」と言つた。

「うん。」江口は新妻を恐れさせせぬために、「うちにはこんな花はなかつたんだが……。」とは言はなかつた。江口が花々のうちの大輪を見つめてゐると、一枚の花びらから赤いしづくが一つ落ちた。

「あつ？」

江口老人は目がさめた。首を振つたが、眠り薬でぼんやりしてゐた。黒い娘の方に寝がへりしてゐた。娘のからだは冷めたかつた。老人はぞつとした。娘は息をしてゐない。心臓に手をあてると、鼓動がとまつてゐた。江口は飛び起きた。足がよろめいて倒れた。がたがたふるへながら隣室へ出た。見まはすと床の間の横に呼鈴があつた。指に力をこめて長いこと押した。階段に足音が聞えた。

「眠つてゐるあひだに知らないで、娘の首をしめたのではないか。」

老人は這ふやうにもどつて、娘の首を見た。

「どうかなさいましたか。」とこの家の女がはいつて来た。

「この子が死んでゐる。」江口は歯の根が合はなかつた。女は落ちついて、目をこすりながら、

「死んでゐる？　そんなことあらうはずがございません。」

「死んでゐるよ。息がとまつてゐる。脈がきれてゐる。」

女はさすがに顔色をかへて、黒い娘の枕元に膝を落した。

「死んでゐるだらう。」

「…………。」女はかけものをまくつて娘をしらべた。「お客さま、娘にどうかなさいましたか。」

「なにもしない。」

「死んでゐません。お客さまはなにもご心配なさらなくて……。」と女はつとめて冷めたく落ちついて言つた。

「死んでゐるよ。早く医者を呼べよ。」

「…………。」

「いつたい、なにを飲ませたんだ。特異体質といふこともある。」

「お客さまはあまり騒がないで下さい。決して御迷惑はおかけしませんから……。お名前も出しませんから……。」

「死んでゐるんだよ。」

「死にはしないでせう。」

「今、なん時だ。」

「四時過ぎです。」

女ははだかの黒い娘を抱きあげてよろめいた。

「手つだはう。」

「いりません。下には男手もありますから……。」

「その子は重いだらう。」

「お客さまは余計な御気遣ひなさらないで、ゆつくりおやすみになつてゐて下さい。娘ももう一人をりますでせう。」

娘がもう一人ゐるといふ言ひ方ほど、江口老人を刺したものはなかつた。いかにも、隣室のとこには白い娘が残つてゐる。

「まさか眠れんぢやないか。」と江口老人の声には憤怒と言つても、臆病と恐怖が加はつてゐた。「僕もこれから帰るよ。」

「それはおよしになつて下さい。今じぶんここからお帰りになると、もしあやしまれるといけませんし……。」

「寝られんぢやないか。」

「もう一度、お薬を持つてまゐります。」

女が階段の途中から黒い娘を引きずりおろすやうな音がした。老人はゆかた一枚に、寒気の迫るのをはじめて気がついた。女が白い錠剤を持つてあがつて来た。

「はい。これで明日の朝は、どうぞごゆつくりおやすみになつてゐて下さいませ。」

「さうか。」老人が隣室への戸をあけると、さつきあわててかけものをはねのけたままらしく、白い娘のはだかはかがやく美しさに横たはつてゐた。

「ああ。」と江口はながめた。

黒い娘を運び出すらしい車の音が聞えて遠ざかつた。福良老人の死体がつれ去られた、あやしげな温泉宿へ運ばれて行つたのだらうか。

片腕

「片腕を一晩お貸ししてもいいわ。」と娘は言つた。そして右腕を肩からはづすと、それを左手に持つて私の膝においた。

「ありがたう。」と私は膝を見た。娘の右腕のあたたかさが膝に伝はつた。

「あ、指輪をはめておきますわ。あたしの腕ですといふしるしにね。」と娘は笑顔で左手を私の胸の前にあげた。「おねがひ……。」

左片腕になつた娘は指輪を抜き取ることがむづかしい。

「婚約指輪ぢやないの？」と私は言つた。

「さうぢやないの。母の形見なの。」

小粒のダイヤをいくつかならべた白金の指輪であつた。

「あたしの婚約指輪と見られるでせうけれど、それでもいいと思つて、はめてゐるんです。」と娘は言つた。「いつたんかうして指につけると、はづすのは、母と離れてしまふやうでさびしいんです。」

私は娘の指から指輪を抜き取つた。そして私の膝の上にある娘の腕を立てると、紅差し指にその指輪をはめながら、「この指でいいね?」

「ええ。」と娘はうなづいた。「さうだわ。肘や指の関節がまがらないと、突つ張ったままでは、せつかくお持ちいただいても、義手みたいで味気ないでせう。動くやうにしておきますわ。」さう言ふと、私の手から自分の右腕を取つて、肘に軽く脣をつけた。指のふしぶしにも軽く脣をあてた。

「これで動きますわ。」

「ありがたう。」私は娘の片腕を受け取つた。「この腕、ものも言ふかしら? 話をしてくれるかしら?」

「腕は腕だけのことしか出来ないでせう。もし腕がものを言ふやうになつたら、返していただいた後で、あたしがこはいぢやありませんの。でも、おためしになつてみて……。やさしくしてやつていただけば、お話を聞くぐらゐのことはできるかもしれませんわ。」

「やさしくするよ。」

「行つておいで。」と娘は心を移すやうに、私が持つた娘の右腕に左手の指を触れた。

「一晩だけれど、このお方のものになるのよ。」

そして私を見る娘の目は涙が浮ぶのをこらへてゐるやうであつた。

「お持ち帰りになつたら、あたしの右腕を、あなたの右腕と、つけ替へてごらんになるやうなことを……。」と娘は言つた。「なさつてみてもいいわ。」

「ああ、ありがたう。」

私は娘の右腕を雨外套のなかにかくして、もやの垂れこめた夜の町を歩いた。電車やタクシイに乗れば、あやしまれさうに思へた。娘のからだを離された腕がもし泣いたり、声を出したりしたら、騒ぎである。

私は娘の腕のつけ根の円みを、右手で握つて、左の胸にあてがつてゐた。その上を雨外套でかくしてゐるわけだが、ときどき、左手で雨外套をさはつて娘の腕をたしかめてみないではゐられなかつた。それは娘の腕をたしかめるのではなくて、私のよろこびをたしかめるしぐさであつただらう。

娘は私の好きなところから自分の腕をはづしてくれてゐた。腕のつけ根であるか、肩のはしであるか、そこにぷつくりと円みがある。西洋の美しい細身の娘にある円みで、日本の娘には稀れである。それがこの娘にはあつた。ほのぼのとうひうひしい光りの球形のやうに、清純で優雅な円みである。娘が純潔を失ふと間もなくその円みの愛らしさも鈍つてしまふ。たるんでしまふ。美しい娘の人生にとつても、短いあひだの美しい円みである。それがこの娘にはあつた。肩のこの可憐な円みから娘のからだの可憐なすべてが感じられる。胸の円みもさう大きくなく、手のひらにはいつて、はにかみながら吸ひつくやうな固さ、やはらかさだらう。娘の肩の円みを見てゐると、私には娘の歩く脚も見えた。細身の小鳥の軽やかな足のやうに、蝶が花から花へ移るやうに、娘は足を運ぶだらう。そのやうにこまかな旋律は接吻する舌のさきにもあるだらう。

　袖なしの女服になる季節で、娘の肩は出たばかりであつた。あらはに空気と触れることにまだなれてゐない肌の色であつた。春のあひだにかくれながらうるほつて、夏に荒れる前のつぼみのつやであつた。私はその日の朝、花屋で泰山木のつぼみを買つてガラスびんに入れておいたが、娘の肩の円みはその泰山木の白く大きいつぼみのやうであつた。娘の服は袖がないといふよりなほ首の方にくり取つてあつた。腕のつけ根の肩はほどよく出てゐた。服は黒つぽいほど濃い青の絹で、やはらかい照りがあつた。このやうな円みの肩にある娘は背にふくらみがある。撫で肩のその円みが背のふくらみとゆるやかな波を描いてゐる。やや斜めのうしろから見ると、肩の円みから細く長めな首をたどる肌が掻きあげた襟髪でくつきり切れて、黒い髪が肩の円みに光る影を映してゐるやうであつた。

　こんな風に私がきれいと思ふのを娘は感じてゐたらしく、肩の円みをつけたところから右腕をはづして、私に貸してくれたのだつた。

雨外套のなかでだいじに握つてゐる娘の腕は、私の手よりも冷たかつた。心をどりに上気してゐる私は手も熱いのだらうが、その火照りが娘の腕に移らぬことを私はねがつた。娘の腕は娘の静かな体温のままであつてほしかつた。また手のなかのものの少しの冷たさは、そのもののいとしさを私に伝へた。人にさはられたことのない娘の乳房のやうであつた。

雨もよひの夜のもやは濃くなつて、帽子のない私の頭の髪がしめつて来た。表戸をとざした薬屋の奥からラジオが聞えて、ただ今、旅客機が三機もやのために着陸出来なくて、飛行場の上を三十分も旋回してゐるとの放送だつた。かういふ夜は湿気で時計が狂ふからと、ラジオはつづいて各家庭の注意をうながしてゐた。またこんな夜に時計のぜんまいをぎりぎりいつぱいに巻くと湿気で切れやすいと、ラジオは言つてゐた。私は旋回してゐる飛行機の燈が見えるかと空を見あげたが見えなかつた。空はありはしない。たれこめた湿気が耳にまではいつて、たくさんのみみずが遠くに這ふやうなしめつた音がしさうだ。ラジオはなほなにかの警告を聴取者に与へるかしらと、私は薬屋の前に立つてゐると、動物園のライオンや虎や豹などの猛獣が湿気を憤つて吠える、それを聞かせるとのことで、動物のうなり声が地鳴りのやうにひびいて来た。ラジオはそのあとで、かういふ夜は、妊婦や厭世家などは、早く寝床へはいつて静かに休んでゐて下さいと言つた。またかういふ夜は、婦人は香水をぢかに肌につけると匂ひがしみこんで取れなくなりますと言つた。

猛獣のうなり声が聞えた時に、私は薬屋の前から歩き出してゐたが、香水についての注意まで、ラジオは私を追つて来た。猛獣たちが憤るうなりは私をおびやかしたので、娘の腕にもおそれが伝はりはしないかと、私は薬屋のラジオの声を離れたのであつた。娘は姙婦でも厭世家でもないけれども、私に片腕を貸してくれて片腕になつた今夜は、やはりラジオの注意のやうに、寝床で静かに横たはつてゐるのがいいだらうと、私には思はれた。片腕の母体である娘が安らかに眠つてゐてくれることをのぞんだ。

通りを横切るのに、私は左手で雨外套の上から娘の腕をおさへた。車の警笛が鳴つた。脇腹に動くものがあつて私は身をよぢつた。娘の腕が警笛におびえてか指を握りしめたのだつた。

「心配ないよ。」と私は言つた。「車は遠いよ。見通しがきかないので鳴らしてゐるだけだよ。」

私はだいじなものをかかへてゐるので、道のあとさきをよく見渡してから横切つてゐたのである。その警笛も私のために鳴らされたとは思はなかつたほどだが、車の来る方をながめると人影はなかつた。その車は見えなくて、ヘッド・ライトだけが見えた。その光りはぼやけてひろがつて薄むらさきであつた。めづらしいヘッド・ライトの色だから、私は道を渡つたところに立つて、車の通るのをながめた。朱色の服の若い女が運転してゐた。女は私の方を向いて頭をさげたやうである。とつさに私は娘が右腕を取り返しに来たのかと、背を向けて逃げ出しさうになつたが、左の片腕だけで運転出来るはずはない。しかし車の女は私が娘の片腕をかかへてゐると見やぶつたのではなからうか。娘の腕と同性の女の勘である。私の部屋へ帰るまで女には出会はぬやうに気をつけなければなるまい。女の車はうしろのライトも薄むらさきであつた。やはり車体は見えなくて、灰色のもやのなかを、薄むらさきの光りがぼうつと浮いて遠ざかつた。

「あの女はなんのあてもなく車を走らせて、ただ車を走らせるために走らせずにはゐられなくて、走らせてゐるうちに、姿が消えてなくなつてしまふのぢやないかしら……。」と私はつぶやいた。

「あの車、女のうしろの席にはなにが坐つてゐたのだらう。」

なにも坐つてゐなかつたやうだ。なにも坐つてゐないのを不気味に感じるのは、私が娘の片腕をかかへてゐたりするからだらうか。あの女の車にもしめつぽい夜のもやは乗せてゐた。そして女のなにかが車の光りのさすもやを薄むらさきにしてゐた。女のからだが紫色の光りを放つことなどあるまいとすると、なにだつたのだらうか。かういふ夜にひとりで車を走らせてゐる若い女が虚しいものに思へたりするのも、私のかくし持つた娘の腕のせゐだらうか。女は車のなかから娘の片腕に会釈したのだつたらうか。かういふ夜には、女性の安全を見まはつて歩く天使か妖精があるのかもしれない。あの若い女は車に乗つてゐたのではなくて、紫の光りに乗つてゐたのかもしれない。虚しいどころではない。私の秘密を見すかして行つた。

しかしそれからは一人の人間にも行き会はないで、私はアパアトメントの入口に帰りついた。扉のなかのけはひをうかがつて立ちどまつた。頭の上に蛍火が飛んで消えた。蛍の火にしては大き過ぎ強過ぎると気がつくと、私はとつさに四五歩後ずさりしてゐた。また蛍のやうな火が二つ三つ飛び流れた。その火は濃いもやに吸ひこまれるよりも早く消えてしまふ。人魂か鬼火のやうになにものかが私の先きまはりをして、帰りを待ちかまへてゐるのか。しかしそれが小さい蛾の群れであるとすぐにわかつた。蛾のつばさが入口の電燈の光りを受けて蛍火のやうに光るのだつた。蛍火よりは大きいけれども、蛍火と見まがふほどに蛾としては小さかつた。

私は自動のエレベエタアも避けて、狭い階段をひつそり三階へあがつた。左利きでない私は、右手を雨外套のなかに入れたまま左手で扉の鍵をあけるのは慣れてゐない。気がせくとなほ手先きがふるへて、それが犯罪のをののきに似て来ないか。部屋のなかになにかがゐさうに思へる。私のいつも孤独の部屋であるが、孤独といふことは、なにかがゐることではないのか。娘の片腕と帰つた今夜は、つひぞなく私は孤独ではないが、さうすると、部屋にこもつてゐる私の孤独が私をおびやかすのだつた。

「先きにはいつておくれよ。」私はやつと扉が開くと言つて、娘の片腕を雨外套のなかから出した。「よく来てくれたね。これが僕の部屋だ。明りをつける。」

「なにかこはがつていらつしやるの？」と娘の腕は言つたやうだつた。「だれかゐるの？」

「ええつ？　なにかゐさうに思へるの？」

「匂ひがするわ。」

「匂ひね？　僕の匂ひだらう。暗がりに僕の大きい影が薄ぼんやり立つてゐやしないか。よく見てくれよ。僕の影が僕の帰りを待つてゐたのかもしれない。」

「あまい匂ひですのよ。」

「ああ、泰山木の花の匂ひだよ。」と私は明るく言つた。私の不潔で陰湿な孤独の匂ひでなくてよかつた。泰山木のつぼみを生けておいたのは、可憐な客を迎へるのに幸ひだつた。私は闇に少し目がなれた。真暗だつたところで、どこになにがあるかは、毎晩のなじみでわかつてゐる。

「あたしに明りをつけさせて下さい。」娘の腕が思ひがけないことを言つた。「はじめてうかがつたお部屋ですもの。」

「どうぞ。それはありがたい。僕以外のものがこの部屋の明りをつけてくれるのは、まつたくはじめてだ。」

私は娘の片腕を持つて、手先きが扉の横のスヰツチにとどくやうにした。天井の下と、テエブルの上と、ベッドの枕もとと、台所と、洗面所のなかと、五つの電燈がいち時についた。私の部屋の電燈はこれほど明るかつたのかと、私の目は新しく感じた。

ガラスびんの泰山木が大きい花をいつぱいに開いてゐた。今朝はつぼみであつた。開いて間もないはずなのに、テエブルの上にしべを落ち散らばらせてゐた。それが私はふしぎで、白い花よりもこぼれたしべをながめた。しべを一つ二つつまんでながめてゐると、テエブルの上においた娘の腕が指を尺取虫のやうに伸び縮みさせて動いて来て、しべを拾ひ集めた。私は娘の手のなかのしべを受け取ると、屑籠へ捨てに立つて行つた。

「きついお花の匂ひが肌にしみるわ。助けて……。」と娘の腕が私を呼んだ。

「ああ。ここへ来る道で窮屈な目にあはせて、くたびれたたらう。しばらく静かにやすみなさい。」とベッドの上に娘の腕を横たへて、私もそばに腰をかけた。そして娘の腕をやはらかくなでた。

「きれいで、うれしいわ。」娘の腕がきれいと言つたのは、ベッド・カバアのことだらう。水色の地に三色の花模様があつた。孤独の男には派手過ぎるだらう。「このなかで今晩おとまりするのね。おとなしくしてゐますわ。」

「さう？」

「おそばに寄りそつて、おそばになんにもゐないやうにしてますわ。」

そして娘の手がそつと私の手を握つた。娘の指の爪はきれいにみがいて薄い石竹色に染めてあるのを私は見た。指さきより長く爪はのばしてあつた。

私の短くて幅広くて、そして厚ごはい爪に寄り添ふと、娘の爪は人間の爪でないかのやうに、ふしぎな形の美しさである。女はこんな指の先きでも、人間であることを超克しようとしてゐるのか。あるひは、女であることを追究しようとしてゐるのか。うち側のあやに光る貝殻、つやのただよふ花びらなどと、月並みな形容が浮んだものの、たしかに娘の爪に色と形の似た貝殻や花びらは、今私には浮んで来なくて、娘の手の指の爪は娘の手の指の爪でしかなかつた。脆く小さい貝殻や薄く小さい花びらよりも、この爪の方が透き通るやうに見える。そしてなによりも、悲劇の露と思へる。娘は日ごと夜ごと、女の悲劇の美をみがくことに丹精をこめて来た。それが私の孤独にしみる。私の孤独が娘の爪にしたたつて、悲劇の露とするのかもしれない。

私は娘の手に握られてゐない方の手の、人差し指に娘の小指をのせて、その細長い爪を親指の腹でさすりながら見入つてゐた。いつとなく私の人差し指は娘の爪の廂《ひさし》にかくれた、小指のさきにふれた。ぴくつと娘の指が縮まつた。肘もまがつた。

「あつ、くすぐつたいの？」と私は娘の片腕に言つた。「くすぐつたいんだね。」

うくわつなことをつい口に出したものである。爪を長くのばした女の指さきはくすぐつたいものと、私は知つてゐる、つまり私はこの娘のほかの女をかなりよく知つてゐると、娘の片腕に知らせてしまつたわけである。

私にこの片腕を一晩貸してくれた娘にくらべて、ただ年上と言ふより、もはや男に慣れたと言ふ方がよささうな女から、このやうな爪にかくれた指さきはくすぐつたいのを、私は前に聞かされたことがあつたのだ。長い爪のさきでものにさはるのが習はしになつてゐて、指さきではさはらないので、なにかが触れるとくすぐつたいと、その女は言つた。

「ふうん。」私は思はぬ発見におどろくと、女はつづけて、

「食べものごしらへでも、食べるものでも、なにかちよつと指さきにさはると、あつ、不潔つと、肩までふるへが来ちやふの。さうなのよ、ほんたうに……。」

不潔とは、食べものが不潔になるといふのか、爪さきが不潔になるといふのか。おそらく、指さきになにがさはつても、女は不潔感にわななくのであらう。女の純潔の悲劇の露が、長い爪の陰にまもられて、指さきにひとしづく残つてゐる。

女の手の指さきをさはりたくなつた、誘惑は自然であつたけれども、私はそれだけはしなかつた。私自身の孤独がそれを拒んだ。からだのどこかにさはられてもくすぐつたいところは、もうほとんどなくなつてゐるやうな女であつた。

片腕を貸してくれた娘には、さはられてくすぐつたいところが、からだぢゆうにあまたあるだらう。さういふ娘の手の指さきをくすぐつても、私は罪悪とは思はなくて、愛玩と思へるかもしれない。しかし娘は私にいたづらをさせるために、片腕を貸してくれたのではあるまい。私が喜劇にしてはいけない。

「窓があいてゐる。」と私は気がついた。ガラス戸はしまつてゐるが、カアテンがあいてゐる。

「なにかがのぞくの？」と娘の片腕が言つた。

「のぞくとしたら、人間だね。」

「人間がのぞいても、あたしのことは見えないわ。のぞき見するものがあるとしたら、あなたの御自分でせう。」

「自分……？　自分てなんだ。自分はどこにあるの？」

「自分は遠くにあるの。」と娘の片腕はなぐさめの歌のやうに、「遠くの自分をもとめて、人間は歩いてゆくのよ。」

「行き着けるの？」

「自分は遠くにあるのよ。」娘の腕はくりかへした。

ふと私には、この片腕とその母体の娘とは無限の遠さにあるかのやうに感じられた。この片腕は遠い母体のところまで、はたして帰り着けるのだらうか。私はこの片腕を遠い娘のところまで、はたして返しに行き着けるのだらうか。娘の片腕が私を信じて安らかなやうに、母体の娘も私を信じてもう安らかに眠つてゐるだらうか。右腕のなくなつたための違和、また凶夢はないか。娘は右腕に別れる時、目に涙が浮ぶのをこらへてゐたやうではなかつたか。片腕は今私の部屋に来てゐるが、娘はまだ来たことがない。

窓ガラスは湿気に濡れ曇つてゐて、蟾蜍《ひきがへる》の腹皮を張つたやうだ。霧雨を空中に静止させたやうなもやで、窓のそとの夜は距離を失ひ、無限の距離につつまれてゐた。家の屋根も見えないし、車の警笛も聞えない。

「窓をしめる。」と私はカアテンを引かうとすると、カアテンもしめつてゐた。窓ガラスに私の顔がうつつてゐた。私のいつもの顔より若いかに見えた。しかし私はカアテンを引く手をとどめなかつた。私の顔は消えた。

ある時、あるホテルで見た、九階の客室の窓がふと私の心に浮んだ。裾のひらいた赤い服の幼い女の子が二人、窓にあがつて遊んでゐた。同じ服の同じやうな子だから、ふた子かもしれなかつた。西洋人の子どもだつた。二人の幼い子は窓ガラスを握りこぶしでたたいたり、窓ガラスに肩を打ちつけたり、相手を押し合つたりしてゐた。母親は窓に背を向けて、編みものをしてゐた。窓の大きい一枚ガラスがもしわれるかはづれかしたら、幼い子は九階から落ちて死ぬ。あぶないと見たのは私で、二人の子もその母親もまつたく無心であつた。しつかりした窓ガラスに危険はないのだつた。

カアテンを引き終つて振り向くと、ベッドの上から娘の片腕が、

「きれいなの。」と言つた。カアテンがベッド・カバアと同じ花模様の布だからだらう。

「さう？　日にあたつて色がさめた。もうくたびれてゐるんだよ。」私はベッドに腰かけて、娘の片腕を膝にのせた。「きれいなのは、これだな。こんなきれいなものはないね。」

そして、私は右手で娘のたなごころと握り合はせ、左手で娘の腕のつけ根を持つて、ゆつくりとその腕の肘をまげてみたり、のばしてみたりした。くりかへした。

「いたづらつ子ねえ。」と娘の片腕はやさしくほほゑむやうに言つた。「こんなことなさつて、おもしろいの？」

「いたづらなもんか。おもしろいどころぢやない。」ほんたうに娘の腕には、ほほゑみが浮んで、そのほほゑみは光りのやうに腕の肌をゆらめき流れた。娘の頰のみづみづしいほほゑみとそつくりであつた。

私は見て知つてゐる。娘はテエブルに両肘を突いて、両手の指を浅く重ねた上に、あごをのせ、また片頰をおいたことがあつた。若い娘としては品のよくない姿のはずだが、突くとか重ねるとか置くとかいふ言葉はふさはしくない、軽やかな愛らしさである。腕のつけ根の円みから、手の指、あご、頰、耳、細長い首、そして髪までが一

つになつて、楽曲のきれいなハアモニイである。娘はナイフやフオウクを上手に使ひながら、それを握つた指のうちの人差し指と小指とを、折り曲げたまま、ときどき無心にほんの少し上にあげる。食べものを小さい脣に入れ、嚙んで、呑みこむ、この動きも人間がものを食つてゐる感じではなくて、手と顔と咽とが愛らしい音楽をかなでてゐた。娘のほほゑみは腕の肌にも照り流れるのだつた。

娘の片腕がほほゑむと見えたのは、その肘を私がまげたりのばしたりするにつれて、娘の細く張りしまつた腕の筋肉が微妙な波に息づくので、微妙な光りとかげとが腕の白くなめらかな肌を移り流れるからだ。さつき、私の指が娘の長い爪のかげの指さきにふれて、ぴくつと娘の腕が肘を折り縮めた時、その腕に光りがきらめき走つて、私の目を射たものだつた。それで私は娘の肘をまげてみてゐるので、決していたづらではなかつた。肘をまげ動かすのを、私はやめて、のばしたままじつと膝においてながめても、娘の腕にはうひうひしい光りとかげとがあつた。

「おもしろいいたづらと言ふなら、僕の右腕とつけかへてみてもいいつて、ゆるしを受けて来たの、知つてる？」と私は言つた。

「知つてますわ。」と娘の右腕は答へた。

「それだつていいたづらぢやないんだ。僕は、なんかこはいね。」

「さう？」

「そんなことしてもいいの？」

「いいわ。」

「……。」私は娘の腕の声を、はてなと耳に入れて、「いいわ、つて、もう一度……。」

「いいわ。いいわ。」

私は思ひ出した。私に身をまかせようと覚悟をきめた、ある娘の声に似てゐるのだ。片腕を貸してくれた娘ほどには、その娘は美しくなかつた。そして異常であつたかもしれない。

「いいわ。」とその娘は目をあけたまま私を見つめた。私は娘の上目ぶたをさすつて、閉ぢさせようとした。娘はふるへ声で言つた。

「（イエスは涙をお流しになりました。《ああ、なんと、彼女を愛しておいでになつたことか。》とユダヤ人たちは言ひました。）」

「……。」

「彼女」は「彼」の誤りである。死んだラザロのことである。女である娘は「彼」を「彼女」とまちがへておぼえてゐたのか、あるひは知つてゐて、わざと「彼女」と言ひ変へたのか。

私は娘のこの場にあるまじい、唐突で奇怪な言葉に、あつけにとられた。娘のつぶつた目ぶたから涙が流れ出るかと、私は息をつめて見た。

娘は目をあいて胸を起こした。その胸を私の腕が突き落した。

「いたいつ。」と娘は頭のうしろに手をやつた。「いたいわ。」

白いまくらに血が小さくついてゐた。私は娘の髪をかきわけてさぐつた。血のしづくがふくらみ出てゐるのに、私は口をつけた。

「いいのよ。血はすぐ出るのよ、ちよつとしたことで。」娘は毛ピンをみな抜いた。毛ピンが頭に刺さつたのであつた。

娘は肩が痙攣しさうにしてこらへた。

私は女の身をまかせる気もちがわかつてゐるやうながら、納得しかねるものがある。身をまかせるのをどんなことと、女は思つてゐるのだらうか。自分からそれを望み、あるひは自分から進んで身をまかせるのは、なぜなのだらうか。女のからだはすべてさういふ風にできてゐると、私は知つてからも信じかねた。この年になつても、私はふしぎでならない。そしてまた、女のからだと身をまかせやうとは、ひとりひとりちがふと思へばちがふし、似てゐると思へば似てゐるし、みなおなじと思へばおなじである。これも大きいふしぎではないか。私のこんなふしぎがりやうは、年よりもよほど幼い憧憬かもしれないし、年よりも老けた失望かもしれない。心のびつこではないだらうか。

その娘のやうな苦痛が、身をまかせるすべての女にいつもあるものではなかつた。

その娘にしてもあの時きりであつた。銀のひもは切れ、金の皿はくだけた。

「いいわ。」と娘の片腕の言つたのが、私にその娘を思ひ出させたのだけれども、片腕のその声とその娘の声とは、はたして似てゐるのだらうか。おなじ言葉を言つたので、似てゐるやうに聞えたのではなかつたか。おなじ言葉を言つたにしても、それだけが母体を離れて来た片腕は、その娘とちがつて自由なのではないか。またこれこそ身をまかせたといふもので、片腕は自制も責任も悔恨もなくて、なんでも出来るのではないか。しかし、「いいわ。」と言ふ通りに、娘の右腕を私の右腕とつけかへたりしたら、母体の娘は異様な苦痛におそはれさうにも、私には思へた。

私は膝においた娘の片腕をながめつづけてゐた。肘の内側にほのかな光りのかげがあつた。それは吸へさうであつた。私は娘の腕をほんの少しまげて、その光りのかげをためると、それを持ちあげて、脣をあてて吸つた。

「くすぐつたいわ。いたづらねえ。」と娘の腕は言つて、脣をのがれるやうに、私の首に抱きついた。

「いいものを飲んでゐたのに……。」と私は言つた。

「なにをお飲みになつたの？」

「……。」

「なにをお飲みになつたの？」

「光りの匂ひかな、肌の。」

そとのもやはなほ濃くなつてゐるらしく、花びんの泰山木の葉までしめらせて来るやうであつた。ラジオはどんな警告を出してゐるだらう。私はベッドから立つて、テエブルの上の小型ラジオの方に歩きかけたがやめた。娘の片腕に首を抱かれてラジオを聞くのはよけいだ。しかし、ラジオはこんなことを言つてゐるやうに思はれた。たちの悪い湿気で木の枝が濡れ、小鳥のつばさや足も濡れ、小鳥たちはすべり落ちてゐて飛べないから、公園などを通る車は小鳥をひかぬやうに気をつけてほしい。もしなまあたたかい風が出ると、もやの色が変るかもしれない。色の変つたもやは有害で、それが桃色になつたり紫色になつたりすれば、外出はひかへて、戸じまりをしつかりしなければならない。

「もやの色が変る？　桃色か紫色に？」と私はつぶやいて、窓のカアテンをつまむと、そとをのぞいた。もやがむなしい重みで押しかかつて来るやうであつた。夜の暗さとはちがふ薄暗さが動いてゐるやうなのは、風が出たのであらうか。もやの厚みは無限の距離がありさうだが、その向うにはなにかすさまじいものが渦巻いてゐさうだつた。

さつき、娘の右腕を借りて帰る道で、朱色の服の女の車が、前にもうしろにも、薄むらさきの光りをもやのなかに浮べて通つたのを、私は思ひ出した。紫色であつた。もやのなかからぼうつと大きく薄むらさきの目玉が迫つて来さうで、私はあわててカアテンをはなした。

「寝ようか。僕らも寝ようか。」

この世に起きてゐる人はひとりもないやうなけはひだつた。こんな夜に起きてゐるのはおそろしいことのやうだ。

私は首から娘の腕をはづしてテエブルにおくと、新しい寝間着に着かへた。寝間着はゆかたであつた。娘の片腕は私が着かへるのを見てゐた。私は見られてゐるはにかみを感じた。この自分の部屋で寝間着に着かへるところを女に見られたことはなかつた。

娘の片腕をかかへて、私はベツドにはいつた。娘の腕の方を向いて、胸寄りにその指を軽く握つた。娘の腕はじつとしてゐた。

小雨のやうな音がまばらに聞えた。もやが雨に変つたのではなく、もやがしづくになつて落ちるのか、かすかな音であつた。

娘の片腕は毛布のなかで、また指が私の手のひらのなかで、あたたまつて来るのが私にわかつたが、私の体温にはまだとどかなくて、それが私にはいかにも静かな感じであつた。

「眠つたの?」

「いいえ。」と娘の腕は答へた。

「動かないから、眠つてゐるのかと思つた。」

私はゆかたをひらいて、娘の腕を胸につけた。あたたかさのちがひが胸にしみた。むし暑いやうで底冷たいやうな夜に、娘の腕の肌ざはりはこころよかつた。

部屋の電燈はみなついたままだつた。ベッドにはいる時消すのを忘れた。

「さうだ。明りが……。」と起きあがると、私の胸から娘の片腕が落ちた。

「あ。」私は腕を拾ひ持つて、「明りを消してくれる?」

そして扉へ歩きながら、「暗くして眠るの? 明りをつけたまま眠るの?」

「…………。」

娘の片腕は答へなかつた。腕は知らぬはずはないのに、なぜ答へないのか。私は娘の夜の癖を知らない。明りをつけたままで眠つてゐるその娘、また暗がりのなかで眠つてゐるその娘を、私は思ひ浮べた。右腕のなくなつた今夜は、明るいままにして眠つてゐさうである。私も明りをなくするのがふと惜しまれた。もつと娘の片腕をながめてゐたい。先きに眠つた娘の腕を、私が起きてゐてみたい。しかし娘の腕は扉の横のスヰッチを切る形に指をのばしてゐた。

闇のなかを私はベッドにもどつて横たはつた。娘の片腕を胸の横に添ひ寝させた。腕の眠るのを待つやうに、じつとだまつてゐた。娘の腕はそれがもの足りないのか、闇がこはいのか、手のひらを私の胸の脇にあててゐたが、やがて五本の指を歩かせて私の胸の上にのぼつて来た。おのづと肘がまがつて私の胸に抱きすがる恰好になつた。

娘のその片腕は可愛い脈を打つてゐた。娘の手首は私の心臓の上にあつて、脈は私の鼓動とひびき合つた。娘の腕の脈の方が少しゆつくりだつたが、やがて私の心臓の鼓動とまつたく一致して来た。私は自分の鼓動しか感じなくなつた。どちらが早くなつたのか、どちらがおそくなつたのかわからない。

手首の脈搏と心臓の鼓動とのこの一致は、今が娘の右腕と私の右腕とをつけかへてみる、そのために与へられた短い時なのかもしれぬ。いや、ただ娘の腕が寝入つたといふしるしであらうか。失心する狂喜に酔はされるよりも、そのひとのそばで安心して眠れるのが女はしあはせだと、女が言ふのを私は聞いたことがあるけれども、この娘の片腕のやうに安らかに私に添ひ寝した女はなかつた。

娘の脈打つ手首がのつてゐるので、私は自分の心臓の鼓動を意識する。それが一つ打つて次ぎのを打つ、そのあひだに、なにかが遠い距離を素早く行つてはもどつて来るかと私には感じられた。そんな風に鼓動を聞きつづけるにつれて、その距離はいよいよ遠くなりまさるやうだ。そしてどこまで遠く行つても、無限の遠くに行つても、その行くさきにはなんにもなかつた。なにかにとどいてもどつて来るのではない。次ぎに打つ鼓動がはつと呼びかへすのだ。こはいはずだがこはさはなかつた。しかし私は枕もとのスヰツチをさぐつた。

けれども、明りをつける前に、毛布をそつとまくつてみた。娘の片腕は知らないで眠つてゐた。はだけた私の胸をほの白くやさしい微光が巻いてゐた。私の胸からぽうつと浮び出た光りのやうであつた。私の胸からそれは小さい日があたたかくのぼる前の光りのやうであつた。

私は明りをつけた。娘の腕を胸からはなすと、私は両方の手をその腕のつけ根と指にかけて、真直ぐにのばした。五燭の弱い光りが、娘の片腕のその円みと光りのかげとの波をやはらかくした。つけ根の円み、そこから細まつて二の腕のふくらみ、また細まつて肘のきれいな円み、肘の内がはのほのかなくぼみ、そして手首へ細まつてゆく円いふくらみ、手の裏と表から指、私は娘の片腕を静かに廻しながら、それらにゆらめく光りとかげの移りをながめつづけてゐた。

「これはもうもらつておかう。」とつぶやいたのも気がつかなかつた。

そして、うつとりとしてゐるあひだのことで、自分の右腕を肩からはづして娘の右腕を肩につけかへたのも、私はわからなかつた。

「ああつ。」といふ小さい叫びは、娘の腕の声だつたか私の声だつたか、とつぜん私の肩に痙攣が伝はつて、私は右腕のつけかはつてゐるのを知つた。

娘の片腕は——今は私の腕なのだが、ふるへて空をつかんだ。私はその腕を曲げて口に近づけながら、

「痛いの？　苦しいの？」

「いいえ。さうぢやない。さうぢやないの。」とその腕が切れ切れに早く言つたとたんに、戦慄の稲妻が私をつらぬいた。私はその腕の指を口にくはへてゐた。

「…………。」よろこびを私はなんと言つたか、娘の指が舌にさはるだけで、言葉にはならなかつた。

「いいわ。」と娘の腕は答へた。ふるへは勿論とまつてゐた。

「さう言はれて来たんですもの。でも……。」

私は不意に気がついた。私の口は娘の指を感じられるが、娘の右腕の指、つまり私の右腕の指は私の脣や歯を感じられない。私はあわてて右腕を振つてみたが、腕を振つた感じはない。肩のはし、腕のつけ根に、遮断があり、拒絶がある。

「血が通はない。」と私は口走つた。「血が通ふのか、通はないのか。」

恐怖が私をおそつた。私はベッドに坐つてゐた。かたはらに私の片腕が落ちてゐる。それが目にはいつた。自分をはなれた自分の腕はみにくい腕だ。それよりもその腕の脈はとまつてゐないか。娘の片腕はあたたかく脈を打つてゐたが、私の右腕は冷えこはばつてゆきさうに見えた。私は肩についた娘の右腕で自分の右腕を握つた。握ることは出来たが、握つた感覚はなかつた。

「脈はある?」と私は娘の右腕に聞いた。「冷たくなつてない?」

「少うし……。あたしよりほんの少うしね。」と娘の片腕は答へた。「あたしが熱くなつたからよ。」

娘の片腕が「あたし」といふ一人称を使つた。私の肩につけられて、私の右腕となつた今、はじめて自分のことを「あたし」と言つたやうなひびきを、私の耳は受けた。

「脈も消えてないね？」と私はまた聞いた。

「いやあね。お信じになれないのかしら……？」

「なにを信じるの？」

「御自分の腕をあたしと、つけかへなさつたぢやありませんの？」

「だけど血が通ふの？」

「（女よ、誰をさがしてゐるのか。）といふの、ごぞんじ？」

「知つてるよ。（女よ、なぜ泣いてゐるのか。誰をさがしてゐるのか。）」

「あたしは夜なかに夢を見て目がさめると、この言葉をよくささやいてゐるの。」

今「あたし」と言つたのは、もちろん、私の右肩についた愛らしい腕の母体のことにちがひない。聖書のこの言葉は、永遠の場で言はれた、永遠の声のやうに、私は思へて来た。

「夢にうなされてないかしら、寝苦しくて……。」と私は片腕の母体のことを言つた。

「そとは悪魔の群れがさまよふためのやうな、もやだ。しかし悪魔だつて、からだがしつけて、咳をしさうだ。」

「悪魔の咳なんか聞えませんやうに…。」と娘の右腕は私の右腕を握つたまま、私の右の耳をふさいだ。

娘の右腕は、じつは今私の右腕なのだが、それを動かしたのは、私ではなくて、娘の腕のこころのやうであつた。いや、さう言へるほどの分離はない。

「脈、脈の音……。」

私の耳は私自身の右腕の脈を聞いた。娘の腕は私の右腕を握つたまま耳へ来たので、私の手首が耳に押しつけられたわけだつた。私の右腕には体温もあつた。娘の腕が言つた通りに、私の耳や娘の指よりは少うし冷たい。

「魔よけしてあげる……。」といたづらつぽく、娘の小指の小さく長い爪が私の耳のなかをかすかに掻いた。私は首を振つて避けた。左手、これはほんたうの私の手で、私の右の手首、じつは娘の右の手首をつかまへた。そして顔をのけぞらせた私に、娘の小指が目についた。

娘の手は四本の指で、私の肩からはづした右腕を握つてゐた。小指だけは遊ばせてゐるとでもいふか、手の甲の方にそらせて、その爪の先きを軽く私の右腕に触れてゐた。しなやかな若い娘の指だけができる、固い手の男の私には信じられぬ形の、そらせやうだつた。小指のつけ根から、直角に手のひらの方へ曲げてゐる。そして次ぎの指関節も直角に曲げ、その次ぎの指関節もまた直角に折り曲げてゐる。さうして小指はおのづと四角を描いてゐる。四角の一辺は紅差し指である。

この四角い窓を、私の目はのぞく位置にあつた。窓といふにはあまりに小さくて、透き見穴か眼鏡といふのだらうが、なぜか私には窓と感じられた。すみれの花が外をながめるやうな窓だ。ほのかな光りがあるほどに白い小指の窓わく、あるひは眼鏡の小指のふち、それを私はなほ目に近づけた。片方の目をつぶつた。

「のぞきからくり……？」と娘の腕は言つた。「なにかお見えになります？」

「薄暗い自分の古部屋だね、五燭の電燈の……。」と私は言ひ終らぬうち、ほとんど叫ぶやうに、「いや、ちがふ。見える。」

「なにが見えるの。」

「もう見えない。」

「なにがお見えになつたの？」

「色だね。薄むらさきの光りだね、ぼうつとした……。その薄むらさきのなかに、赤や金《きん》の粟粒のやうに小さい輪が、くるくるたくさん飛んでゐた。」

「おつかれなのよ。」

娘の片腕は私の右腕をベッドに置くと、私の目ぶたを指の腹でやはらかくさすつてくれた。

「赤や金のこまかい輪は、大きな歯車になつて、廻るのもあつたかしら……。その歯車のなかに、なにかが動くか、なにかが現はれたり消えたりして、見えたかしら……。」

歯車も歯車のなかのものも、見えたのか見えたやうだつたのかわからぬ、記憶にはとどまらぬ、たまゆらの幻だつた。その幻がなんであつたか、私は思ひ出せないので、

「なにの幻を見せてくれたかつたの?」

「いいえ。あたしは幻を消しに来てゐるのよ。」

「過ぎた日の幻をね、あこがれやかなしみの……。」

娘の指と手のひらの動きは、私の目ぶたの上で止まつた。

「髪は、ほどくと、肩や腕に垂れるくらゐ、長くしてゐるの?」私は思ひもかけぬ問ひが口に出た。

「はい。とどきます。」と娘の片腕は答へた。「お風呂で髪を洗ふとき、お湯をつかひますけれど、あたしの癖でせうか、おしまひに、水でね、髪の毛が冷たくなるまで、ようくすすぐんです。その冷たい髪が肩や腕に、それからお乳の上にもさはるの、いい気持なの。」

もちろん、片腕の母体の乳房である。それを人に触れさせたことのないだらう娘は、冷たく濡れた洗ひ髪が乳房にさはる感じなど、よう言はないだらう。娘のからだを離れて来た片腕は、母体の娘のつつしみ、あるひははにかみからも離れてゐるのか。

私は娘の右腕、今は私の右腕になつてゐる、その腕のつけ根の可憐な円みを、自分の左の手のひらにそつとつつんだ。娘の胸のやはりまだ大きくない円みが、私の手のひらのなかにあるかのやうに思へて来た。肩の円みが胸の円みのやはらかさになつて来る。

そして娘の手は私の目の上に軽くあつた。その手のひらと指とは私の目ぶたにやさしく吸ひついて、目ぶたの裏にしみとほつた。目ぶたの裏があたたかくしめるやうである。そのあたたかいしめりは目の球のなかにもしみひろがる。

「血が通つてゐる。」と私は静かに言つた。「血が通つてゐる。」

自分の右腕と娘の右腕とをつけかへたのに気がついた時のやうな、おどろきの叫びはなかつた。私の肩にも娘の腕にも、痙攣や戦慄などはさらになかつた。いつのまに、私の血は娘の腕に通ひ、娘の腕の血が私のからだに通つたのか。腕のつけ根にあつた、遮断と拒絶とはいつなくなつたのだらうか。清純な女の血が私のなかに流れこむのは、現に今、この通りだけれど、私のやうな男の汚濁の血が娘の腕にはいつては、この片腕が娘の肩にもどる時、なにかがおこらないか。もとのやうに娘の肩にはつかなかつたら、どうすればいいだらう。

「そんな裏切りはない。」と私はつぶやいた。

「いいのよ。」と娘の腕はささやいた。

しかし、私の肩と娘の腕とには、血がかよつて行つてかよつて来るとか、血が流れ合つてゐるとかいふ、ことごとしい感じはなかつた。右肩をつつんだ私の左の手のひらが、また私の右肩である娘の肩の円みが、自然にそれを知つたのであつた。いつともなく、私も娘の腕もそれを知つてゐた。さうしてそれは、うつとりととろけるやうな眠りにひきこむものであつた。

私は眠つた。

たちこめたもやが淡い紫に色づいて、ゆるやかに流れる大きい波に、私はただよつてゐた。その広い波のなかで、私のからだが浮んだところだけには、薄みどりのさざ波がひらめいてゐた。私の陰湿な孤独の部屋は消えてゐた。私は娘の右腕の上に、自分の左手を軽くおいてゐるやうであつた。娘の指は泰山木の花のしべをつまんでゐるやうであつた。見えないけれども匂つた。しべは屑籠へ捨てたはずなのに、いつどうして拾つたのか。一日の花の白い花びらはまだ散らないのに、なぜしべが先きに落ちたのか。朱色の服の若い女の車が、私を中心に遠い円をゑがいて、なめらかにすべつてゐた。私と娘の片腕との眠りの安全を見まもつてゐるやうであつた。

こんな風では、眠りは浅いのだらうけれども、こんなにあたたかくあまい眠りはつひぞ私にはなかつた。いつもは寝つきの悪さにベツドで悶々とする私が、こんなに幼い子の寝つきをめぐまれたことはなかつた。

娘のきやしやな細長い爪が私の左の手のひらを可愛く掻いてゐるやうな、そのかすかな触感のうちに、私の眠りは深くなつた。私はゐなくなつた。

「ああつ。」私は自分の叫びで飛び起きた。ベッドからころがり落ちるやうにおりて、三足四足よろめいた。

ふと目がさめると、不気味なものが横腹にさはつてゐたのだ。私の右腕だ。

私はよろめく足を踏みこたへて、ベッドに落ちてゐる私の右腕を見た。呼吸がとまり、血が逆流し、全身が戦慄した。私の右腕が目についたのは瞬間だつた。次ぎの瞬間には、娘の腕を肩からもぎ取り、私の右腕とつけかへてゐた。魔の発作の殺人のやうだつた。

私はベッドの前に膝をつき、ベッドに胸を落して、今つけたばかりの自分の右腕で、狂はしい心臓の上をなでさすつてゐた。動悸がしづまつてゆくにつれて、自分のなかよりも深いところからかなしみが噴きあがつて来た。

「娘の腕は……?」私は顔をあげた。

娘の片腕はベッドの裾に投げ捨てられてゐた。はねのけた毛布のみだれのなかに、手のひらを上向けて投げ捨てられてゐた。のばした指先きも動いてゐない。薄暗い明りにほの白い。

「ああ。」

私はあわてて娘の片腕を拾ふと、胸にかたく抱きしめた。生命の冷えてゆく、いたいけな愛児を抱きしめるやうに、娘の片腕を抱きしめた。娘の指を脣にくはへた。のばした娘の爪の裏と指先きとのあひだから、女の露が出るなら……。

美しい日本の私

春は花夏ほととぎす秋は月冬雪さえて冷しかりけり
道元禅師（一二〇〇—五三）の「本来ノ面目」と題するこの歌と、
雲を出でて我にともなふ冬の月風や身にしむ雪や冷めたき
明恵上人（一一七三—一二三二）のこの歌とを、私は揮毫をもとめられた折りに書くことがあります。
明恵のこの歌には、歌物語と言へるほどの、長く詳しい詞書きがあつて、歌のこころを明らかにしてゐます。
元仁元年（一二二四）十二月十二日の夜、天くもり月くらきに花宮殿《くわきゆうでん》に入りて坐禅す。やうやく中夜にいたりて、出観の後、峰の房を出でて下房へ帰る時、月雲間《くもま》より出でて、光り雪にかがやく。狼の谷に吼ゆるも、月を友として、いと恐ろしからず。下房に入りて後、また立ち出でたれば、月また曇りにけり。かくしつつ後夜の鐘の音聞ゆれば、また峰の房へのぼるに、月もまた雲より出でて道を送る。峰にいたりて禅堂に入らんとする時、月また雲を追ひ来て、向ふの峰にかくれなんとするよそほひ、人しれず月の我にともなふかと見ゆれば、

この歌。それにつづけて、
山の端に傾ぶくを見おきて峰の禅堂にいたる時、
山の端にわれも入りなむ月も入れ夜な夜なごとにまた友とせむ

明恵は禅堂に夜通しこもつてゐたか、あるひは夜明け前にまた禅堂に入つたかして、
禅観のひまに眼《まなこ》を開けば、有明けの月の光り、窓の前にさしたり。我身は暗きところにて見やりたれば、澄める心、月の光りに紛るる心地すれば、
隈もなく澄める心の輝けば我が光りとや月思ふらむ

西行を桜の詩人といふことがあるのに対して、明恵を「月の歌人」と呼ぶ人もあるほどで、

あかあかやあかあかあかやあかあかやあかあかあかあかあかや月

と、ただ感動の声をそのまま連ねた歌があつたりしますが、夜半から暁までの「冬の月」の三首にしても、「歌を詠むとも実に歌とも思はず」(西行の言)の趣きで、素直、純真、月に話しかける言葉そのままの三十一文字で、いはゆる「月を友とする」よりも月に親しく、月を見る我が月になり、我に見られる月が我になり、自然に没入、自然と合一してゐます。暁前の暗い禅堂に坐つて思索する僧の「澄める心」の光りを、有明けの月は月自身の光りと思ふだらうといふ風であります。

「我にともなふ冬の月」の歌も、長い詞書きに明らかのやうに、明恵が山の禅堂に入つて、宗教、哲学の思索をする心と、月が微妙に相応じ相交はるのを歌つてゐるのですが、私がこれを借りて揮毫しますのは、まことに心やさしい、思ひやりの歌とも受け取れるからであります。雲に入つたり雲を出たりして、禅堂に行き帰りする我の足もとを明るくしてくれ、狼の吼え声もこはいと感じさせないでくれる「冬の月」よ、風が身にしみないか、雪が冷めたくないか。私はこれを自然、そして人間にたいする、

あたたかく、深い、こまやかな思ひやりの歌として、しみじみとやさしい日本人の心の歌として、人に書いてあげてゐます。
そのボッティチエリの研究が世界に知られ、古今東西の美術に博識の矢代幸雄博士も「日本美術の特質」の一つを「雪月花の時、最も友を思ふ。」といふ詩語に約《つづ》められるとしてゐます。雪の美しいのを見るにつけ、月の美しいのを見るにつけ、つまり四季折り折りの美に、自分が触れ目覚める時、実にめぐりあふ幸ひを得た時には、親しい友が切に思はれ、このよろこびを共にしたいと願ふ、つまり、美の感動が人なつかしい思ひやりを強く誘ひ出すのです。この「友」は、広く「人間」ともとれませう。また「雪、月、花」といふ四季の移りの折り折りの美を現はす言葉は、日本においては山川草木、森羅万象、自然のすべて、そして人間感情をも含めての、美を現はす言葉とするのが伝統なのであります。そして日本の茶道も、「雪月花の時、最も友を思ふ」のがその根本の心で、茶会はその「感会」、よい時によい友どちが集ふよい会なのであります。――ちなみに、私の小説「千羽鶴」は、日本の茶の心と形の美しさを書いたと読まれるのは誤りで、今の世間に俗悪となつた茶、それに疑ひと警めを向けた、むしろ否定の作品なのです。

春は花夏ほととぎす秋は月冬雪さえて冷しかりけり

この道元の歌も四季の美の歌で、古来の日本人が春、夏、秋、冬に、第一に愛《め》でる自然の景物の代表を、ただ四つ無造作にならべただけの、月並み、常套、平凡、この上ないと思へば思へ、歌になつてゐない歌と言へば言へます。しかし別の古人の似た歌の一つ、僧良寛（一七五八―一八三一）の辞世、

形見とて何か残さん春は花山ほととぎす秋はもみぢ葉

これも道元の歌と同じやうに、ありきたりの事柄とありふれた言葉を、ためらひもなく、と言ふよりも、ことさらもとめて、連ねて重ねるうちに、日本の真髄を伝へたのであります。まして、良寛の歌は辞世です。

霞立つ永き春日《はるひ》に子供らと手毬つきつつこの日暮らしつ
風は清し月はさやけしいざ共に踊り明かさむ老いの名残りに
世の中にまじらぬとにはあらねどもひとり遊びぞ我はまされる

これらの歌のやうな心と暮らし、草の庵に住み、粗衣をまとひ、野道をさまよひ歩いては、子供と遊び、農夫と語り、信教と文学との深さを、むづかしい話にはしないで、「和顔愛語」の無垢な言行とし、しかも、詩歌と書風と共に、江戸後期、十八世

紀の終りから十九世紀の始め、日本の近世の俗習を超脱、古代の高雅に通達して、現代の日本でもその書と詩歌をはなはだ貴ばれてゐる良寛、その人の辞世が、自分は形見に残すものはなにも持たぬし、なにも残せるとは思はぬが、自分の死後も自然はなほ美しい、これがただ自分のこの世に残す形見になつてくれるだらう、といふ歌であつたのです。日本古来の心情がこもつてゐるとともに、良寛の宗教の心も聞える歌です。

いついつと待ちにし人は来りけり今は相見てなにか思はん

このやうな愛の歌も良寛にはあつて、私の好きな歌ですが、老衰の加はつた六十八歳の良寛は、二十九歳の若い尼、貞心とめぐりあつて、うるはしい愛にめぐまれます。永遠の女性にめぐりあへたよろこびの歌とも、待ちわびた愛人が来てくれたよろこびの歌とも取れます。「今は相見てなにか思はん」が素直に満ちてゐます。
良寛は七十四歳で死にました。私の小説の「雪国」と同じ雪国の越後、つまり、シベリアから日本海を渡つて来る寒風に真向ひの、裏日本の北国、今の新潟県に生まれて、生涯をその雪国に過ごしたのでしたが、老い衰へて、死の近いのを知つた、そして心がさとりに澄み渡つてゐた、この詩僧の「末期の眼」には、辞世にある、雪国の自然がなほ美しく映つたであらうと思ひます。私に「末期の眼」といふ随筆がありますが、ここでの「末期の眼」といふ言葉は、芥川龍之介（一八九二―一九二七）の自殺の遺書から拾つたものでした。その遺書のなかで、殊に私の心を惹いた言葉です。「所謂生活力と云ふ」、「動物力」を「次第に失つてゐるであらう」、
僕の今住んでゐるのは氷のやうに透み渡つた、病的な神経の世界である。（中略）僕のいつ敢然と自殺出来るかは疑問である。唯自然はかう云ふ僕にはいつもよりも一層美しい。君は自然の美しいのを愛し、しかも自殺しようとする僕の矛盾を笑ふであらう。けれども自然の美しいのは、僕の末期の目に映るからである。
一九二七年、芥川は三十五歳で自殺しました。私は「末期の眼」のなかにも「いかに現世を厭離するとも、自殺はさとりの姿ではない。いかに徳行高くとも、自殺者は大聖の域に遠い。」と書いてゐまして、芥川やまた戦後の太宰治（一九〇九―四八）などの自殺を讃美するものでも、共感するものでもありません。しかし、これも若く死んだ友人、日本での前衛画家の一人は、やはり年久しく自殺を思ひ「死にまさる芸術はないとか、死ぬることは生きることだとかは、口癖のやうだつたさう」（「末期の眼」）ですが、仏教の寺院に生まれ、仏教の学校を出たこの人の死の見方は、西洋の死の考へ方とはちがつてゐたただらうと、私は推察したものでした。「もの思ふ人、誰

か自殺を思はざる。」でせうが、そのことで私の胸にある一つは、あの一休禅師（一三九四—一四八二）が、二度も自殺を企てたと知つたことであります。

ここで一休を「あの」と言ひましたのは、童話の頓智和尚として子供たちにも知られ、無礙奔放な奇行の逸話が広く伝はつてゐるからです。「童児が膝にのぼつて、ひげを撫で、野鳥も一休の手から餌を啄む。」といふ風で、これは無心の極みのさま、そして親しみやすくやさしい僧のやうですが、実はまことに峻厳深念な禅の僧であつたのです。天皇の御子であるとも言はれる一休は、六歳で寺に入り、天才少年詩人のひらめきも見せながら、宗教と人生の根本の疑惑に悩み「神あらば我を救へ。神なくんば我を湖底に沈めて、魚の腹を肥せ。」と、湖に身を投げようとして引きとめられたことがあります。また後に、一休の大徳寺の一人の僧が自殺したために、数人の僧が獄につながれた時、一休は責任を感じて「肩の上重く」、山に入つて、食を絶ち、死を決したこともあります。

一休はその「詩集」を自分で「狂雲集」と名づけ、狂雲とも号しました。そして「狂雲集」とその続集には、日本の中世の漢詩、殊に禅僧の詩としては、類ひを絶し、おどろきに胆をつぶすほどの恋愛詩、閨房の秘事までをあらはにした艶詩が見えます。一休は魚を食ひ、酒を飲み、女色を近づけ、禅の戒律、禁制を超越し、それらから自分を解放することによつて、そのころの宗教の形骸に反逆し、そのころ戦乱で崩壊の世道人心のなかに、人間の実存、生命の本然の復活、確立を志したのでせう。
一休のゐた京都紫野の大徳寺は、今日も茶道の本山のさまですし、一休の墨蹟も茶室の掛け物として貴ばれてゐます。私も一休の書を二幅所蔵してゐます。その一幅は、「仏界入り易く、魔界入り難し。」と一行書きです。私はこの言葉に惹かれますから、自分でもよくこの言葉を揮毫します。意味はいろいろに読まれ、またむづかしく考へれば限りがないでせうが「仏界入り易し」につづけて「魔界入り難し」と言ひ加へた、その禅の一休が私の胸に来ます。究極は真・善・美を目ざす芸術家にも「魔界入り難し」の願ひ、恐れの、祈りに通ふ思ひが、表にあらはれ、あるひは裏にひそむのは、運命の必然でありませう。「魔界」なくして「仏界」はありません。そして「魔界」に入る方がむづかしいのです。心弱くてできることではありません。

逢《ヘバ》レ仏《ニ》殺《セ》レ仏《ヲ》　逢《ヘバ》レ祖《ニ》殺《セ》レ祖《ヲ》

これはよく知られた禅語ですが、他力本願と自力本願とに仏教の宗派を分けると、勿論自力の禅宗にはこのやうに激しくきびしい言葉もあるわけです。他力本願の真宗の親鸞（一一七三―一二六二）の「善人往生す。いはんや悪人をや。」も、一休の「仏界」「魔界」と通ふ心もありますが、行きちがふ心もあります。その親鸞も「弟子一人持たず候」と言つてゐます。「祖に逢へば祖を殺し」、「弟子一人持たず」は、また芸術の厳烈な運命でありませう。
禅宗に偶像崇拝はありません。禅寺にも仏像はありますけれども、修行の場、坐禅して思索する堂には仏像、仏画はなく、経文の備へもなく、瞑目して、長い時間、無言、不動で坐つてゐるのです。そして、無念無想の境に入るのです。「我」をなくして「無」になるのです。この「無」は西洋風の虚無ではなく、むしろその逆で、万有が自在に通ふ空、無涯無辺、無尽蔵の心の宇宙なのです。禅でも師に指導され、師と問答して啓発され、禅の古典を習学するのは勿論ですが、思索の主はあくまで自己、さとりは自分ひとりの力でひらかねばならないのです。そして、論理よりも直観です。他からの教へよりも、内に目ざめるさとりです。真理は、「不立文字」であり、「言外」にあります。維摩居士の「黙如《シ》レ雷《ノ》」まで極まりもしませう。中国の禅宗の始祖、達磨大師は「面壁九年」と言ひまして、洞窟の岩壁に向つて九年間坐りつづけながら、沈思黙考の果てに、さとりに達したと伝へられてゐます。禅の坐禅はこの達磨の坐禅から来てゐます。

問へば言ふ問はねば言はぬ達磨どの心の内になにかあるべき　（一休）

また、同じ一休の道歌

心とはいかなるものを言ふならん墨絵に書きし松風の音

これは東洋画の精神でもあります。東洋画の空間、余白、省筆も、この墨絵の心でありませう。「能《ク》画《キテ》二一枝《ヲ》一風《ニ》有《リ》レ声」（金冬心）です。

道元禅師にも「見ずや、竹の声に道を悟り、桃の花に心を明るむ。」との言葉があります。日本の花道、生け花の名家の池坊専応（一五三二—五四）も、その「口伝」に「ただ小水尺樹をもつて、江山数程の勝機（おもむき）を現はし、暫時傾刻のあひだに、千変万化の佳興をもよほす。あたかも仙家の妙術と言ひつべし」と言つてゐます。日本の庭園もまた大きい自然を象徴するものです。西洋の庭園が多くは均整に造られるのにくらべて、日本の庭園はたいてい不均整に造られますが、不均整は均整よりも、多くのもの、広いものを象徴出来るからでありませう。勿論その不均整は、日本人の繊細微妙な感性によつて釣り合ひが保たれての上であります。日本の造園ほど複雑、多趣、綿密、したがつてむづかしい造園法はありません。「枯山水」といふ、岩や石を組み合はせるだけの法は、その「石組み」によつて、そこにない山や川、また大海の波の打ち寄せるさままでを現はします。その凝縮を極めると、日本の盆栽となり、盆石となります。「山水」といふ言葉には、山と水、つまり自然の景色、山水画、つまり風景画、庭園などの意味から、「ものさびたさま」とか、「さびしく、みすぼらしいこと」とかの意味までであります。しかし「和敬清寂」の茶道が尊ぶ「わび・さび」は、勿論むしろ心の豊かさを蔵してのことですし、極めて狭小、簡素の茶室は、かへつて無辺の広さと無限の優麗とを宿してをります。

一輪の花は百輪の花よりも花やかさを思はせるのです。開き切つた花を活けてはならぬと、利休も教へてゐますが、今日の日本の茶でも、茶室の床にはただ一輪の花、しかもつぼみを生けることが多いのであります。冬ですと、冬の季節の花、たとへば「白玉」とか「侘助」とか名づけられた椿、椿の種類のうちでも花の小さい椿、その白をえらび、ただ一つのつぼみを生けます。色のない白は最も清らかであるとともに、最も多くの色を持つてゐます。そして、そのつぼみには必ず露をふくませます。幾滴かの水で花を濡らしておくのです。五月、牡丹の花を青磁の花瓶に生けるのは茶の花として最も豪華ですが、その牡丹はやはり白のつぼみ一つ、そしてやはり露をふくませます。花に水のしづくを添へるばかりではなく、花生けもあらかじめ水に濡らしておく焼きものが少くありません。

日本の焼きものの花生けのなかで、最も位が高いとし、また価ひも高い、古伊賀（およそ十五六世紀）は水に濡らして、はじめて目ざめるやうに、美しい生色を放ちます。伊賀は強い火度で焼きますが、その焚きもの（燃料）の藁灰や煙が降りかかつて花瓶の体に着いたり流れたりで、火度のさがるにしたがつて、それが釉薬のやうになるのです。陶工による人工ではなく、窯のなかの自然のわざですから、窯変と言つてもいいやうな、さまざまな色模様が生まれます。その伊賀焼きの渋くて、粗くて、強い肌が、水気を含むと、艶な照りを見せます。花の露とも呼吸を交はします。茶碗もまた使ふ前から水にしめしておいて、潤ひを帯びさせるのが、茶のたしなみとされてゐます。池坊専応は「野山水辺をおのづからなる姿」（口伝）を、自分の流派の新しい花の心として、破れた花器、枯れた枝にも「花」があり、そこに花によるさとりがあるとしました。「古人、皆、花を生けて、悟道したるなり。」禅の影響による、日本の美の心のめざめでもあります。日本の長い内乱の荒廃のなかに生きた人の心でもありませう。
日本の最も古い歌物語集、短篇小説とも見られる話を多く含む「伊勢物語」（十世紀に成立）のなかに、

なさけある人にて、かめに花をさせり。その花のなかにあやしき藤の花ありけり。花のしなひ、三尺六寸ばかりなむありける。

といふ、在原行平が客を招くのに花を生けた話があります。花房が三尺六寸も垂れた藤とは、いかにもあやしく、ほんたうかと疑ふほどですが、私はこの藤の花に平安

文化の象徴を感じることがあります。藤の花は日本風にそして女性的に優雅、垂れて咲いて、そよ風にもゆらぐ風情は、なよやか、つつましやか、やはらかで、初夏のみどりのなかに見えかくれで、もののあはれに通ふやうですが、その花房が三尺六寸となると、異様な華麗でありませう。唐の文化の吸収がよく日本風に消化されて、およそ千年前に、華麗な平安文化を生み、日本の美を確立しましたのは「あやしき藤の花」が咲いたのに似た、異様な奇蹟とも思はれます。歌では初めての勅撰和歌集の「古今集」（九〇五）、小説では「伊勢物語」、紫式部（九七〇ごろ—一〇〇二ごろ）の「源氏物語」、清少納言（九六六ごろ—一〇一七、最終生存資料）の「枕草子」など、日本の古典文学の至上の名作が現れまして、日本の美の伝統をつくり、八百年間ほどの後代の文学に影響をおよぼすといふよりも、支配したのでありました。殊に「源氏物語」は古今を通じて、日本の最高の小説で、現代にもこれに及ぶ小説はまだなく、十世紀に、このやうに近代的でもある長篇小説が書かれたのは、世界の奇蹟として、海外にも広く知られてゐます。少年の私が古語をよく分らぬながら読みましたのも、この平安文学の古典が多く、なかでも「源氏物語」が心におのづからしみこんでゐると思ひます。「源氏物語」の後、日本の小説はこの名作へのあこがれ、そして真似や作り変へが、幾百年も続いたのでありました。和歌は勿論、美術工芸から造園にまで「源氏物語」は深く広く、美の糧となり続けたのであります。

紫式部や清少納言、また和泉式部（九七九―不明）や赤染衛門（およそ九五七―一〇四一）などの名歌人もみな宮仕への女性でした。平安文化一般が宮廷のそれであり、女性的であるわけです。「源氏物語」や「枕草子」の時は、この文化の最盛期、つまり爛熟の絶頂から頽廃に傾きかける時で、すでに栄華極まつた果ての哀愁がただよつてゐますが、日本の王朝文化の満開がここに見られます。
やがて王朝は弱まつて政権も公卿から武士に移つて、鎌倉時代（一一九二―一三三三）となり、武家の政治が明治元年（一八六八）まで、おほよそ七百年つづきます。しかし、天皇制も王朝文化も滅び去つたわけではなく、鎌倉初期の勅撰和歌集「新古今集」（一二〇五）は、平安の「古今集」の技巧的な歌法をさらに進めて、言葉遊びの弊もありますが、妖艶・幽玄・余情を重んじ、感覚の幻想を加へ、近代的な象徴詩に通ふのであります。西行法師（一一一八―九〇）は、この二つの時代、平安と鎌倉とをつなぐ代表的歌人でした。

思ひつつ寝ればや人の見えつらむ夢と知りせば覚めざらましを
夢路には足を休めず通へども現《うつつ》に一目見しごとはあらず

など「古今集」の小野小町の歌は、夢の歌でもまだ率直に現実的ですが、それから

「新古今集」を経たのち、さらに微妙となつた写生、

群雀声する竹にうつる日の影こそ秋の色になりぬれ
真萩散る庭の秋風身にしみて夕日の影ぞ壁に消えゆく

など、鎌倉末の永福門院（一二七一—一三四二）のお歌は、日本の繊細な哀愁の象徴で、私により多く近いと感じられます。
「冬雪さえて冷しかりけり」の歌の道元禅師や、「われにともなふ冬の月」の歌の明恵上人は、ほぼ「新古今集」の時代の人でした。明恵は西行と歌の贈答をし、歌物語もしてゐます。

西行法師常に来りて物語りして言はく、我が歌を読むは遥かに尋常に異なり。花、ほととぎす、月、雪、すべて万物の興に向ひても、およそあらゆる相これ虚妄なること、眼に遮り、耳に満てり。また読み出すところの言句は皆これ真言にあらずや。花を読めども実《げ》に花と思ふことなく、月を詠ずれども実に月と思はず。ただこの如くして、縁に随ひ、興に随ひ、読みおくところなり。紅虹たなびけば虚空色どれるに似たり。白日かがやけば虚空明かなるに似たり。しかれども、虚空は本明らかな

るものにもあらず。また、色どれる物にもあらず。我またこの虚空の如くなる心の上において、種々の風情を色どるといへども更に蹤跡なし。この歌即ち是れ如来の真の形体なり。

（弟子喜海の「明恵伝」より）

日本、あるひは東洋の「虚空」、無はここにも言ひあてられてゐます。私の作品を虚無と言ふ評家がありますが、西洋流のニヒリズムといふ言葉はあてはまりません。心の根本がちがふと思つてゐます。道元の四季の歌も「本来ノ面目」と題されてをりますが、四季の美を歌ひながら、実は強く禅に通じたものでせう。

（昭和四十三年十二月）

川端康成（かわばた　やすなり）
明治三十二年、大阪市に生れる。孤児の境涯で少年期を送る間、すでに中学生で小説家を志望した天成の才は「十六歳の日記」があるのに窺われるとおりで、第一高等学校を経て東京帝大に入学後の大正十年「新思潮」に掲げた「招魂祭一景」で新進として認められる。同十三年「文芸時代」の創刊に参加、同誌を拠点とした新感覚派の文学運動の一翼を担い、同十五年、同誌に発表の「伊豆の踊子」が出世作となると、以降の執筆活動にまた旺盛なものを示すうち、やがて昭和十年から書き始められた「雪国」は、作家としての評価を揺ぎないものとした。戦後も「千羽鶴」「山の音」「眠れる美女」「片腕」等、王朝の繊細な美意識を基底に、官能の匂いと、その悲哀の情を漂わせつつ、虚無にも通うような霊妙な感覚を作品に造型し、昭和三十六年に文化勲章を受章、同四十三年には日本人として初のノーベル文学賞を授けられる栄誉に輝いたが、同四十七年、突然に自ら命を絶つ。

近代浪漫派文庫　32　川端康成
二〇〇五年八月十二日　第一刷発行
著者　川端康成／発行者　小林忠照／発行所　株式会社新学社　〒六〇七―八五〇一　京都市山科区東野
中井ノ上町一一―三九
印刷・製本＝天理時報社／DTP＝昭英社／編集協力＝風日舎

ISBN 4-7868-0090-2

◉近代浪漫派文庫刊行のことば

文芸の変質と近年の文芸書出版の不振は、出版界のみならず、多くの人たちの夙に認めるところであろう。そうした状況にもかかわらず、先に『保田與重郎文庫』(全三十二冊)を送り出した小社は、日本の文芸に敬意と愛情を懐き、その系譜を信じる確かな読書人の存在を確認することができた。

その結果に励まされて、専ら時代に追従し、徒らに新奇を追うごとき文芸ジャーナリズムから一歩距離をおいた新しい文芸書シリーズの刊行を小社は思い立った。即ち、狭義の文学史や文壇に捉われることなく、浪漫的心性に富んだ近代の文学者・芸術家を選んで四十二冊とし、小説、詩歌、エッセイなど、それぞれの作家精神を窺うにたる作品を文庫本という小宇宙に収めるものである。

以って近代日本が生んだ文芸精神の一系譜を伝え得る、類例のない出版活動と信じる。

新学社

新学社近代浪漫派文庫（全42冊）

❶維新草莽詩文集
❷富岡鉄斎／大田垣蓮月
❸西郷隆盛／乃木希典
④内村鑑三／岡倉天心
⑤徳富蘇峰／黒岩涙香
[6]幸田露伴
❼正岡子規／高浜虚子
⑧北村透谷／高山樗牛
⑨宮崎滔天
⑩樋口一葉／一宮操子
⑪島崎藤村
⓬土井晩翠／上田敏
⓭与謝野鉄幹／与謝野晶子
⓮登張竹風／生田長江
⓯蒲原有明／薄田泣菫
⑯柳田国男
⑰伊藤左千夫／佐佐木信綱
⓲山田孝雄／新村出
⓳島木赤彦／斎藤茂吉
⓴北原白秋／吉井勇
㉑萩原朔太郎
㉒前田普羅／原石鼎
㉓大手拓次／佐藤惣之助
㉔折口信夫
㉕宮沢賢治／早川孝太郎
㉖岡本かの子／上村松園
㉗佐藤春夫
㉘河井寛次郎／棟方志功
㉙大木惇夫／蔵原伸二郎
㉚中河与一／横光利一
㉛尾崎士郎／中谷孝雄
㉜川端康成
㉝「日本浪曼派」集
㉞立原道造／津村信夫
㉟蓮田善明／伊東静雄
㊱大東亜戦争詩文集
㊲岡潔／胡蘭成
㊳小林秀雄
㊴前川佐美雄／清水比庵
㊵太宰治／檀一雄
㊶今東光／五味康祐
㊷三島由紀夫

※白マルは既刊、四角は次回配本